派遣者

金草葉 著

簡郁璇 譯

目次

前言

那孩子是在冬日抵達的不速之客。

半年前，聽說那孩子會交由這裡託管的消息時，仙奧還有些興奮難抑。至少當戴爾瑪奶奶說「擔憂歸擔憂，但聽說那女孩也跟妳來自相同地方呢」時是這樣的。奶奶似乎憂心那孩子能不能適應這裡，但仙奧倒想著自己總算有了能分享「相同經驗」的夥伴，像是談論地下空氣給人的不適感，或是分享如何聆聽沿著牆面傳遞的聲響，再不然就是能一同穿越隱藏的捷徑，前往都市各個角落祕密場所的夥伴。仙奧有自信能善待對方，畢竟初來乍到的，總會有些彆扭，因此仙奧打定主意耐心靜候對方敞開心扉，可那孩子真正來到這裡，卻貌似什麼也沒打算與仙奧分享。

仙奧注視著今天也把房間搞得亂七八糟之後累得睡著的孩子。為什麼戴爾瑪奶奶還有賈斯萬對那磨人精百般包容呢？如今仙奧也收起了要與那孩子好好相處的念頭。對他人好，也得對方願意才行，既然對方沒打算心存感激，又何必拿熱臉去貼人家冷屁股呢？

雖然那孩子當初來的時候就是那副德性，但從兩個月前開始，她變得格外敏感。依賈斯萬的說法，是那孩子正在受「手術」不適應症之苦。他說的應該是多數貝努亞人都曾動過、在大腦安裝輔助裝置的手術才是，但通常都是在七歲時就完成了，那孩子卻是超過十二歲才接受手術，因此難以適應也是理所當然的。也不是誰要求她做的，是那孩子不顧賈斯萬極力勸阻，堅持要做。

為什麼執意要做成功機率低又危險的手術？答案很簡單，果然……是因為那個人吧。

憶起初次見面時，那孩子彷彿失去珍貴之物般透露悲慘眼神的模樣。接近午夜之際，門鈴響起，打開玄關大門後，一名身上裹著厚衣的小女孩站在乾瘦如柴的男人身旁。男人與賈斯萬簡短交談幾句後，便像是丟下難以處置的垃圾般迅速離開了現場。無論是賈斯萬或仙奧問話，那孩子都不願好好回答，連著好幾天窩在房間不出來。戴爾瑪奶奶一臉為難，在仙奧耳邊悄聲竊語：

「怎麼辦才好呢？孩子，聽說她也跟妳經歷了類似的事，妳們兩個應該能談得來吧？」

仙奧壓根沒機會與那孩子談心，那孩子拒絕任何形式的對話，即便在賈斯萬進房去安撫那孩子也不例外。那孩子主張伊潔芙很快就會來帶自己走，嘴巴關得十分牢實。根據戴爾瑪奶奶打聽來的消息，這個叫做伊潔芙的人是不久前才前往地上的派遣者，數年後才會回到地下城，換句話說，那孩子是被拋棄的。仙奧如此理解。

那孩子一整天下來做的似乎就只有在床鋪上啜泣，再不然就是在窗前等待某人。仙奧想說說好玩事給那孩子聽，最重要的，是她想知道那孩子是否真是自己的「同族」。就在約莫過了一週，仙奧將房門澈底敞開，走到那透著空洞眼神、蜷縮身軀坐著的孩子面前。

「喂，妳，要不要跟我一起到外頭？」

那孩子以冷淡的目光仰頭看著仙奧，並不怎麼樂意見到有誰過來與她搭話。仙奧則是不以為意地接著說：

「去外頭吧。雖然跟妳先前居住的貝努亞不同，但這一帶也挺好玩的。我教妳怎麼聽牆面的聲音與地面的聲音，還有找出維修通道的方法，要是知道訣竅，就是去再遙遠的地方也找得到路……」

那孩子微蹙眉頭，像是聽見了什麼荒謬言論，接著有氣無力地轉過身。

「妳不想？」

「不必了，等伊潔芙來了，我就會立刻離開這裡。」

仙奧皺眉。

「喂，我看很難吧，那個人沒辦法來帶妳。」

「……為什麼？」

「因為派遣者沒辦法撫養孩子啊，當然也無法領養。」

「才不是，妳別騙人！」

見到這幾乎是反射性的反應，仙奧有些嚇到。

「她跟我約定了，說好了會來帶我走！」

「但我只是說出了事實。」

「那賈斯萬呢？賈斯萬叔叔也是派遣者，所以伊潔芙才說叔叔曾負責照顧我！」

「賈斯萬現在不是派遣者了，還有妳不能提起這件事，因為賈斯萬討厭談論自己曾是派遣者的事。」

仙奧一派沉著地回應，但孩子依然怒氣沖沖，用一種想要反駁什麼的小臉瞪著仙奧。仙奧聳了一下肩，走出來並關上了房門。

此後也一直是老樣子。究竟何時才打算適應這地方呢？那孩子猶如即將離開之人似的對這附近絲毫不感興趣，只是不停寫著等不到任何回覆的信件。直到最後，她才站在賈斯萬與戴爾瑪面前，宣告自己要成為派遣者。

兩個月前，那孩子逞強說要動神經磚手術，也是為了能進入學院上基礎課程。那孩子大概是因為沒法接受無法與那個叫做伊潔芙的人一起生活，所以才說要成為派遣者。賈斯萬自然是勸阻了那孩子。接受遲來的手術固然有其風險，但最重要的還是賈斯萬蔑視派遣者這個職業。雖然沒有仔細問過詳情，但從賈斯萬那般深惡痛絕的模樣看來，不用想也知道這些叫做派遣者的人是什麼德性。仙奧如此想道。

儘管如此，其中還是有什麼內幕吧，是仙奧不知情、不曾經歷過所以無從得知的某件事，才讓那孩子萌生了想成為派遣者的念頭吧。仙奧透過打開的門縫靜悄悄地凝視那個打起細微鼾聲入睡的孩子，但因為客廳另一頭突然傳來聲響，她趕緊藏身躲在牆後。

「賈斯萬，你能讀一讀這個嗎？」

戴爾瑪從懷中取出某樣東西，遞給了賈斯萬，紙張摩擦時的窸窣聲響起。

「這是什麼？」

「是那孩子寫的。我在打掃房間時發現的，但內容真是奇怪極了。我心想這年幼的孩子是不是有什麼苦惱，於是定睛細瞧……」

仙奧被激起好奇心，豎起了耳朵。雖然無從得知紙條內容，但聽見賈斯萬貌似慌張地發出了「嗯……」的沉思聲。

「這究竟都是在寫些什麼呢？真讓人完全摸不著頭緒呢。」

「就是說啊。真教人納悶她是不是讀了從前時代的童話。這小姑娘還真是早熟呢，小小年紀就學會了許多艱澀詞彙。真不曉得她先前究竟是經歷了什麼樣的事。」

「從前時代的童話都寫這麼讓人心驚膽戰的內容嗎？」

「曾經是那樣的，雖然遺留至今的童話並非如此。不過啊，孩子們反倒要比遲鈍的大人們對世間的道理更敏感……」

仙奧屏氣斂息，靜候兩人的對話延續下去，但不知賈斯萬是否陷入了沉思，遲遲沒有說話。

戴爾瑪奶奶說自己得去顧店，下了樓之後，賈斯萬依然有好一段時間目不轉睛地盯著紙條，失了魂似的杵在客廳中央，直到後來他走進了那孩子的房間。開啟抽屜的聲音傳了出來，再次步出房外的賈斯萬是空著手的。仙奧等待賈斯萬下樓去餐館後才趕緊溜進房內。

仙奧小心翼翼地避免吵醒酣睡的孩子，逐一打開了抽屜，而紙條就在第三個抽屜內。仙奧迅速拿出紙條後來到客廳，藉著燈光看個清楚。紙條上寫著什麼，字體又歪又斜，顯然是出自那孩子之手。

我會成為你的一部分，某種記憶不會儲存於大腦，而是鏤刻在身上。你會感覺到我，而不是記得我。

我愛你，還有如今一起忘掉一切吧。

內容十分不尋常，能理解戴爾瑪奶奶與賈斯萬何以面色凝重。

仙奧翻到紙條背面，上頭有墨漬暈染的痕跡。一起忘掉一切，這是什麼涵義呢?究竟是對誰說的呢?完全摸不透。

就在她怔怔地盯著紙條之際，突然傳來有人上樓的腳步聲。依腳步聲判斷，可知是賈斯萬。他不知道是不是漏帶了什麼，所以又返回家中。

仙奧無謂地用手搓了搓字體。墨水是乾透的。趁賈斯萬察覺之前，仙奧走進房裡，將紙條扔進抽屜內後走了出來。

第一部

1

啦啦啦、啦啦啦、拉布巴瓦的聒噪精魯博斯！大家好，今天《午後的聒噪精魯博斯》還是走不定時快閃路線。我們的聽眾今天一整天過得如何呀？就算過得再忙碌，也請別忘了，我們不是魯博斯，而是魯與博斯！今天我們同樣要以清爽宜人的風格來傳達我們地下城泥濘黏稠、霉臭四溢的故事，那就先有請魯來讀第一封讀者來信吧……

究竟是誰這麼大清早的，把廣播開得震天響？泰琳蹙眉，手上的菜刀往砧板上嗒嗒落下。在泰琳的刀法下，乾癟枯蔫的蔬菜無力地被碎屍萬段。菜刀配合廣播的節奏嗒嗒、嗒嗒落下，聒噪精魯博斯則是持續朗誦發生於地下城西側的雞毛蒜皮小事。泰琳將砧板上切好的蔬菜全數掃入鍋內，而這鍋包括泰琳本人在內激不起任何人食慾、來歷不明的粥，在鍋內咕嚕咕嚕沸騰著。

「聽說在庫尼特市場流通的菠菜檢驗出癲狂芽孢，研究員開始著手進行調查呢。儘管有公布在城裡只有極微量，所以人體攝取了也不礙事，但究竟會有哪個蠢蛋市民相信這說詞呢？你說是不是啊，博斯？」

泰琳至今一次也沒見過的鄰居，現在倒是初次好奇起對方的長相了。這情況是從不久前開始的，雖然記不得確切是什麼時候，但約莫是十天前，不，一個月前貌似也發生過類似的事。總而言之，鄰家的廣播音量調得太大聲，對泰琳的日常造成了妨礙。每天都要一邊被迫聽城裡發生哪些瑣碎乏味的事件、事故，一邊備菜，心情實在不怎麼愉快。

報導完菠菜受汙染的新聞，接下來是關於不明失蹤者的新聞。在拉布巴瓦最為落後的此區，偏偏取了個代表希望涵義的名稱「哈拉潘」，這類命名方式，大概就像先前文明隨處可見的老掉牙笑話那樣吧。儘管如此，失蹤事件發生得如此頻繁依然教人訝異。

「在繁雜的日常中也需要如同小小休止符的玩意兒。接下來是聽眾來信！今天要分享的，是關於赤南草街上一名少年把垃圾粥囫圇吞肚後，到鬼門關去走了一遭回來的故事。這件事實在教人心痛啊。由於城裡實施亂七八糟的補給政策，導致哈拉潘街的眾多市民叫苦連天，但就算飢腸轆轆，吃垃圾粥還是非常危險的事喲。」

當泰琳去年被宿舍踢出來時，賈斯萬與仙奧曾預料她理當會回到赤南草街，但要是真的回去了，顯然就無法好好準備派遣者測驗，因此泰琳掏空了扁得可以的荷包，勉強找到這個小房間。就像在示範什麼叫做「最低的費用就連最少的喜悅都買不到」的社會現實，隔音真是糟得可以。老夫婦大打出手的吵架聲、用拐杖敲擊地面的聲響，以及關門時的砰然巨響等等的，猶如輪唱曲般從四面八方傳來。

但怎麼說，這也太過火了吧。這條街上沒動神經磚手術的人不少，因此大家都用喇叭播放從前時代的電子樂或砲彈聲轟然爆炸的電影之類的，但音量大到每句話都能清晰入耳的廣播還是頭一次。

湊巧泰琳把冷飯、假雞蛋與枯蔫的菜類全丟進了鍋裡，正在熬煮類似粥的玩意，因此聽到廣播正在談論垃圾粥之類的事，心情不免受到影響。竟把人吃的食物說成是垃圾粥！以為有誰自願吃垃圾粥嗎？泰琳舀了一匙試了試鹹淡，做出了結論。

「說真的，這樣的味道才不是什麼垃圾粥。」

雖然稱不上手藝有多好，但泰琳在賈斯萬大叔的餐館幫忙打雜、學習，因此還是懂得做點能維生的料理。再說了，至少能把這種像粥的東西當成早餐享用，就代表至今運氣還是不錯的。自從遭到學生們檢舉，再也無法偷偷潛入學院餐廳去偷配菜之後，泰琳的菜單就一直寒酸得可以。在採礦場打工時還過得去，但碰到地上整整一個月驟雨如注的雨季，實在是……

「唉，算了，香菇放哪去了呢？」

泰琳心想著還有什麼能放入清粥，想起了前天幫忙跑腿配送所收到的一把香菇。從冰箱翻找出來，打算把已然枯萎無生氣的香菇丟入鍋內時，廣播的聲音再度鑽進了耳裡。

「《午後的聒噪精魯博斯》要告訴各位攝取香菇時的注意事項！香菇一定要購買印有杉達灣地區認證標章的商品才行喲。食用非法栽培的香菇之後除了可能會中毒，甚至更可能受癲狂芽孢汙染。建議乾脆不要攝取可疑的食材才是上上之策。若是沒有認證標章的話，最好避開香菇……」

「吃菠菜、香菇也不行？到底是叫人吃什麼？」

泰琳一邊嘟噥一邊用勺子攪動白粥。在地下城，香菇是極為重要的營養供應來源。想到那香菇是如何培育出來的，確實讓人食欲大減，但反正若要認真追究來源，在這能吃的食物所剩無幾。話說回來，自己竟然對這點廣播聲如此耿耿於懷，是不是因為其實自己內心很緊張呢？儘管重要考試迫在眉睫，任誰都會如此，但……

「啊啊、啊！拜託別吃！」

就在要查看香菇是否煮熟，打算將它往嘴裡送的瞬間，一個尖銳的嗓音傳了過來，彷彿經典電影中的演員以誇張的聲調靠在耳邊吶喊似的。是哪兒發出的聲音？電視和喇叭都是關上的。

泰琳走到床邊一把掀起棉被，但什麼也沒有。

她打開了衣櫃門，也打開了流理臺上方的櫥櫃，但也僅有再熟悉不過的霉味與灰塵味撲面而來。水漬斑駁的浴室磁磚與讓外頭變得模糊不清的霧面窗，一切都與平時無異。泰琳也無預警地猛然打開嘎吱作響的玄關門，但眼前什麼都沒有。

「是幻聽了嗎？」

泰琳再次睜大眼睛環視房內，分明沒有半個人。這是個尺寸僅能讓泰琳一副身軀躺臥的小房間，容不下誰藏身。看來真是因為考試在即，導致自己神經尖銳敏感。

泰琳這會兒已經食欲盡失，把粥隨便盛進碗裡。滋味是其次，總之要捱過六小時的模擬測驗，就非得吃點東西不可。

這時，隔壁房間又傳來廣播聲了。

「今天就來讀一讀聽眾『朵拉』所寄來的故事。朵拉說自己最近在哈拉潘的青果巷目睹了十分不尋常的景象。朵拉在附近站式小酒鋪工作，清晨下班時見到一名喝得酩酊大醉的男人倒在後巷，但一群監視機器卻猛然靠近……接著偵測癲狂症患者的警報聲頓時鈴聲大作！」

泰琳站著吃了一口粥，不由自主地專注聽起廣播。

「朵拉趕緊跑過去向監視機器抗議。沒有啦，這個人從昨晚就在我們店裡，所以我知道，他只是醉得不省人事了……可是這群監視機器卻不加理會，扛起那男人揹在背上就走掉了！各位，還不只是這樣……最近哈拉潘不是有監視機器突然當場在行人身上刺採血針嗎？就算無視哈拉潘的居民也該有個限度吧！」

「這就怪了。」

先前就聽過這則新聞了。「朵拉」這個讓人難以忘掉名字的舉報者，以及明明不是癲狂症發病者卻仍被抓走的男人，他在被監視機器抓走之後就再也沒回來了。還有自此之後，監視機器對哈拉潘的監控變得格外嚴格。

但是……那不是三年前的事件嗎？隔壁房的人，為什麼此時在聽三年前的廣播？

泰琳確認了一下今天的日期，時間自然沒有倒轉回到三年前。日期就與泰琳記得的一樣。乾脆回到三年前說不定還比較好？那麼自己就會更認真地在學院聽課了。剛才那個聲音說不定只是錯覺，說不定是最近又發生了類似事件……

泰琳甩了甩頭，她得趕緊出去讓腦袋透透氣了。為了準備理論測驗，連著好幾天都窩在窄小侷促的房間，所以精神狀態糟透了。泰琳趕緊將鍋碗瓢盆、烹調工具都丟進了水槽，然後從櫥櫃取出一根巧克力棒咬在嘴上。她最後一次快速環顧房間，再次確認房裡確實沒有半個人影後就去了外頭。說時遲那時快，不知從哪兒吹來了一陣風，門發出砰的一聲關上了。

佇立於走廊盡頭的老太太驚恐地倒抽一口氣，神經質地喊道：

「唉喲，那女人又來了！別人見了還以為整棟大樓都是她家的呢！」

老太太連珠炮似的罵個不停，其中參雜讓人聽不懂的方言粗語。泰琳把老太太抛在後頭，跑向了走廊的另一頭。真希望那個老奶奶能代替自己對隔壁房間那震天響的廣播聲發點牢騷。

街上瀰漫著地下城拉布巴瓦特有的潮濕悶臭，在破舊不堪的建物前，一群面容憔悴的人正在搬運行囊。一縷陽光也無法滲入的灰濛濛街道，在其之上層層堆疊著人們來往的忙碌腳步聲與穿梭列車的鳴笛聲之類的。此刻無論是老太太的粗語或不尋常的廣播聲都聽不見了，泰琳做了個大大的深呼吸。

沒時間拖延了，泰琳橫穿街道開始奔跑。

「所以說啊……那個信號是有砰砰、砰的規律性，可是向貝努亞的暗號專家請教後卻說這規律性不具任何涵義，但我怎麼聽都覺得那好像是在說些什麼，就像一種求救信號？如果只是平凡無奇的地盤震動，就不可能會具有那種規律性，再說了，那股震動是與目前城裡的擴建工程或挖掘區毫不相干的方向傳來的，因此很顯然有什麼蹊蹺。依我看來，震動是從杉達灣穿過巴圖瑪斯區，因為偶爾蟲子會隨著震動遷移，所以呢……」

仙奧穿梭於嘈雜喧鬧的桌子之間，自顧自地絮絮叨叨讓人一時摸不著腦袋的話來，泰琳對著仙奧的後腦杓大喊道：

「拜託妳把那些全放下了再說話！碗盤塔都要倒了。」

仙奧轉頭看了一眼泰琳，用單手比出OK的手勢，接著再度望著前方。換句話說，仙奧此時正展現絕技，用單手支撐著二十個盤子，還用另一手展現從每張桌面上快速回收啤酒杯放上托盤。看著仙奧駕輕就熟地搬運搖搖晃晃的碗盤塔，客人們都被逗樂了，咯咯直發笑。一名個子嬌小的女孩兒憑藉猶如動物本能般的平衡感端起數十個盤子的情景，可稱得上是教人嘖嘖稱奇的餘興節目，因此當仙奧現身時，大夥兒都隱約期待她能到自己這桌服務，但……這時段並未忙到需要那樣大費周章地展現絕技，因此想必就是在作秀吧。

泰琳蹙眉瞪了眼仙奧的背影，嘆了口氣，接著垂下頭撞向桌面，滲透古老木桌的食物香氣頓時迎面撲來。

直到經過一陣忙碌高峰期，仙奧才再次回到泰琳面前。就在前一刻，賈斯萬在經過時發現了泰琳的身影，一邊說：「哎喲，我們的小傢伙，臉頰怎麼凹陷成這副模樣呢！」一邊伸手將她的頭髮澈底打亂，因此泰琳頂著一顆髮絲亂翹的鳥巢頭。看到泰琳一身狼狽虛弱，狼吞虎嚥地吃著匈牙利燉牛肉，簡直就與乞丐沒兩樣。儘管賈斯萬主張自己親手熬煮的匈牙利燉牛肉「飽含慈愛」，但這道菜餚一如往常地散發不及格的滋味，甚至讓人不禁懷疑其中是否含有想讓考試在即的泰琳士氣大挫、名落孫山的陰謀。

仙奧拉開對面的椅子坐下，不由分說地開口：

「所以妳也跟我一起去瞧瞧吧。」
泰琳險些咬到木匙，後來才勉強回應：
「什麼？一起去哪？」
「跟我一起去調查。」
見到如此厚顏的態度，泰琳不禁無語。
「知道我馬上就要考派遣者測驗了吧？」
「嗯嗯，知道啊，那怎麼了？」
「我很忙，沒空閒理會那種事。一生一世的重要考試就要火燒屁股了！它可是足以改變我人生的考試。」
「話雖如此，但這件事也很有意思啊。」
泰琳帶著額頭上尚未舒展的皺紋，怒瞪仙奧。仙奧肯定現在還當泰琳是在拉布巴瓦四處瞎晃、玩偵探遊戲的小娃兒。
「如果我還是十四歲的話，應該吧。」
「現在就不是了？」
「現在也……是啊，不瞞妳說，我確實很好奇。因為我也感覺到了，妳所說的那股震動。想要進行調查是妳的想法，但我不行，現在我覺得足以左右我人生的考試更有意思。」
泰琳答道，仙奧露出不懷好意的笑容說：

「比起派遣者那類的無聊事，當然是這件事更好玩啦。」

換作是以前，泰琳恐怕早就發火了，但她早就對仙奧的伎倆司空見慣。

「嗯，是啊……反正我就是當小咖的命，妳就別攔我。」

「就算不當派遣者也能去地上吧。」

「哇，怎麼做？等我發瘋嗎？」

儘管泰琳說話酸溜溜的，仙奧也只是微笑以對。泰琳忽然擔心起這番對話會被賈斯萬給聽見，轉過頭瞅了廚房一眼，或許該說好險，客人在短短時間內一窩蜂湧上，因此賈斯萬忙著在給他們斟酒。

負責招呼客人的員工們要比仙奧笨拙不熟練，此時正是需要她登場的時機點，但從她依然坐在眼前看來，似乎是發自真心想帶泰琳一起去調查。是刻意想搞砸她的派遣者測驗嗎？雖然這種事也見怪不怪了，但確實教人無法理解，為什麼就連仙奧也用如此負面的眼光看待成為派遣者一事呢？如果是賈斯萬，那倒還說得過去。

賈斯萬是泰琳法定監護人又身兼獨力撫養年幼的泰琳與仙奧的「父親」。據說，他原本是個能力出眾的派遣者——至少在他因為與弟弟有關的命令，與上級硬碰硬，以致遭到革職前是如此。弟弟之死也與派遣總部脫不了干係，這是根據泰琳與仙奧走遍哈拉潘所收集來的情報，因為賈斯萬絕對不會主動提及派遣者時期的事。

此後，賈斯萬原本享有的派遣者榮譽與財富全數遭到剝奪，他也來到了拉布巴瓦最為落後的此處，哈拉潘地區。儘管當時他的料理實力也一塌糊塗，但仍接到足以謀生的來客數，主要是因為「氾濫化」的食材絕對不會流入餐館。原因就在於過去身為派遣者的賈斯萬接受了城裡最高水準的訓練，足以分辨出氾濫體。

偶爾，賈斯萬會望著放在客廳展示櫃上、與弟弟的唯一一張合照出神。那是派遣者時期拍攝的合照。弟弟有著與賈斯萬如出一轍的琥珀色溫和眼眸，任誰看了也曉得兩人是兄弟。照片中的弟弟就像受人指示般露出尷尬的微笑，年輕的賈斯萬則是在旁邊將手搭在弟弟的肩上，笑得很燦爛。雖然或許只是泰琳的想像，但站在那張照片前的賈斯萬看起來就像下定了某種決心，訴說著自己絕不會回去當派遣者，抑或是絕不會忘了那件事。即便是在餐館無辜被拉布巴瓦的管制隊冤枉，面臨歇業危機時，或者因為監視機器導致赤南草街變得一片狼藉，整整一個月門可羅雀時，賈斯萬也望著那張照片。

因此泰琳能理解賈斯萬的心情。總而言之，賈斯萬對泰琳疼愛有加，不會希望自己的寶貝女兒去從事派遣者這個職業，可是仙奧呢？

妳不也跟我一樣渴望地上世界嗎？泰琳望著眼前的仙奧，把想說的話硬生生吞了回去。仙奧同樣渴求地上世界。就這點來說兩人是同路人，但仙奧並不像泰琳一樣想成為派遣者，而是四處尋找能通往地上世界的旁門左道。仙奧肯定是雙腳踏在地上世界的次數最多的人。儘管那頂多也就是在以堅固牆面堵住四面八方的採礦場上清理動物屍體或攀牆眺望另一頭，並不是真能在地上世界來去自如。

從數個月以前，仙奧就說個不停的怪異震動聲，八成也與那旁門左道是一脈相承，畢竟那是來自地上世界。

泰琳對著依然一臉期待地坐著的仙奧問道：

「所以，妳打算一個人也要去調查？」

「當然是跟妳一起去啊。」

「誰說要一起去了？」

感到無言的泰琳反問道，仙奧則是一臉笑嘻嘻的。仙奧把長度剪了之後隱約觸碰到下頷的淺褐色短髮拂到耳後，再次滔滔不絕地說起來自地上世界的訊號。泰琳皺著一張臉聆聽，換作是平常，她肯定會心想仙奧本來就是這樣，不把這當成一回事，但現在她似乎為了別的事而沉不住氣。

最終，泰琳打斷仙奧的話，轉移話題。

「我有件事想問，」

「嗯，是什麼？」

「妳也有聽《午後的嘮叨精魯博斯》吧？」

「呃嗯，那個……」

仙奧將雙眼瞇成細線，指著店內天花板的喇叭。

「雖然不是出於自願，但我的確聽了。」

是啊，在哈拉潘呢，就算不想聽魯博斯也得聽，因為大家都會播放那個節目。就在仙奧打算開口問「可是妳為什麼問這個？」時，泰琳率先問了：

「妳記得三年前左右的廣播內容嗎？」

「三年前？」

仙奧愣愣地反問。泰琳不明所以地環顧周圍，幸好兩人的座位就在倉庫正前方，因此沒人把目光放在她們身上，整間店人聲鼎沸，任誰都不會豎耳細聽泰琳說什麼。

「隔壁房的把廣播播放得超級大聲，連我房間都能聽見，可是那偏偏是三年前的廣播。魯博斯每天都會播報新聞，可是竟然偏偏播放以前的集數，這不是太不尋常了嗎？」

「怎麼知道那是以前的集數？」

泰琳提起朵拉這位舉報者，以及舉報後哈拉潘的失蹤事件急遽增加的事，還有找資料時發現，庫尼特市場受癲狂芽孢汙染的菠菜在市面流通是一年前的事了。最重要的，泰琳說好像有人在監視自己，就在她把香菇放入清粥時，正好播報攝取香菇時的注意事項也很不尋常。都說了這麼多，仙奧應該會流露興趣，再不然就是起雞皮疙瘩才是，沒想到她卻面無表情。

「哦……確定那真的是廣播節目嗎？」

「不然是什麼？」

「幻聽之類的。」

「是說我準備考試準備到發瘋了嗎？」

「哦，也不全然是發瘋的人才聽得見幻聽，我也聽得到。」

泰琳很無言地瞪著仙奧，但仙奧一如往常說得十分認真，分不清是在開玩笑還是發自肺腑。

「總之，仙奧妳腦子不正常的事我也知道，但幻聽內容很不尋常啊，妳也會把廣播節目當成幻聽？」

「我是不會，但應該會有那種人吧？」

「哎喲，真是幫倒忙啊。」

打從一開始就不該向腦子少了根螺絲的仙奧求助的。泰琳不由得搖了搖頭，打算再次專注吃匈牙利燉牛肉，這時仙奧聳了聳肩。

「確認根源不就得了。」

「怎麼做？」

「今天就去敲隔壁的房門啊，等人出來了就問他，為什麼你要播放三年前的廣播節目？」

「太好了，還真是個好辦法啊。」

泰琳沒好氣地答道。之所以沒有真的付諸行動，自然就是因為泰琳的家位於治安惡名昭彰的社區，但偏偏泰琳是在瞞著賈斯萬與仙奧偷偷找房之後才曉得這件事。儘管如此，既然都是在哈拉潘，應該不要緊吧，但令人驚愕的事件卻三天兩頭就發生。

「確認原因的同時，還可能順勢就成了案發受害者。運氣好的話，會有人向《午後的嘮叨精魯博斯》舉報，三年後就從隔壁房的廣播聲播放出來呢。遭令人起疑的鄰居殺害！至今懸而未決的謎團！」

不知是否看出泰琳是在冷嘲熱諷，就在仙奧打算再度開口之際，店外突然傳來慘叫聲。泰琳的視線率先轉向店門口，仙奧也打住話頭並轉頭望去。

客人們都紛紛起身到外頭湊熱鬧，看不太清楚發生了什麼事。泰琳從人群之間岔出一條路湊過去看，一名擁有搶眼白金色頭髮的中年女人正與監視機器爭執不下，旁邊則是站了個臉色鐵青的老人，正好是賈斯萬餐館的老顧客庫扎伊。中年女人似乎是庫扎伊的女兒。泰琳向站在身旁的男人問道：

「發生什麼事呢？」

「好像是被監視機器給逮到了。哎呀，那女人表面上看來正常得很，但聽說兩個月前女兒艾伊莎被治療所給強行帶走了。在那之後也不知道是精神失常了，又或者真的罹患了癲狂症。怎麼就讓機器給逮到了呢？」

艾伊莎是個性格活潑爽朗的女孩，雖然小小年紀，但因為手藝靈巧，街坊鄰居有故障的裝備都能俐落幫忙修好，也因此那孩子被治療所抓走的事早已傳遍大街小巷。要是連那中年女人也被機器抓走的話，庫扎伊就等於同時痛失女兒與孫女。

雖然庫扎伊試著拉扯監視機器，也試著在前方阻攔，但仍無濟於事。儘管餐館客人莫不咂舌或深表遺憾，但也有青年在路過時如此大喊：

「那種瘋女人就趕緊抓走吧！」

「靠，臭小子。」一名客人邊說邊把叉子朝那青年扔去，他便趕緊逃之夭夭了。

話雖如此，除了庫扎伊之外，誰都不敢輕率地介入，因為眾人皆知那意味著什麼。若是包庇癲狂症發病者，就會受到嚴懲。親朋好友被監視機器抓走，成了這一區居民共同的經驗，若是抵抗或逃跑，隔日就會有更多機器找上門來。

仙奧不知何時也湊了過來，在泰琳的肩膀輕輕地點了兩下，意思是要一起隨著機器過去看看。泰琳內心並不願意。派遣者測驗近在眼前，她可不希望自己被抓住什麼小辮子而失去資格或遭人閒言閒語。最要緊的是派遣者身負義務，必須檢舉癲狂症發病者，協助隔離收容相關事宜並保護未發病者。

但她無法看著庫扎伊仰天哀號而坐視不管，再說了，泰琳現在也還不是派遣者。是啊，目前還不是。

仙奧悄聲問道：

「妳會加入吧？」

泰琳以行動代替回答，仙奧同時走向了監視機器的後方。泰琳緊貼在機器旁站著，接著伸出手掌在前方鏡頭揮了揮，吸引機器的注意。

「哈囉，你們現在妨礙到生意了。如果要進行管制，就該到沒人路過的地方啊，這是在幹什麼呀？要是今天的生意搞砸了，你們要負起責任嗎？喂，入口都被擋住了，沒看見後頭的客人都進不來嗎？真是屋漏偏逢連夜雨啊，先前因為食材沒有按時送貨，所以開不了業，好不容易今天總算送來了，你們卻來攪局是想怎樣？就因為你們說要管制，就得斷了他人的生計來源嗎？喂，那後面的！」

趁機器移動鏡頭望向後方之際，泰琳用鐵絲戳了一下機器的手臂，鬆開了女人被緊緊揪住的衣角。雖然泰琳對女人悄聲耳語要她快走，但女人卻一臉呆滯地動也不動。泰琳將她稍微往旁邊一推，這時堆放在機器旁的空酒桶嘩啦散落一地，圍觀的人群也邊發出驚恐聲邊往後退。

賈斯萬的餐館前混亂一片，泰琳抓緊了女人的手腕，不由分說地跑向酒館旁的巷弄。把鐵網降下後，巷弄的入口通道也澈底關閉了，至於接下來的事仙奧會看著辦，因為把那群監視機器引誘到毫不相干的地點，這種事她可是箇中翹楚。

泰琳看了看女人的手腕與手掌，幸好上頭還沒有被掃描過的痕跡，但那群監視機器肯定會記住女人的特徵。

「那頭髮，請乾脆直接剃掉吧，如果可以的話。」

泰琳說話時用眼神示意女人的一頭銀白髮。女人的眼神依然是渙散的，也不見她頷首。在泰琳看來，女人的癲狂症狀已經開始發作了，也就是自我崩解，「突然」忘掉自己身處現實世界、無法區分夢境與現實的症狀……最後人會澈底發瘋，性情變得殘暴，時而還會幹出駭人聽聞的事來。女人能躲避那些機器到什麼時候呢？能夠確保她不會傷害周圍的人嗎？假使成功藏匿了，最後真能安然無事嗎？

泰琳竭力甩掉接踵而來的疑問，死命將女人往巷弄外推。就算是癲狂症，也不能在此時被機器抓走，因為那意味著就連最後道別的機會都將失去的生離死別。

確認女人已經完全脫離巷弄了，泰琳再度回到餐館前。仙奧正忙著把在地面上滾動的空酒桶堆放好，至於餐館內部則像是什麼事也沒發生過似的再次喧騰吵鬧。觀望四周，也不見庫扎伊的人影。

就在泰琳捲起袖子打算協助仙奧時，她笑嘻嘻地說：

「兩臺機器陷入了混亂，搞不好兩天都沒法正常運作。」

「妳小心哪天被警察抓走。」

「我還有個即將成為派遣者的妹妹呢，總會高抬貴手幾次吧。」

「我是妳妹妹？不是吧。再說了，說什麼高抬貴手，搞不好反而會更嚴格取締……」

泰琳嘟噥了幾句，直到某一刻才驀然發現仙奧臉上的笑意澈底消失。

「看來剛才發生了什麼事吧？」

「庫扎伊也發病了，眼眸透出銀灰色光澤。」

仙奧最大限度地壓低音量，竊聲說道，泰琳則是抿緊雙脣。儘管拉布巴瓦城會保護人民免於罹患癲狂症，但哈拉潘的居民卻經常暴露於其危險之中，甚至到了教人納悶的程度。街上的人們老是失蹤，全家人瞬間銷聲匿跡的情況也屢見不鮮。奇怪的是，甚至在癲狂症發病前，他們就消失得無影無蹤，就好像打從一開始那樣的威脅就不存在於這條街道……

有隻厚實的大手冷不防地覆在泰琳的頭上。泰琳嚇得轉頭一看，賈斯萬擺了擺大手把她的頭髮打得散亂。

「呃啊，賈斯萬叔叔！」

「妳們這兩個小傢伙，怎麼還在這，孩子就該趕緊回家去。」

就在泰琳抱怨自己都不知道成年多久了，到現在還被當成小孩子的同時，內心的不安也跟著沉澱下來。新的一批客人三三兩兩地湧入餐館，員工們熱情接待的招呼聲傳到了店門外。

模擬太陽的中央照明漸暗，由黃昏轉入夜晚的時刻，哈拉潘街道上成排的路燈閃了閃，為街道增添了奇妙的活力。某個人險些就要永遠消失的事件彷彿沒發生過似的，在不尋常的活力氛圍下，泰琳與仙奧的眼神短暫有了交會，但很快的兩人都轉開了視線。

2

學術院的大廳瀰漫一股劍拔弩張的緊張感，學生們向彼此簡單寒暄，也在掌握氣氛後隨即收起了笑容。泰琳早已靜靜地入座，等待被叫到名字，同時感受到朝自己射來的灼熱視線。

「鄭泰琳，來這邊。」

當助教終於叫到自己的名字時，泰琳甚至一陣欣喜。前往癲狂症抗性檢驗地點的途中，同期生的冰冷視線先是集中在泰琳身上，而後又散去。那些眼神參雜了輕蔑、不滿與忌妒。

派遣者資格測驗是採相對評價，在此之前的學院課程也很嚴苛。儘管可以在未成年時完成基礎課程後，到了二十歲時逐科選修為期三年的本科課程，但能順利結業的人是少數。半年一次的測驗將多數的學生篩去，留級生不會有第二次的機會，資格測驗也僅有一次。當然了，在派遣者測驗中慘遭淘汰的學生們大可轉換跑道，想要的話，不管是研究或行政工作，多的是出路。但夢想成為派遣者的這些人，渴望的是唯有派遣者能獨享的一切，像是名譽、財富、隱退後迎來的穩定生活，抑或是雙腳踏上地上世界的特權本身。對於吃了秤砣鐵了心要成為派遣者的這些人，除此以外的選項自然是看不上眼。

因此，在學院的期間，泰琳必須自始至終接受他人灼熱視線的洗禮，或許是理所當然的。身為神經磚不適應者的泰琳很罕見地進入學院就讀，儘管經歷多次留級危機，但仍費盡千辛萬苦地度過難關。假如有人問起泰琳是否能憑自身實力完成課程，坦白說她還真不敢打包票。伊潔芙在背後給她撐腰的說法，難道只是流言蜚語嗎？泰琳自然認為那只是無稽之談，因為伊潔芙是個公私涇渭分明之人。只是就情勢來看，又避免不了傳聞就像真的一樣。若是想讓眾人明白那只是無稽之談，就只能靠這次來證明。

「請閉上雙眼，站到掃描機前。」

助教下達指示的同時，癲狂症抗性掃描室的門也跟著關上。

泰琳被關在一片漆黑之中。不祥的機械音微微響起，但下一刻，尖銳得令人毛骨悚然的聲音開始猛刺鼓膜。使勁閉上眼之後，接下來是彷彿用鐵鎚在敲擊般的響亮震動聲在腦袋內嗡嗡作響。倘若是癲狂症發病者，會連低階噪音也承受不住而直跳腳，至於對癲狂症因子的抵抗力弱的人，也會隨著噪音階段上升而難以忍受。但泰琳至今一次也……

「啊啊，請別吃我！」

一陣強光在眼前閃爍不止，腦袋就像被砰地敲了一記，心臟彷彿要炸開似的快速跳動。泰琳使出吃奶的力氣挺直站好，不，拜託，這什麼都不是。

經過猶如永世般漫長的時間，喀噠，掃描室的門打開了。

助教以狐疑的眼神上下打量冷汗涔涔的泰琳，接著確認了螢幕上的分數之後，在泰琳的文件上揮毫潦草寫下什麼，蓋上了章。

泰琳看了看分數，是最高的分數，一如往常。

「請到下一個檢驗地點就行了。」

泰琳假裝若無其事地接過文件，再次邁開步伐。

身為神經磚不適應者的泰琳，即便受到了懲罰，但仍能完成學院本科課程的原因，全多虧了超乎常人的抗性。迄今泰琳不曾對自己何以具有如此高的抗性，那分數是真是偽不曾起過疑心，但此時此刻她卻首次感到不尋常。為什麼我沒有發瘋？不，沒發瘋是正常的嗎？即便自己聽見的陌生嗓音是如此清晰鮮明。

「我剛才做了什麼？」

試著回想，但什麼也沒有。泰琳閉緊雙眼又睜開，她必須打起精神，加快步伐。沒時間沉浸在思緒裡，下個檢驗室已經在呼喚泰琳的名字。她依序接受了吊單槓與跳高、室內攀岩、短跑、上肢肌肉與下肢肌肉評估，平常不會犯的失誤也犯了兩次。

「請到中央禮堂，有測驗說明會。」

禮堂內熙熙攘攘，擠滿了應試生。這會兒泰琳依然未從聽見的奇怪聲音回過神來。肯定是聽錯了，那什麼也不是，即便如此反覆告訴自己，仍難以甩去心中的不安。

然而講臺一側的門開啟，有個人現身後，各種雜念便瞬間消散無蹤。女人身穿看似未精心打理卻顯得簡潔俐落的衣著，將一頭火紅長髮隨意綁起後垂落背後，橫穿講臺走來。某人發出了讚嘆聲。

「是教官耶！」

泰琳連忙垂下視線。為什麼偏偏伊潔芙在這。助教正在介紹伊潔芙・帕洛汀，但介紹是多餘的，因為在此齊聚的學生們沒人不認識她。

「大家，幸會。」

禮堂逐漸安靜下來，一個中低音的嗓音緩緩地擴散至四方。

「總部找我來，要我今天替各位說些激勵的話呢。」

伊潔芙不疾不徐地環視禮堂，逐一與每位學生的眼神交會。學生們屏住呼吸望著伊潔芙，但多數都帶著飽含憧憬的眼神。泰琳不知為何感到煩躁，但就連自己也無從得知理由，所以就更鑽牛角尖。泰琳再次垂下目光，停留在膝蓋上。

「儘管此時各位需要的不是激勵，而是最後的警告，但說些老掉牙的話肯定要讓人無聊得打呵欠了。」

伊潔芙以慵懶的語調接著說下去。站在禮堂前方的伊潔芙，透露出對此情況極為不耐煩的神情，無論從哪方面來看，都不具她平日威嚴凜凜的姿態。儘管如此，身在此處的這些人都明白，伊潔芙以派遣者之姿創下多少豐功偉業，又以研究員身分取得多少成就。伊潔芙身處所有人憧憬的地位，因此伊潔芙今日蒞臨現場來勉勵應試生，還有，所有人都露出閃閃發亮的眼神望著她，是再正常不過的了。

可是，自己何以會對這一刻感到渾身不自在呢？泰琳不時偷瞄伊潔芙，然後又移開視線。伊潔芙說的話並未傳進她的耳裡。關於成為派遣者之路的種種困難，泰琳早已從她口中聽過不下數十遍了。

此時泰琳只想盡快離開這個場合。要拿上洗手間當藉口趁機溜出去嗎？但悄悄地回頭看了一下後門，又覺得現在氣氛不對。再次望著站在最前方的伊潔芙，一種無以名狀的心情教她心煩意亂。泰琳放棄迴避這個場合，決定正視伊潔芙。這次她刻意努力迎上伊潔芙的眼神。

「派遣者是必須同時被蠱惑與懷著憎惡前行的職業。既要愛得如癡如狂，同時又恨不得火燒一切，唯有能承受此試煉之人，方能成為派遣者。」

泰琳在這一剎那與伊潔芙對上了眼，感覺到伊潔芙頓了一下。不，是錯覺嗎？伊潔芙彷彿無視泰琳似的迅速別過了頭，泰琳突然怒火中燒。

「請全力以赴。若是能成為我出色的夥伴，隨時歡迎。若是辦不到，就請另尋他路吧。」

下一秒，泰琳似乎感覺到伊潔芙短暫朝自己這側微蹙眉頭，但那也是誤解嗎？

「……以上。」

伊潔芙輕點一下頭，不給學生們任何做反應的空檔，就帶著滿身的疲憊走下講臺，一轉眼從前門走掉了。學生們遲來的鼓掌聲尾隨著早已離去的伊潔芙，很快就消散無聲。

「但為什麼要懷著憎惡啊？」

又是那個聲音。這次泰琳既沒有回頭，也沒有察看兩旁。聲音不是來自外在，而是從泰琳的腦袋傳來的，就在雙眼之間，後腦杓的某處。既像是少年，又像是少女般的模糊嗓音，說來也奇怪，聽來卻很熟悉，好像從許久前就聽過。

確實沒發瘋嗎？即使聽見了這樣的幻聽？

泰琳再次望向講臺時，助教點開了全像攝影的螢幕，正在講解測驗程序。理論測驗、實驗室鑑定測驗、生存模擬……泰琳試圖想專注在助教的聲音上頭，心思卻老往他處飛——因為對伊潔芙懷著一種說不上來的心情，以及再次聽見的怪異聲音。

那聲音問為什麼要懷著憎惡？這輩子一次也不曾問過，為何要對氾濫體懷抱憎惡，因為那彷彿與詢問為何要憎惡致使人類滅絕的強震或海嘯無異，甚至無須言說理由，是再理所當然不過的。因為那殺害了人類，扼殺了文明，奪走了自由，因為我們被囚禁於地下世界，還有……

「測驗程序就到這，要提問的人？」

助教環視禮堂。有人開始問起測驗規則之後，大家便紛紛舉起了手，禮堂頓時充滿了應試生們哪怕是再小的失誤也要提前預防的提問。但泰琳全然無法專注在對話上。**為什麼要懷著憎惡？**

那天午後，泰琳在回到家時遇見了衝著半空中破口大罵的老太太。她原本打算直接走過，但腳步卻停在了老太太面前。泰琳盡可能鄭重地探問：

「奶奶，請問您曉得住在隔壁房的是誰嗎？」

老太太的目光上下打量泰琳，滿臉的不快，一副泰琳是在戲弄或嘲笑自己的態度。

「妳在胡說什麼啊？那裡沒住人！」

開門進房後，泰琳立即將耳朵貼到牆面上，試著聆聽從隔壁房傳來什麼樣的聲音。牆的另一頭只有靜寂。

3

有一幕情景，時不時出現又塵飛霧散。那如夢的場景中，泰琳正在轉動一個陳舊的黃銅色地球儀——一個發出喀哩聲，在手上溜轉，擁有沉甸甸的重量與光滑質地的小小地球。抬頭一看，伊潔芙正從上方俯視泰琳。那時她的嘴角是否噙著微笑呢？為何覺得她的眼神流露悲傷……

說來也奇怪，那記憶的始末彷彿有人搓揉、抹去似的混濁不清。唯一能清晰憶起的，只有那空間的氣味與氛圍、觸感那類的。泰琳經常「逃課」，然後朝著猶如唯一藏身處般的房間奔去。

偷偷開門進去後所感受到的書塵味，每次邁開步伐時嘎吱嘎吱作響的木質地板，還有若是眼神有了交會，彷彿就會感到為難似的微蹙眉頭，以及牢實封住後張開的雙唇。

「妳，老是跑來這呢。」

在那話尾，閃過了不知是無奈還是什麼的淺淺笑意。

「都說了，非諮商時不能跑來。」

剛開始泰琳是為了逃課才去那裡，但後來逐漸增添了其他理由——因為喜愛有使用痕漬的書本，因為鍾愛與歲月一同磨損的家具，再不然，就是因為喜歡伊潔芙露出那種表情、露出為難的笑容……伊潔芙彷彿感到不耐卻也沒有驅趕泰琳。當泰琳參觀書櫃時，她就伏案埋首文件堆，又或者在紙上寫了什麼，中途停下用指尖轉動筆身。偶爾，伊潔芙會讓泰琳坐在自己對面，說泰琳最想聽的故事給她聽。

關於地上，其他老師絕對不會訴說的，關於這座城之上的另一個世界。

地上是朝著天空敞開雙臂之地，是有微風吹拂、光線灑落、水流循環，日月一同描繪橢圓形軌道並更迭季節之地；是苔蘚伏地生長，其上有高聳群樹形成叢林穹頂之地。

在名為地表的家園上，人類能前往雙腳可及的任何地方，能乘船破海，時而在天上翱翔。那時的地球猶如地球儀般小巧玲瓏，卻是個豐饒的行星，人們稱呼地球為「我們的星球」。仰望天空時，視線的盡頭有迤邐蔓延至盡頭的無數星辰，有些人，渴望觸及那遙遠的天體，渴望將我們的星球作為跳板，前進其他生物的星球。

人類感覺地球的表面是浩瀚而平坦的，但若是往高處一些，就能感覺到星球的圓弧曲線；要是再走得更遠，回頭就會發現它已成了幾乎看不見的模糊小點。然而，對於現在的人類而言，那個藍色的小點成了被癲狂症籠罩的未知世界。故土星球慘遭剝奪，人類被迫來到地下。

「老師不是能去那裡嗎？」

「是啊，因為我本來就是派遣者。」

「要是我也成了派遣者，也能去那裡嗎？」

泰琳這麼問的時候，伊潔芙總會露出微笑，朝對面伸出手輕撫泰琳的頭。

「地上不是什麼美好的地方，而是危險之地，大家沒理由去那裡。」

這時泰琳想的是什麼呢？哪怕危險，自己也想去地上瞧一瞧，想去未知的世界一探究竟？不，她不是那樣想的。當時泰琳一直望著伊潔芙，這個心思猶如未知的地上世界般無從揣測的怪人，雖然向來都稱她為老師，但事實上她就連老師也不是，可卻總是令泰琳的心兒怦怦跳、令她無法移開視線……

庇護所封鎖的那天，泰琳從伊潔芙的辦公室拿來了一顆地球儀。那是她偷偷拿來的。無論是與賈斯萬同住時，或是另外覓得小房間搬出來時，泰琳都時時將那顆地球儀擺放在顯眼之處。有回伊潔芙順道來訪泰琳獨自居住的家，直勾勾地看著那顆地球儀，但也只是輕笑了一下，沒有多說什麼。

每當那種不明緣由的渴望，像尖銳的指甲抓撓她的腸胃時，泰琳會把玩起那顆地球儀。喀哩哩，她聽著轉動聲，思考那份渴望最初是來自何處。地球儀的表面圖案漸次模糊，中心軸發出了喀噠喀達的碰撞聲，最後畫漆斑駁脫落，露出了底層。隨著時光流逝，起初泰琳自己冀求的是什麼，也變得不明確起來。

隨著渴望益發強烈，地表在手的撫觸下磨損得更為嚴重。泰琳想了又想，我是想前往地上呢？想獲得地上呢？抑或是渴望追尋地上的那人呢？

未曾去過卻已然握於掌心的星球就在眼前。每當難以言喻的數種情感洶湧而來時，泰琳會轉動地球儀。但事實上她明白，無論是地上、是某人的內心，都不是那般可輕易觸及的。

第一場測驗的日子轉瞬來到，為了準備理論測驗的泰琳只能成日窩在狹小的房內。有別於其他有神經磚的學生們，泰琳默背的知識會隨著時間而淡去，因此只能比其他人投入更多的時間。雖然不免擔心會再次聽見聲音，但泰琳盡可能埋首於測驗資料，試圖擺脫那個念頭。幸好再也沒聽見那個聲音或廣播聲。

理論測驗當日，泰琳早早就出門了，在休息室等待助教唱名。叫到姓名與測驗室位置時，泰琳做了個深呼吸，走進了測驗室。

入座後，泰琳與全像投影的螢幕對視，這次測驗不過是派遣者資格測驗的第一個關卡，自然非得通過不可，泰琳也為此一路拚了命的準備。儘管具有無法透過神經磚獲得記憶輔助這般不利的條件，但她並沒打算去追究那些。

好，把無謂的一切都忘了吧，就只專注在測驗上頭吧。

泰琳反覆給自己打強心劑的期間，螢幕轉換為其他模式。

〔以不適應者特別測驗進行，是否確認？〕

「確認。」

〔答案會全數錄影並自動計分。超過時間限制時會立刻跳往下一題。確認了嗎？〕

「確認。」

〔測驗開始。〕

沒有半點做心理準備的空檔，第一階段測驗即刻開始。

考題出現了派遣者的角色與任務的普遍性問題，以及地下城行政結構的特徵。這些都是在學院基礎課程時就已經彷彿被洗腦般滾瓜爛熟的內容，沒什麼難度。泰琳將派遣者宣言全文背得一字不差，也在螢幕上描繪了行政組織與派遣組織的結構，斯塔多哈德的四種要素與派遣總部的歷史、地下城的成立過程與行政結構均以口述回答。

回答後會休息片刻，右下方自動標示得分。雖然確實漏了些許細節，但有些題目獲得加成分數，相互抵銷後獲得了近滿分的分數。泰琳竭力穩住心思，要自己別安心得太早。

測驗持續。

第二階段是自然科學。口述地球生物與氾濫化生物的分子單位、細胞單位的差異與氾濫化後地球的生態學特性，若是有必要的部分就描繪圖表回答，也針對黃麴毒素的發現背景、透過宏觀拓撲斯實驗的代謝物質分析、真菌類及地衣類做了長篇答覆。

〔以下為第三階段，關於現場研究方法論。〕

檢視到目前為止的得分，幸好大部分幾乎是滿分，現在測驗已過了大約一半，後半部會出現許多高難度題目，因此從現在開始要繃緊神經。

現場研究方法論也與伊潔芙負責的生存模擬課程有關，因此都是泰琳幾乎倒背如流的內容。關於孢子—指紋採集協議與模擬訓練操作準則、真菌類的活動代謝分析法，泰琳也都能流暢作答。

接著某一刻，泰琳驀然意識到一種極為微妙的感覺。有什麼正在腦袋中扒來扒去。

「呃，等等……」

泰琳下意識地嘟噥，但測驗自然不可能停下。時間繼續流逝，可是卻感覺到有什麼持續不停地戳刺腦袋，平時未意識到的神經有了知覺，某樣尖銳的東西在那些神經細胞間撥弄，將泰琳所知的一切知識都攪在一塊。

嗶。

轉眼間，回答時間結束的警告音響起。泰琳感覺到心臟咚地一沉，著急地查看得分表。有些零碎的細節漏掉了，不是什麼太大的失誤。泰琳用雙手包覆臉頰，感覺到雙頰發燙。必須專注才行，若是分神就難辦了。

接下來再次回到自然科學領域。這次是包含高難度計算的部分，因此泰琳緊張地閱讀題目。

從推論氾濫化野兔的細胞－蛋白質分子之間相互作用的生物物理學題目開始，需要複雜的計算，且需要親自用筆在螢幕上留下計算過程。過去在沒有神經磚的輔助下，為了背下各種公式，腦袋都快要打結了，但等到實際親手寫下之後，鏤刻於身體的記憶便自動浮現。泰琳穩住老是飄往其他方向的心思，寫下了答案。

然而就在翻頁的時候。

妳為什麼不記得我？

又是那個聲音。

「拜託別妨礙我。」

泰琳喃喃自語，現在這個聲音是什麼壓根就無所謂，是泰琳的精神狀態澈底發瘋也好，幻聽也罷，此刻都必須閉上嘴巴。

這一切都有什麼意義？

泰琳無視聲音的存在，總算將公式寫到最後，再將最後整理出來的答案填進螢幕下方。問我這一切都有什麼意義？泰琳緊閉雙眼又睜開。

螢幕上的文字忽地開始朝四面八方散去……這個字與那個字纏繞在一起，眾多文字跳起扭動的舞步，開始解體。

「不行……不可以這樣。」

泰琳所寫的答案扭曲變形、分裂並散了開來，四分五裂的文字猶如死螞蟻的墳場般在地面堆疊再堆疊。

「這樣不對，請等一下，請停止測驗。」

泰琳著急地敲了敲測驗室的門，胡亂按下了螢幕旁的緊急申訴鈕。

「系統出現了錯誤！喂，有沒有人在！」

〔下一題。〕

絕望感襲來，螢幕上持續出現文字，現在卻變得完全無法解讀。既然無法閱讀題目，自然也就無法作答。泰琳無法區分在眼前坍塌的文字堆真是因系統錯誤而起，又或是自己澈底發瘋所致。聲音再度傳來，這次是從牆的另一頭傳來的那個廣播聲。

啦啦啦、啦啦啦、拉布巴瓦的聒噪精魯博斯！

文字紛紛坍塌後流到了螢幕下方。泰琳伸出手，竭力想告訴自己那些文字不過是幻象，但可怕的是，指尖卻能感受到文字的物理觸感，手上觸摸到黏稠冰冷的東西。泰琳驚愕地將手往後抽回。

全像投影的螢幕正在崩塌，泰琳試著想打開測驗室的門衝出去，但這次卻是門打不開了。拜託、拜託快開啊，但只持續發出咔嗒咔嗒的聲音，門從外頭鎖上了。怎麼會發生這種事呢？只不過是在考試啊，怎麼會眼前的一切都融化往下流了呢？

「鄭泰琳小姐？」

外頭有人在呼喚泰琳。

「拜託！」

泰琳慘叫，猛力搖晃測驗室的門，但依然打不開。

「有什麼問題嗎？請從裡面試著打開門。」

門打不開！雖然很想如此大喊，卻發不出聲音。彷彿直到方才持續在腦中喁喁細語的那玩意正緊掐著泰琳的聲帶……

這時泰琳望著坍塌的測驗室。測驗室往泰琳的頭上流淌下來，不一會兒便覆蓋了她的全身。那些東西是由潮濕溫暖的東西構成。眼皮慢慢地闔上了，不知從何處傳來了孩子們嚎啕大哭的聲音。泰琳總覺得，自己從許久前就已經認識那群孩子。

是啊，如今一起忘掉一切吧。

還來不及思考是誰在說話、是什麼含意，泰琳的意識便咚地墜落於幽遠的某處。

4

「請說說是發生了什麼事。」

在一副公事公辦的諮商師面前，泰琳抿緊雙脣不說話。潔白得發亮的牆面與地板，未與泰琳有任何眼神交會，只顧著盯著螢幕填入什麼的諮商師，這不是在諮商，反倒像在審問。當然了，在測驗途中有應試生暈倒，還不是悄聲無息地昏厥過去，而是亂吼亂叫的，因此有這樣的後續處置是理所當然，但泰琳此時一句話也不想對這位諮商師據實以告，因為若是被抓到小辮子，對方說不定會將泰琳交給癲狂症治療所。

「我只是頭太痛了，覺得很暈，後來就暈倒了，除此之外沒別的。」

泰琳失去意識後，大約在兩小時後醒了過來，既沒有昏厥太長時間，精神狀態也非常好，彷彿先前壓根沒看到什麼幻覺，眼前清晰得很。想到理論測試說不定會不及格，泰琳萬念俱灰地開啟裝置，沒想到卻低空通過了，因為「那個現象」是發生在測驗幾乎進入尾聲的時候。但她可不能掉以輕心，同樣的事情隨時都可能發生。

「但有通報說您是因為看到奇怪的東西而尖叫。」諮商師依然用公事公辦的語調問道。

「這真的就是全部了，因為頭太痛了，大概覺得眼前閃了一下，把那誤以為是別的……」

泰琳注視著此時快速在螢幕上寫下什麼的諮商師，心想自己說錯了話。儘管半透明的螢幕後方浮現了一行又一行字，但無法讀出寫的是什麼樣的內容。竟然說自己的眼前閃了一下，就連這種措辭也可能會被解讀為癲狂症的徵兆啊，真是自掘墳墓。

「為了了解您是否適合接受下一場測驗，需要經過幾道確認程序。」

「當然能考了，因為我只是沒睡好罷了。」

「但既然在理論測驗途中暈倒了，下一場測驗時……」

這時門冷不防地開啟。

諮商師不自覺性地皺眉，在看到開門現身的人之後露出訝異的神色，同樣的，看到那張臉的泰琳更是恨不得逃離現場。因為倘若要說她此時最不想見到誰，那正是眼前的伊潔芙．帕洛汀。

「我來帶走她。」

伊潔芙透過半敞的門縫稍微探出身子如此說道，接著也沒跟泰琳說上半句話就輕輕地拉住了她的手臂。面對伊潔芙像是把自己被奪走的物品拿回般的粗魯態度，強烈的委屈冷不防地湧上心頭，但泰琳也不能繼續坐在那個搞不好會將自己丟進治療所的諮商師面前。泰琳悶不吭聲地將身體交付給伊潔芙的手。椅子發出了被拖動的嘎嘰聲，泰琳半推半就地被伊潔芙拉走，接著在走廊突然靜立不動。

走在前頭的伊潔芙回頭並皺起眉頭，泰琳也不自覺地替自己辯解道：

「我，什麼問題也沒有，您不需要擔心。」

泰琳被自己脫口而出的話給嚇到，但仍不動聲色地望著伊潔芙，伊潔芙則是皮笑肉不笑，覺得很無言似的。

「現在說那像話嗎？」

「……」

「跟過來。」

泰琳別無他法，只能跟著伊潔芙走。雖然明白她的腳步何以如此倉促，但今天要趕上她卻感到格外辛苦。伊潔芙為什麼來這？大概是因為伊潔芙是泰琳的負責教官，是因為自己負責的學生在考試途中暈倒了。肯定只是因為這樣吧。儘管泰琳無法理解她為何要如此心浮氣躁，但仍閉上嘴巴繼續往前走。

抵達的地方是伊潔芙的研究室。喀啦，直到門關上後，泰琳才總算能緩緩氣。

伊潔芙回頭看著泰琳，指著沙發。泰琳雖然走到了那前頭，卻只是靜靜地站著沒坐下。伊潔芙貌似無言地搖了搖頭，率先在泰琳的對面坐了下來，泰琳這也才跟著入座。

「妳解釋一下是什麼事。」

這不就跟剛才那個口氣公事公辦的諮商師沒兩樣嗎？既然要不由分說地追問發生什麼事，那何必帶她出來？乾脆就坐在旁邊跟諮商師一起提問啊。反正伊潔芙肯定也從他人口中聽說了大致的事情經過。泰琳簡短說道：

「就說真的沒什麼問題啊。」

「那怎麼會沒什麼？」

「……測驗也通過了，因為在這之前都回答得很好，所以沒有扣太多分。」

「我不是在說測驗的事。」

「目前測驗是最要緊的，往後也只要考好不就行了嗎？再也不會發生這種事了。」

這是違心之言，泰琳並不覺得往後就不會發生這種事。可是此時，她並不想對伊潔芙實話實說。換作是從前，她肯定會先跑去找伊潔芙，或許失去意識之後醒來馬上跟她聯繫，但現在不同了，至少面對最近刻意迴避泰琳或明顯嫌她麻煩的伊潔芙是如此。

伊潔芙直勾勾地瞅著泰琳問了：

「妳，今天為什麼用這種防衛的態度？」

「我有嗎？」

「妳本來不會這樣啊，之前就連一件小事都會掏心掏肺地嘟噥個沒完，現在怎麼就不說了？」

「但那是……」

泰琳瞬間感到委屈，閉上了嘴。竟然說她今天用這種防衛的態度，那好像不是此時的伊潔芙該說的話。

「您先前不是都躲著我嗎？」

「什麼？」

「我的面談申請，您不是從好幾個月前就都拒絕了嗎？訊息也都沒回覆……不是嫌我煩嗎？」

伊潔芙貌似啞口無言地張嘴，隨後才闔上。

這種埋怨太幼稚了。短暫的後悔一閃而過，但在泰琳把忍耐多時的話一吐為快後，才明白自己何以對伊潔芙有這種複雜情感。

伊潔芙在過去數個月間拒絕了泰琳所有的面談要求。當然了，伊潔芙並沒有非得傾聽泰琳的義務，但泰琳仍感到失落。本來她還很肯定彼此的關係有些特別，兩人並非只是單純的師徒關係，但她討厭伊潔芙突然與自己劃清界線。

伊潔芙似乎頓悟了什麼，皺起單側的眉毛。

「等一下，我看妳是誤會了……」
她揀選自己的用詞，嘆了口氣。
「是因為不想讓妳聽到不必要的話。」
「什麼意思？」
「雖然沒向妳說，但我擔任這次測驗的總負責人。監督測驗之類的真是麻煩透頂，裡外都不是人，所以我本來不想接的……但先前我拒絕了超過五次，現在也沒理由推辭了。」
「可是那為什麼會傷害到我呢？」
「我不希望有公正性的爭議。若是在這敏感時機進行面談，擔心會有人找碴。」
「即便只是以負責教官的身分進行面談？」
「不是已經有傳聞說我偏袒妳嗎？」
泰琳一時語塞，猶豫了一下才說：
「但那個，並不是事實啊，那就沒必要在意了。」
伊潔芙並未立即回答，而是看著泰琳噗哧一笑。
「妳真的這樣想？」
是在問哪樁？指的是沒必要在意那句話，還是……
泰琳的臉頰似乎泛起了紅暈，嘴巴彷彿塗了黏著劑似的一句話也沒法說，但伊潔芙收起笑容，立即進入正題。

「這次的事不同，不必在意諮商師，因為我會適當地捏造個藉口，不過妳得準確告訴我發生了什麼事。」

泰琳低下頭。該從哪裡說起好呢？

從兩個月前開始，只要躺在床上準備就寢，就會從地板的某處傳來砰、砰的沉重震動聲；在差不多的時機點，隔壁房間也傳來了奇怪的廣播聲。廣播內容大抵都是些平凡無奇的內容，但有時卻像是在監視泰琳的一舉手一投足似的。就在上週，泰琳確定這事確實有蹊蹺，因為那是好幾年前的廣播了，況且聽說隔壁房根本就沒住人。還有理論測驗當日，那個經常像幻聽般的聲音再次出現於腦中，眼前開始看到了幻覺。泰琳隨即感覺到周圍事物紛紛坍塌，後來就失去了意識。

泰琳無從得知這一切是否互有牽連，但仍將自己記得的一切都說了出來。因為她深信若是在拉布巴瓦說出這樣的事，不會被當成癲狂症發病者檢舉，此外自己能期待對方伸出援手並能放心傾吐的人，伊潔芙幾乎是唯一之人。

泰琳說起這些事的期間，伊潔芙的表情顯得錯綜複雜，反覆出現彷彿在沉思什麼、陷入深深的苦惱，接而又將思緒全數拋開，重新專注聽泰琳說什麼的表情。泰琳語畢之際，伊潔芙有好半晌沒說話。

氣氛凝重，沉默不見有散去的跡象。等候伊潔芙開口的期間，泰琳有預感自己會被宣判死刑。「看來真的沒辦法了」，這句話會先出現嗎？倘若伊潔芙說情況嚴重到無計可施，那自己該怎麼辦？

或許泰琳最為恐懼的是「那句話」吧。泰琳費力地開口：

「我是患了癲狂症吧？」

接受癲狂症抗性測驗時分明沒問題，可這現象除了癲狂症之外都說不通。肯定是在哪兒暴露在癲狂症因子的環境了。那麼，伊潔芙是會遵循派遣者的義務將泰琳交給治療所，又或是會嘗試提供協助？雖然伊潔芙不像是會把泰琳交給治療所的人，但也無從得知她要如何提供協助。癲狂症發病者只會逐漸發瘋，無人能恢復原狀。

「我不知道是在哪裡接觸到的。」

泰琳用細微如螞蟻般的音量接著說下去時，伊潔芙低聲回應：

「不是癲狂症。」

「不是癲狂症，是什麼？」

「我見過許多發病者，由氾濫體引起的癲狂症確實不同，那就在於自我解體的過程，人不知道此時自己身在何處，還有澈底忘記自己是誰，無法認知自己的肉體與精神狀態，最終澈底遺失過去與現在、遺失自傳式的敘事。幻覺或幻聽的確都是其中症狀，但妳的情況不同。」

「也有可能是還沒出現完整的症狀啊，假如是先從幻覺與幻聽開始，之後才失去自我呢？」

「這次身體檢查中，癲狂症抗性的分數是多少？」

「滿分。」

「準確來說是數值『無法測出』吧。」

伊潔芙修正說法。泰琳默默地等待她接下來說的話。

「妳的抗性之高是前所未有的，就算將妳整個人泡進充滿氾濫體的沼澤再拉出來，妳也不會罹患癲狂症。」

「那也很怪呀，為什麼我的抗性會那麼高呢？」

「至今妳已接受數十次檢查，因此不是數值有誤。總之要緊的是，妳此時的問題不在於癲狂症。假如有足以導致妳罹患癲狂症的原因存在，那這座城恐怕早已淪陷。」

這下泰琳更摸不著腦袋了。假如不是癲狂症，自己該感到慶幸嗎？假如永遠無法查出這問題的原因呢？

「依我推測，有其他理由。」

伊潔芙用指尖敲了敲自己的頭，準確來說是右側太陽穴的方向。泰琳怔怔地望著那根修長筆直的手指，彷彿受迷惑似的問道：「神經……磚？」

「沒錯。」伊潔芙點點頭說道。

「但我不是沒有神經磚嗎？雖然比起沒有，更應該說是手術失敗，所以連線中斷，但總之它完全沒有啟動。」

「就是說啊，實際上並不是沒有。」

泰琳望著伊潔芙，感覺自己頓時成了傻子。她究竟想說的是什麼？

「啊……所以說，是連結不完全……嗎？」

伊潔芙點點頭，泰琳以不確定的口吻反問：

「您是指連接中斷的神經磚現在突然引發錯誤嗎？」

「這的確有可能，雖然很罕見就是了。」

從多年前泰琳就嘗試進行神經磚手術。一般來說在七歲左右就要接受的手術，泰琳過了十二歲才動手術，很理所當然地無法適應。當泰琳噁心反胃，連水也喝不了時，賈斯萬帶她重回手術所去抗議，卻也愛莫能助。當時人在地上世界的伊潔芙遲些得知消息，牽線介紹了正式的手術所，泰琳才死裡逃生撿回一條小命。接受手術者若是移除神經磚，可能會對大腦造成損傷，因此建議就讓它保持連接中斷狀態。中斷連接的手術很簡單，泰琳還以為這樣就能解決問題了，但萬一沒有呢？假如基於未知的理由，再度與不完全的神經磚產生連結，也因此引發新的問題呢？

確實解釋得通。神經磚是一種記憶增強工具。若是將過期的廣播聲視為潛藏於泰琳腦中的記憶，就說得過去了。

「我想趁明天立刻去手術所，得中斷連結才行。」

伊潔芙倒是出人意表地搖頭說：「現在不成，沒必要急著決定。」

「正因為是現在才要去啊，不是在考派遣者測驗嗎？」

「再多掌握一點情況。」

「我沒時間拖延下去了。」

「那可是與大腦連結的裝置，不能這樣隨便動它。」

「理論測驗都被扣分了，想要挽回就得盡快解決。要是又在戰鬥測驗看到幻覺，因此慘遭淘汰的話……」

泰琳無論如何都想說服伊潔芙，語無倫次地在半空中比劃，伊潔芙迅速地抓住了她的手腕。

「妳先看著我。」

伊潔芙以溫柔但果斷的方式停住了泰琳的手忙腳亂，泰琳的雙眸無可避免地與伊潔芙有了交會。茶褐色的眼眸沒有閃爍，直勾勾地與泰琳對視。泰琳感覺到自己脆弱又焦躁的心思被人揭穿了，緊閉雙唇不語。

「我也希望妳成為派遣者，就跟妳一樣渴望。」

伊潔芙低聲說：「所以行事才要慎重。」

泰琳口乾舌燥地嚥了嚥口水。伊潔芙的手離開了她的手腕。短暫被緊扣的手腕上頭留有的餘溫教人在意，泰琳不由得垂下目光。

經過漫長的沉默，劇烈震動的心總算平息下來。

5

天空黑漫漫的一片，彷彿有人使勁將它揉成了一團似的。泰琳仰望天花板嘆了口氣。拜託，只要不下雨就好了，但預感不怎麼妙。一名年紀看起來要比泰琳小一些的少年望著窗，發出了不知是讚嘆或恐懼的嘆息聲。說不準那小子是生平初次見到天空呢，但他的運氣也真背啊，竟然是個烏雲密布的天空。

工人於前往巴圖瑪斯B－30採礦場的階梯前集合。採礦場廢棄多時，大概是需要進行大規模作業，人員要比平時更多。

「好，先來查看狀態吧。」

施工班長的話語中流露一股緊張感。不會吧，是能有多駭人？泰琳一邊想著，一邊跟著班長走到敞開的門外，在見到極其殘酷的光景後一時失去了言語。

被氾濫化的各種動物屍骨與纏繞在牠們身上生長的藤蔓，以及將屍骨作為養分長得與人類一般高的巨型氾濫珊瑚。地面上究竟是有什麼聚積在上頭，泰琳每邁出一次步伐，就感覺到鞋底板有黏糊糊的東西沾附在上頭。屍體逐漸腐敗所散發的、觸及人體某個內臟部位的惡臭撲鼻而來，階梯附近也有氾濫體細絲橫七豎八散落一地，班長邊皺眉頭邊將它們推向一旁。

「打掃這裡之後要用在哪？有重新啟動下方的栽培室了嗎？但沒聽說這件事啊……」

「那就不曉得了，就聽命行事吧。」

施工班長將裝備分給了發牢騷的工人們，泰琳與仙奧也接了過來，有開山刀、廢棄物專用袋、各種攀牆裝備。

泰琳熟練地帶上裝備後環視周圍。轉眼間在施工班長面前花言巧語，把自己想要的東西弄到手的仙奧跑來泰琳身旁說：

「好！我們要去的是那邊，我說我們兩個會去處理。」

「一看就多到不行，真的說要單獨兩個人做？」

「嗯……那就放著啊，下次再來吧，反正要調查的事多著呢。」仙奧笑嘻嘻地說道。

環繞拉布巴瓦外圍的栽培區上頭有個採礦場，採礦場是讓陽光穿透至栽培區的設施，同時也是連結拉布巴瓦與地上世界的唯一場所。在拉布巴瓦出生的人們終生不會前往地上，唯有此處採礦場的工人是例外。

地上是氾濫體時時猖獗之處。越過防禦牆後，死去動物的屍體、排泄物等即便只過了一星期也會滿山滿谷。雖然啟動了管理機器，但有許多狀況是光憑機器處理不來的。把氾濫化的屍體堆放著，不只栽培效率會降低，也可能將氾濫體引誘至鄰近通風口。當負荷過重，就可能發生採礦場坍塌的大型事故。最終，有人必須來清理採礦場。一般來說，是具有癲狂症抗性卻無法從事派遣者這類職業的人負責此工作。

泰琳時不時會跟著仙奧來採礦場打工。仙奧自小就持續慫恿宣稱基於良心不能聘用童工的人力事務所經理，成了長年做這件事的資深老手。她的抗性之高媲美泰琳，加上動作神速、擅長攀牆、狹小空間也能手腳俐落地鑽入，因此很難找到像她一樣的人力。

若是問起為何要經常從事這麼險惡的採礦場工作，仙奧就會以相較於辛勞，報酬十分優渥來搪塞，但泰琳曉得仙奧來採礦場的真正理由。撒在這玻璃板上頭的東西全部都是地上世界的碎片，牠們來自外界，上頭總多少帶有一些氾濫體，只是程度有別。仙奧總會眼神閃閃發亮地望著那些屍體，望著腐敗後散發令人作嘔的氣味，但又泛著神祕光芒的穢物。當泰琳說「妳這人還真是有病」時，仙奧自己也不否認，只是嘿嘿笑了笑。

今天有些不同。今天仙奧來這是為了尋找那個「信號」。直到上週泰琳還以要專注於派遣者測驗為由拒絕，但幾天前與伊潔芙談過後改變了主意。

伊潔芙要她在性急地中斷神經磚之前，先確認那幻覺與幻聽主要是發生在何時、何種情況下，泰琳決定聽取建言。如此一來，仙奧打算調查的那個信號也可能成為一種線索。從數個月前開始，就出現了連接地上與地下的規律震動聲，仙奧說那不像是自然災害或崩塌事故的前兆，而像是蘊含某種訊息的震動。相較於仙奧，泰琳感受到的地盤震動沒那麼強烈，但每次感應到時，腦中都會有某樣東西在蠕動的感覺。或許循著那蠕動的感覺去追查，就能知道幻聽的理由。儘管只是無頭蒼蠅般的推論，但此時泰琳只想趕緊抓住一根救命稻草，所以就來到了採礦場。

拉長施工用細繩，標示施工區後，泰琳與仙奧走向採礦場的最外圍。

「可是若照妳說的，那個信號是來自地底深處。想要尋找信號，反而應該進入拉布巴瓦最深處，而不是這裡吧？」

「嗯，恰好相反，意思是說……」

仙奧手持開山刀大力一揮，一邊砍斷巨型氾濫珊瑚一邊說：

「信號是從外頭、從地上傳到地下的。很奇怪吧？究竟外頭有什麼事需要傳信號？」

確實很不尋常。人無法生活於地上，拉布巴瓦與在正上方的紐克拉奇基地至少是驅逐了氾濫體，但就連那個地方也難以生活，因此據說只有最低限度的管理人力常駐。仙奧會不會是誤讀了信號的方向，其實信號是從地下通往地上呢？

但就算信號是從地下傳往地上也同樣不尋常。究竟是誰做出這種事，又是為什麼呢？

泰琳沿著藤蔓攀爬到牆上，噴灑了使氾濫珊瑚軟化的噴霧。當泰琳在作業時，仙奧就負責聆聽信號。她將耳朵貼在地面上，透過玻璃窗聆聽擴散的震動並跟隨它的來源。

「那個信號在這裡確實聽得很清楚。妳腦中的那個也有反應？」

泰琳試著稍微專注聽腦中的說話聲，但此刻什麼也沒聽見。見泰琳搖頭，仙奧貌似惋惜地聳了聳肩。

「嗯，至少要有點反應才好玩啊……」

仙奧似乎把這問題看得要比泰琳更輕鬆，而且她明明就知道神經磚原本不具有特有的聲音、僅是單純的記憶輔助裝置。泰琳不禁噗哧一笑。

「被妳說成有不有趣的問題，有點傷我的心耶？」

「神經磚竟然有自我耶，不覺得有趣極了嗎？」

將耳朵貼在地面上胡說八道的仙奧突然抬起頭。

「啊，下雨了。」

泰琳這也才意識到有雨滴落下。仙奧甩了甩頭，從地面上起身，泰琳也暫時停止作業，仰望天空。這場雨參雜了氾濫體，其他施工者也攤開遮陽篷，聚集在那底下躲雨。若是雨勢持續，作業恐怕難以進行下去。

人類離去的地表上，自然現象的發生一如既往，水流循環、空氣流動、雲聚雨落。在拉布拉瓦時，人類失去地表這事顯得十分重大，但只要來到幾公尺上方的採礦場一看，就能知道那是一種錯覺。地上就算少了人類也如常運轉。

施工班長留心觀察天空，接著表示雨勢看似不會維持太久。

「先歇會兒，等雨停就接著上工吧。」

彷彿不會停止的傾盆大雨，卻被老練的施工班長給說準了，很快就消停了。重新開工後，泰琳與仙奧也移動至原本的作業地點，但雨後地面有積水，仙奧只能中斷尋找信號。泰琳此次前來也並未對信號本身抱持太大期待，因此兩人決定先迅速展開氾濫體清理作業。

這時後方傳來了刺耳的尖叫聲。

「是屍體！這裡有屍體！」

工人們一窩蜂地湧向聲音來源處。

泰琳與仙奧也穿過支離破碎的氾濫珊瑚與一堆廢棄物專用袋跑向了那側。體格魁梧的工人們包圍了現場，所以看不太清楚，但似乎是雨柱的沖刷導致泥土堆坍方，埋在裡面的屍體因此露了出來。

那是曾經為人類，但此時已全然喪失其形貌，僅能勉強辨識出曾是人類的某樣物體。

形形色色的氾濫體覆蓋了這具體格約莫是成年男子的屍體。有紫、藍、紅色的氾濫珊瑚密集生長，乍看之下猶如刻意塑造的造型展示品。蕈菇狀氾濫珊瑚穿透原是眼球位置長出來，效仿曾是大腦的形體並覆蓋頭部的氾濫體，已足以教人噁心作嘔。

「退後！不要靠近！」

施工班長粗魯地揮手讓大家往後撤，泰琳與仙奧先是假裝退下，後來又趁施工班長轉移視線時趕緊湊近。覆蓋屍體的氾濫體使那玩意看起來不像眼球，而像是來自其他星球的物體，就像來自外星球某處的存在……但那曾經是名人類，而那外頭是人類無法生存的土地，因此想必他曾是這座地下城的居民。

「看來他本來是想去城外吧。」

仙奧喃喃自語，旁邊的男人回嘴：

「去城外，何必幹那種事？」

但泰琳是曉得的，癲狂症發病者出現的症狀中，也包括了手腳掙扎地想往地上逃的遁逃症狀。其中部分人士因為打不開從採礦場通往外頭的艙口，在那前面被逮個正著，不然就是在通風口以澈底脫水的悽慘死狀被人發現。

這男人是怎麼突破阻隔地下與地上的分界來到這裡，但仍不幸地被夾在那縫隙之中死去呢？若能預知自己會全身覆滿氾濫體，並以那種不堪的樣貌迎接人生的終點，他是否會留在城裡呢？想必這種假設是無謂的，因為導致一切理性判斷失效的，正是氾濫體所引起的癲狂症。

泰琳從思緒中回過神時，身旁的仙奧卻不見人影。轉頭一看發現仙奧在幾步之遙的距離，入神地盯著的不是屍體，而是採礦場的地面。準確來說，是採礦場玻璃下方的某樣東西。

「那裡有什麼嗎？」

泰琳在不被其他人察覺的前提下悄聲詢問，來到了仙奧身旁。仙奧將覆蓋地面的氾濫體與藤蔓之類的撥開，趴伏在地面調查下方。泰琳也像仙奧一樣將身體貼向地面。

這時泰琳的腦袋有某樣東西動了起來，那種感覺又來了……有樣尖銳的東西攪動神經細胞前進，感覺四散的神經細胞開始重組。泰琳瞬間像是暈車似的感到眼前天旋地轉，整個人摔在地面，但她竭力端正坐好。

我想去外面。

「喂，你們兩個，快點退下！」

聽到有人高聲警告，泰琳抬起了頭。施工班長帶來工程機器人，與其他工人合力在屍體周圍築起圍籬。雨勢雖然停歇了，但因為發現屍體，今日的工程似乎是泡湯了，就連查看地底下，彷彿要穿透採礦場的地面往下鑽似的仙奧，最終也只能跟泰琳一同起身。

稍後工人們拖來一臺巨大的搬運車，將屍體與廢棄物全數運走了。工人們通過淨化氾濫體的三階段氣閘艙，重返地下後，意外地各自拿到一張保密承諾書。

「這裡嘴巴不牢的大叔就有多少個，哪有可能保密。」

泰琳覺得紙上寫的內容很可笑。先不說別人，光是仙奧一回到家就會把今天的事一字不漏地告訴賈斯萬了；到了明天，《午後的聒噪精魯博斯》就會談論起圍繞著採礦場屍體的各種爆料怪談。

經過巴圖瑪斯廣場回到哈拉潘的期間，泰琳緊閉雙唇，仙奧似乎也陷入沉思似的不發一語，但就在岔路上分別的前一刻，仙奧冷不防地問了：

「剛才那個玩意也有搭話吧？就像擁有自己的聲音。」

泰琳點點頭，仙奧以漫不經心的語調提議：

「不如給它取個名字吧？」

「是在胡說什麼啊，為什麼要替它取名字？」

「其實我也偶爾會聽到幻聽，但那不是會隨時沒頭沒腦地搭話嗎？如果幫它們取個名字，就會稍微安分一些，因為叫它名字，就能掌控它了。」

「妳又在出些怪主意了。」

泰琳不冷不熱地回應。仙奧露齒一笑，揮了揮手就先走掉了。真是只會出一些幫倒忙的建議啊……但轉身走在幽暗巷弄的期間，泰琳反覆咀嚼仙奧的話。要我替它取名字？聽起來就很荒謬啊，但這主意似乎還不賴。要是替它取名，稱呼這問題就要簡單一些了，那麼說不定處理起來也會輕鬆一些。

但要它取什麼的名字呢？

「索兒。」

腦中頓時浮現這個名字。取什麼索兒啊，感覺就像給魚兒取的名字。雖然不明緣由，但一有了要給那傢伙命名的念頭，記憶中的某處便冷不防地浮現索兒這個名字，好像打從一開始就把這名字放在了心上。

「索兒，聽見我說話嗎？」

自然是沒有回應。

但總覺得，那玩意此時正留心聆聽泰琳的聲音。

嗶的一聲，戰鬥模擬開始了。

泰琳舉起沉眠槍，具威脅性的猛獸咆哮聲頓時傳來。泰琳調整舉槍手勢，採取警戒姿態。彷彿要震破耳膜般的怪聲響徹雲霄，在蓊鬱的密林之間，一隻特殊變異的雲豹現身了，泛著銀灰色的眼眸反射出光澤。隨著皮膚表面的雲朵狀斑點，長出了蜘蛛絲狀的鮮紅氾濫體。當雲豹縱身跳躍時，如細線般的氾濫體往外彈跳，高低起伏，在半空中畫出圓形後往下墜落，一方面顯得驚悚嚇人，同時卻又猶如拋撒紅緞帶的舞姿般優美。

雲豹正視泰琳，轉了一圈，泰琳跑向側邊，調高了沉眠槍的射擊強度。氾濫化的動物皮膚會變得堅硬，要以子彈射穿並不容易，而且像雲豹這類身手敏捷的猛獸，要找到沉眠子彈能鑽入的弱點部位也有難度，但方法向來都有。泰琳快速地掃視雲豹的身軀，氾濫體尚未全面覆蓋的背部映入了眼簾。

等等，別開槍！

就在泰琳停下動作的瞬間，雲豹朝泰琳猛衝。雖然開了槍，但為時已晚。

「呃啊！」

雖然驚險地滾落一旁，避開了被雲豹咬的命運，但左耳被扯掉的痛楚造成強烈衝擊。儘管理智上明白耳朵並不是真的被扯掉，但泰琳仍花了好幾秒鐘才回過神來。難以將神經磚與實境模擬連結的泰琳，必須另外配戴附屬機器，但那玩意為了重現負傷的懲罰，因此對泰琳的耳朵施加強大電擊。

「呃，製作的傢伙認為派不上用場，就做成這副德性……」

耳朵火辣辣的，強度根本就超越了什麼測驗。又不是實戰，難道就要在實境模擬上被撕裂鼓膜了嗎？如果神經磚啟動的話，頂多也就是刺痛而已吧。

好不容易瞄準沉眠槍，給雲豹來個致命一擊後，泰琳脫下頭盔丟到一旁。耳朵實在太痛了。前方的全像投影浮現了估算泰琳戰鬥分數的畫面。要不是因為聽從了「等等，別開槍！」那句話，不然也不會被扣分。

「索兒，又是你吧？」

泰琳猛揉左耳，不滿地嘟噥道。

「我究竟是做錯了什麼，你才這樣折磨我？我明白你沒能好好發揮功能，內心很鬱悶，但我的大腦長成這樣難道是我的錯嗎？你安分點好不好，嗯？」

沒有答覆。向來都是這樣。只要自己高興時才說話，不高興時就閉嘴，泰琳甚至無從得知它到底有沒有在聽自己說話，但它的存在感是無庸置疑的。究竟是想怎樣？事實上無從確知剛才那到底是索兒的聲音，抑或是在播放記憶中的電影臺詞，總之泰琳替這一切的阻撓與幻聽、不確定是否擁有自我的錯誤本身取了個「索兒」的名字。

替錯誤命名，總覺得這問題似乎擁有了更明確的實體。倘若在此之前不知道問題是什麼，只覺得彷彿被捲入了無法理解的災難，現在至少能掌握問題的形態了，儘管棘手的問題本質並沒有變就是了。

泰琳嘗試了好幾招解決辦法，不讓索兒再妨礙自己。

第一招，無視。

當索兒發出任何聲音或在腦中蠢蠢欲動時，泰琳就會讓想法反其道而行；她也試著找了從前文明在亞洲文化圈進行的冥想修行資料。閉眼，專注深呼吸，想著腦中空無一物，消除雜念，但不見效果。以冥想之名，擺出平時絕對不會做出的怪異坐姿，不僅覺得自己很蠢，而且愈是盡可能想轉移對索兒的關注，那玩意就會把腦袋搞得更嘈雜，就像個想引起泰琳關心、不停耍賴的孩童。

第二招，咄咄逼人。

泰琳斥責索兒。你究竟是什麼啊？為什麼神經磚這種玩意會擁有聲音？當我需要神經磚時不現身，事到如今才突然產生連結來折磨我嗎？再說了，你也不盡神經磚的本分好好輔助我，反而還成為我的絆腳石，究竟是為什麼？你確定是正常的神經磚嗎？既然沒辦法發揮本身的功能，乾脆自行關掉電源豈不是比較好？

咄咄逼人的方法要比全然無視來得有效果。剛開始泰琳很微妙地接收到索兒意志消沉的感覺。儘管它像在反抗泰琳似的，在腦中橫行霸道的行徑一如既往，但總覺得少了點生氣，死命折磨泰琳的感覺削弱了。

雖說如此，但緊接而來的副作用可就嚴重了。首先，對索兒咄咄逼人時，索兒會像是悶悶不樂般安分一段時間，但等到泰琳專注在其他事情上頭、顧不得索兒時，它就會毫無預警地蹦出來，極盡其所能地搗蛋，製造出各種酥酥麻麻、陣陣刺痛的感覺。只有剛開始時短暫見效，到後來真是讓人恨不得除之而後快。

第三招，哄騙。

泰琳決定嘗試跟它對話。雖然不知道語言能不能通，但她決定要先安撫安撫索兒，把索兒想像成貓狗般的小動物，而不是單純的神經磚或程式錯誤。聽說從前文明的人類會撫養伴侶動物，與牠們一起生活，因此值得試一試。

有次泰琳曾在哈拉潘的街上發現一隻四處遊蕩的狗兒，卻無從得知只有富人才會飼養的狗兒何以跑到哈拉潘來。賈斯萬檢查狗兒身上，發現識別晶片似乎被刻意取出後扔掉了。泰琳與仙奧很想養那隻狗，但少了當局的許可，這件事等於天方夜譚。數日後，公務機器人來把狗兒帶走了。泰琳有好一陣子自責不已，早知道就對賈斯萬叔叔耍脾氣，哪怕是要欺騙公務機器人也要把那隻狗兒留下，但此時想來，那種想法毫無責任感可言。泰琳從那時就夢想成為派遣者，因此最終只能把狗兒丟給賈斯萬或仙奧。不過，在這短短的時間內，泰琳仍從照顧那隻在自己腳邊嗚咽的小傢伙，隱約明白了把心交給某種存在是什麼樣子。

當然了，要把索兒想像成貓狗不是件易事。索兒沒有形體，而這意味著它沒有能讓人輕撫的柔軟毛髮、蓬鬆乾爽的尾巴，或是明亮澄淨的大眼睛之類的；索兒做的事就只有搗蛋。對於冷不防地出現於泰琳的腦中，說完莫名其妙的話後消失，或者在神經細胞之間胡亂攪動，製造出刺痛、噁心反胃、浪濤翻湧等感覺的傢伙，要對它懷著慈善或憐憫是在強人所難。若是嫌它累贅、礙眼、恨不得將它驅逐，還比較說得過去呢。不過，還是得試一試。

「我跟你說啊，索兒，你待在那兒沒關係。我明白你肯定也不是出於自願吧。你也應該有身為神經磚的自尊心才是，如果可能的話，肯定也想待在正常又聰明的人的腦袋吧，但事已至此，我們如宿命般被綁在一起了。可是偏偏你進入的大腦，是個沒出息、愚蠢的大腦，只要稍不專注，就完全無法發揮功能。要是你老是妨礙個沒完，恐怕就連你要安居的大腦本身都會澈底發瘋，因此拜託你別搗蛋了，好嗎？」

就安撫的話來說，這番臺詞似乎帶有些許威脅意味，因此泰琳立即修正：

「沒有啦……好吧，你稍微動一下也無妨。雖然不曉得變成你究竟是什麼樣的感覺，但總之待在那裡不動肯定也不舒服吧。但我說不行時，必須專注時，還有在緊要關頭時，你就什麼都別做。也別跟我搭話，別讓我有什麼刺痛感，就乖乖地待著。如果你能做到，其他時候我就任由你去。」

說句真心話，泰琳希望索兒在每一刻都能乖乖別動，但總之這次也沒收到回答。泰琳想知道索兒究竟是什麼樣的存在，是如何認知、感覺世界，也想準確地搞清楚，索兒究竟只是由神經磚的錯誤引發的「現象」，又或者真是擁有自我意識的「存在」，但她卻無從查明白。還有，就算查明白了，也不代表就有解決妙計。反正從泰琳的立場上，索兒不過是突然亂入大腦的不速之客，雖然伊潔芙要她等一等，但到頭來除了把它驅逐出去，似乎也沒……

這時泰琳的後腦杓有種東西在扎的刺痛感。

「搞什麼，你，剛才讀了我的想法？」

接著，她感覺到腦袋中有畫圓般的流暢律動。

「回答了耶？」

這次律動也很輕柔。

「你……原來有在聽我說話啊，還讀我的想法。」

如水波般流動的感覺。

「既然語言能相通，就藉機說個清楚吧，拜託你別沒頭沒腦地大叫或弄疼我，我會感激不盡。」

這次也毫無反應。又來了嗎？高興時就反應，但碰到正經事就迴避。就在泰琳的怒火竄上來之際，腦袋的後方傳來了聲音。

「不是的。我！故意……」

就是那個聲音。不是重現泰琳記憶中的其他聲音，確實就是索兒自己獨有的聲音。既非少年也非少女，位於其間的模糊感，些許猶豫般小心翼翼的聲音。泰琳想了一下，問道：

「不是你做的？」

泰琳感覺到左右搖晃的強烈律動。它是在模仿人類搖頭的動作嗎？泰琳再次問道：

「是說你不是『故意』的？」

這次感覺到像在贊同般的水波律動。

「那知道為什麼會發生那種事嗎？」

「我，不知道。」

「什麼都不知道？你不是神經磚嗎？」

「什麼都。有沒有。為什麼這裡。」

泰琳嘆了口氣。是怕誰不知道你是不適應者的神經磚嗎？

「好，我都這副德性了，你要是能正常發揮功能可就怪了。那就一起找找理由吧。」

那個禮拜泰琳都在嘗試與索兒對話。因為不能在有人的地方自言自語，所以地點多少受到限制，但索兒不只能聽懂泰琳說話，似乎還能稍微聽懂她的想法，只是用聲音清楚表達時，意思也傳達得比較順暢。

泰琳必須解讀索兒傳達意念時，在腦袋中使用的一種手勢，但要理解起來卻不怎麼容易。首先腦中的律動這種感覺本身就是以前未曾有過的奇異感覺，同時也不是畫於平面上的圖形之類的型態，因此讓人是霧裡看花，摸不著腦袋。但試到最後，泰琳倒是明白了幾件事：水波般的感覺是肯定，上下左右強烈來回是否定，心情變差時會有刺痛感，悶悶不樂時會有緩慢揮動的感覺。

還有努力嘗試對話的最後，泰琳又明白了一項重要事實。

索兒完全沒有自己是神經磚的自覺。

「所以說我也調查過了，神經磚手術者裡面沒人出現過這種現象。的確有人替它取名字，畢竟不管是機器或物品，替它們命名的人多的是，但倒是沒聽說過神經磚彷彿有自我似的跟人溝通的情況。在某種程度上它就只是個輔助裝置，輸入其中的程式不會像擁有自我意識般行動。瑪諾阿姨問了，是不是最初那個晶片就是非法改造的，所以才出現了異常現象。我雖想進一步調查，但並不容易。我把妳的事適當改編，說得好像是別人家的事，結果瑪諾阿姨一副馬上要把妳抓去解剖大腦似的。」

跑到杉達灣非法手術所去進行調查的仙奧，也沒發現什麼適當的解決辦法。泰琳覺得腦袋更千頭萬緒了，果真是因為索兒是非法改造的神經磚嗎？假如原本無法擁有自我的神經磚因非法改造而擁有了自我，又或是有意模仿，那也就能理解何以索兒缺乏自己是什麼的自覺了。因為就算不知道是誰製造了索兒，那人肯定都沒考慮到必須替擁有自我意識的程式準備些什麼，或是後果之類的。即便怒氣沖沖地質問怎麼會有人如此不負責任，眼下也無計可施。

戰鬥模擬測驗在即，伊潔芙來了聯繫，說正在打聽分離手術，但需要準備，最快也要等派遣者測驗結束後才能進行，並要泰琳有空時到研究室一趟，兩人一起嘗試控制那東西。

泰琳看到訊息後遲疑了許久，不曉得該如何回覆。雖然內心恨不得立即衝向伊潔芙的研究室道出一切，但其他念頭卻讓泰琳緊急煞車。她拿不定主意，是該坦誠說自己替那問題取了個名字，也多虧此舉而能跟它對話，但情況看起來並不像是解決了，反而彷彿置身五里霧之中嗎？但泰琳只送出簡短的答覆。

〔我找出了控制的方法。等測驗結束後我會接受分離手術。〕

藏起真心話後，後悔再度襲來，但泰琳不能據實以告。

泰琳不希望伊潔芙又因為自己而遭人誤解，最重要的是，泰琳並不想成為伊潔芙的「爛攤子」。她想成為的不是伊潔芙必須費心照顧的對象，而是能與其平起平坐，同時又顯得特別的存在；時而伊潔芙能對泰琳吐露真心話，又能稍微依靠她……思考自己是否能對伊潔芙成為那樣的人時，就不免覺得遙不可及，但若是成為派遣者，也因此能以堂堂正正的派遣者之姿站在派遣者伊潔芙面前，屆時或許就能成真——無論是要對伊潔芙坦誠，抑或是擄獲伊潔芙的心。總之，派遣者測驗是不可錯失的機會。

「所以啊，這次你務必安分，索兒。」

「我，到現在，不知道怎麼安分。」

「不知道也要想辦法。」

泰琳氣呼呼地說：

「不然我就把你消滅。」

不知是出於迫切，又或者脅迫見效，幸好戰鬥模擬測驗沒有太大問題，順利畫下了句點。戰鬥時，相較於深思再後行，仰賴肌肉長年浸濡的習慣與反射神經，似乎比較不受索兒的影響。

真正的問題在這之後才登場。

換句話說，「我要把你消滅」這句話成了導火線。這是泰琳的失誤。索兒是擁有自我意識的存在，面對宣稱要消滅自己的威脅自然會感到恐懼，不會當那只是句挖苦的話，結果就是以銳不可當的憤怒回歸。

接下來的一週，泰琳每晚都做了噩夢。每到凌晨就被驚醒，因此有了先前沒有的失眠症。索兒似乎是噩夢的禍首，但這問題並不是明白原因就能解決的，所以就更教人抓狂了。況且，索兒就連自己是神經磚的事實也十分抗拒。白天時，它堅持說要查出不是神經磚的自己為什麼會在泰琳的腦中，引發各種記憶混亂。倘若大腦中發生海嘯，八成就是這麼一回事。不分日夜的痛苦讓泰琳吃不消，最終只能舉白旗投降向索兒道歉。

「拜託你住手，我保證，不會消滅你。索兒，我做錯了，所以你先停一下，我們一起慢慢想，好嗎？」

接著便感覺到猶如水波般滲入的律動。

「不會……消滅我嗎？」

泰琳忍不住苦笑。一整個禮拜都在搞怪，現在只聽到「不會消滅你」這麼一句話，態度竟然就有一百八十度轉變。

「是啊，當時是我說錯話了。我沒辦法隨意就刪除擁有自我意識的你，至少要查出理由啊。」

腦中似乎掀起了波浪。索兒喃喃自語：

「我有，自我意識？」

「你不是認為跟我是不同的存在嗎？不是很好奇你是什麼，想知道如何進入我的腦袋嗎？認識一個存在的過去與現在的敘事，那就是自我意識。」

「我想知道，但我不知道。」

「你是神經磚，在手術所被安裝於晶片後進入了我的腦袋，但我也不曉得為什麼你會擁有自我意識，必須一步步查清楚。不過我希望眼下你的混亂能稍稍化解，因為要是你這麼橫衝直撞的，我也不知道該如何是好。」

「抱歉。」

聽到索兒如孩子般的聲音，泰琳心中的煩躁感也緩和了一些。要是具有某種自我意識的存在面臨與索兒相同的處境，要維持神智清楚無疑是天方夜譚。假如是以就連自己是什麼也不知道的狀態，就被囚禁於他人大腦內的話。

「但我不是，神經磚。」
「你為什麼這樣想？」
「你說的神經磚，跟我不一樣，我不是。」
「不過……那並不是你說了算的。那是來自外在的。假如我是人類，就算我相信自己不是人類，我依然是人類。你也一樣。你是神經磚，就算你不相信自己是，你也依然是神經磚。」
「為什麼非這樣不可？」
「這個嘛，因為就是這樣！」
究竟有什麼辦法，能向不知道自己是什麼的存在解釋所謂的自我意識與身分認同的嗎？有別於泰琳說不出的悶，索兒給出的回答倒是很沉著冷靜。
「我沒有，身為神經磚的感覺。我，不是，輔助裝置。」
「那你感覺自己是什麼？」
「我是索兒。」
「你覺得自己是『索兒』？」
「嗯……」
「但那不是我替你取的名字嗎？」
「對。」
「『索兒』就只是個名字罷了。光憑名字無法解釋你。來，聽好了，我是鄭泰琳，但光憑

『我是鄭泰琳』這幾個字無法道出關於我的一切。我在哪兒出生、為什麼來到這裡、過著什麼樣的生活，還有我和什麼樣的人如何建立關係，這些故事會匯集起來，構成『我是什麼』的感覺。當然了……是啊，你是沒有那樣的過去。你是神經磚，雖然這樣說是有些抱歉，但你是製造時出現錯誤的神經磚。製造你的人不負責任地替你加入感覺自我意識的功能，卻沒有填入內容，但首先，你必須接受事實。」

索兒有好半晌沒有說話。泰琳心想自己是否一口氣對擁有稚嫩自我意識的索兒說了太多，但過了許久，索兒傳來的一句話卻讓人大感意外。

「我，有過去。」

「你有過去？記得你是什麼？」

「不，不記得，但我有過去。」

「那究竟是什麼……」

泰琳頓時驚慌失措，接著閉上了嘴，突然有種心驚膽跳的感覺。她並不想面對，不想再聽索兒的故事，哪怕是遲早都得聽，但也不是此時此刻。只是泰琳還沒來得及回答，索兒就開口說了：「我給妳看……過去。」

下一秒，濃烈的藥品味瀰漫，冰冷的黏液往泰琳的頭上迅速傾瀉而下。

不，這是幻覺，但幻覺是如何能重現出氣味與觸感？有某樣東西環繞泰琳，重重地壓著她，將她狠狠地搗碎後連結至四面八方。身體變得冰冷起來，冷颼颼的空氣碰觸皮膚。

泰琳這時才領悟到自己身在何處。或許，這是某人的記憶。四面八方傳來慘叫聲，泰琳伸出手想阻擋它。別喊叫、別哭，但慘叫聲持續不止。那慘叫聲像是孩子們的聲音，又或者，像是泰琳自己的慘叫聲……

「夠了，住手！」

一陣痛感，那是把曾是泰琳的一部分強制剝離的痛感，分離的痛感，大腦支離破碎的痛楚，而那種痛苦不只是泰琳的，是銜接在一起的。其他孩子們的痛苦即等於泰琳的。就在開始分不清什麼屬於誰的時候……

「我叫你住手！」

泰琳用盡了全身的力氣，就像記憶中發出悲鳴的孩子們。直到外頭傳來砰砰的踹門聲之前，泰琳對於自己有多聲嘶力竭毫無自覺。有人正在踹泰琳家玄關門，怒氣沖沖地說吵死人了。泰琳回過神來，視野也跟著恢復原狀，泰琳置身於原本站立之處，自己的房間，但彷彿有凍死人的冰水往頭上澆下似的，全身起了雞皮疙瘩，汗毛全豎了起來。

泰琳安靜下來後，踹門的人也在破口大罵完之後揚長而去。腳步聲逐漸遠去，泰琳吁了一口長氣。

那不是索兒的記憶，而是泰琳的記憶，是不知何故，泰琳無法清晰憶起、模糊不清的記憶。但泰琳知道那明明白白就是自己的隱祕記憶。泰琳感到怒火中燒，她可從沒期望誰會擅自去攪亂它。那是不想被不速之客亂翻的根源記憶，可是區區的神經磚竟然擅自去翻動它？

「立刻從我腦袋中滾開。」
泰琳壓低嗓子，怒聲警告：
「再也別出現。」

6

生存測驗當日，搭乘電車進入長長的通道時，泰琳期待著預想的風景出現在眼前。這是因為今年生存測驗會在杉達灣南部的封鎖區、過去因氾濫體流入事故而封鎖多時的出入禁止區域進行。

泰琳暗自希望傳聞成真，雖然不曾去過杉達灣的封鎖區，但自小泰琳就與仙奧走遍拉布巴瓦，把無數禁止區域當成自家廚房進出。曾經是城市的封鎖區是如何變化的，要如何在那裡尋路並找出目標物，泰琳自有一番獨到見解。

但應試生們抵達的地點卻是八竿子打不著的地方。

「這裡……不是廢礦嗎？」

有人仰望入口，用一種恐懼畏縮的聲調說道。就連大部分場所都自信滿滿的泰琳，也在看到那狹窄漆黑的入口後，不自覺地縮了縮身子。有名應試生貌似有幽閉恐懼症，整張臉頓時刷白。

泰琳雖不至於那樣，但內心同樣避之唯恐不及。

有人竊聲說了：「甚至聽說還不是廢礦原貌呈現，而是經過改造，打造成複雜迷宮般的考場。生存測驗本來不是都會刷掉很多人嗎？」

助教說明起生存測驗的規則。想要通過測驗，就必須在內部熬過八十小時，不然就是在那之前找到出口逃出。無法逃到外頭的應試生，則會以在考場內部憑自身力量找到的糧食、水、內部勘查紀錄為基礎計分。

考場的入口超過十處，在離入口不遠處就有岔路。即便大家各選不同的路分散也綽綽有餘。有些入口走不了多久就會碰上死胡同，而其他入口則可能輕易通往對面的出口，因此就祈求自己好運相隨吧。過去應試生在生存測驗中死亡的情況屢見不鮮，近年來為了防止意外，提供了能要求緊急救助的無人機。

「但若是呼叫救助無人機，就會從測驗中淘汰。還有，就算沒有直接呼叫無人機，但只要無人機偵測到生命體信號並判斷沒有意識，就會自動呼叫。若是拋下無人機跑得太遠也會被淘汰，還請多加留意。」

廢礦內部的氾濫體移除裝置早已停用多時，雖然尚未走進入口，但助教拿在手上的氾濫體測量儀器早已等不及吐出震天響的警報聲。既然能通過先前測驗來到這裡，也意味著自然得承受那種高數值的氾濫體。

索兒並未現身。話是不是說得太重了？但想到索兒胡亂攪動記憶，泰琳就不由得生氣。她並不想遭到侵犯。就算神經磚只是記憶輔助裝置，即便索兒有檢視那些記憶的權限，主張那是索兒自己的記憶，依然是荒謬且令人氣結的。

昨夜，當伊潔芙再度聯繫詢問她的近況，泰琳回覆目前已毫無問題，自己會專注於測驗。或許那正是泰琳的真心。索兒消失，因此問題也就沒了。好聲好氣地哄騙那傢伙、努力想跟它打好關係，不過是因為那玩意出現在泰琳的腦袋，所以才逼不得已必須熟悉跟它和平共處的辦法，但假如索兒永遠消失呢？再也不出現呢？

乾脆澈底消失還比較好呢。泰琳雖然這麼想，卻又萌生微妙的酸楚。她想著說自己不想消失，感受到威脅時起而反抗的索兒，自責感湧上心頭，但還來不及細細咀嚼那份自責，告知測驗開始的信號便響起。

廢礦的門開啟了。

泰琳的順序位於中間，準確說來是比中間要後面一些。順序是依先前測驗的分數排定，表示她屬於後段班。無論如何都得把這次測驗考好才行。因為索兒意想不到的阻撓，不，因為神經磚的錯誤引發了問題。往後別再稱呼它為「索兒」比較好。有別於當初的想法，愈是將它當成活生生的存在、當成擁有自我的存在，處理起來就更棘手。泰琳因此打定了主意。難道能終生都把大腦的某個角落都讓給那東西嗎？不行嘛。

泰琳慎重地望向前方，邁出步伐。

從入口到岔路為止，還有微弱的照明，但從第一個岔路開始，光線就立即消失了。泰琳將頭燈的亮度調弱後打開了燈，水與糧食、照明電器全都得省著點用。就理論上來說，就算三日不吃不喝也能存活下來，但就算能僥倖通過測驗，也仍只是屬於後段班。

目標是最先找出從廢礦出去的路徑。從一開始進來，泰琳就只想著這件事。

坑道逐漸變窄，內部猶如一座迷宮。從入口到某個定點為止都還能打直腰桿行走，但愈往內走，必須蜷曲身子的區段就多了起來。此外，泰琳挑選的是一條與自然形成的洞窟結合的路徑，即便只是短距移動，體力仍急速耗盡。

不過，探路也算是泰琳在拉布巴瓦做了一輩子的事。四處尋找捷徑去替賈斯萬跑腿時、跟著仙奧探索城裡的可疑場所時，仙奧會敲敲地面或牆面，教她聆聽震動傳出去的方法，而就算實力不比仙奧，泰琳也算是很擅長這件事。

但今天卻覺得哪兒怪怪的，平常的方法不管用了。把耳朵緊貼在地面時，應該能讀到地下水的流動，或者摸清哪兒有空曠的空間，此時卻一無所獲。泰琳的心中有說不出的悶，於是調高頭燈的亮度環視周圍。

「這裡，明明就來過啊。」

不可能的，一定是太過緊張了。坑道內部幾乎沒有能辨別相似路徑的標誌，因此也可能是錯覺。

直到能攤開簡易睡袋的空間出現時，泰琳只稍微瞇了一下眼、稍事休息，接著又起身繼續走。她經過看起來完全不像路的牆面之間，也在極為低矮的岩石下匍匐前進；她在橫跨老舊不堪的軌道時險些墜落，也在翻越阻止前行的鐵欄杆時被劃傷。

她也遭到氾濫化的飛蟲攻擊，還撞見了數百隻蝙蝠群。聽到其他應試生在牆面另一頭的聲音後，她刻意避開那條路走。畢竟這是場競爭，而有些傢伙會企圖阻撓。雖然泰琳開始有水與糧食或許會不足的想法，但她下定決心要在用罄前找出逃脫路徑。

過不了多久，泰琳就碰上了一條死路。

不，準確來說並不完全是堵死的。有一口能往下的豎井，只是窄到不行。雖無法目測，但從聲音聽起來少說有數公尺。不僅要以現有的裝備下去過於危險，這也不是一個人能勘察得來的。

「但，路就只有這麼一條。」

泰琳喃喃自語，打算無論如何都得下去。重回岔路得走上許久，如此一來，要在限制時間內逃脫的計畫就會以失敗告終。只要從現在開始找到食用水後撐下去，就算不確定能不能通過測驗，但有機會免於落在後段班並慘遭淘汰的命運。

掛上繩索，開始沿著豎井往下。腳先踩在凸出的岩石上，只往下一點點，接著再往下踩。只是過不了多久，泰琳就領悟到這是個錯誤的選擇。接下來的路險象環生，全是看似完全無法通過的狹窄區段，以及要是一不小心踩空，就會墜落於幾公尺之下的區段。好不容易踩到豎井的下半段時，泰琳已筋疲力竭。從豎井的尾端總算來到地面的那一刻，泰琳沒掌握好著地的施力點。

腳踝以怪異的角度拐到，泰琳咬牙嚥下了差點脫口而出的慘叫聲。幸虧腳沒有骨折，但伸手摸了摸，至少韌帶是拉傷了。

泰琳直接在脫離豎井的那個定點鋪上了睡袋，內心盼著只要歇會兒就能再次行動，但調息順氣好一段時間，卻只感覺腳踝的疼痛逐漸加劇，不只沒復原，還紅腫了起來。雖然從背包翻出了急救包，但就只有基本配備。泰琳在沒喝水的狀態下吞下止痛藥，替腳踝裹上了繃帶。口渴得像要燒出火似的。泰琳取出水瓶，水幾乎一滴不剩了。

「啊，真是……太沒出息了。」

真想劈頭臭罵自己一頓。什麼豎井嘛，竟做出這麼傻的選擇。雖然費盡千辛萬苦逃了出來，但豎井底下就只有丁點大的空間，不見一條能走的路。內心的焦急，導致泰琳做出了荒謬至極的判斷，以為這底下說不定會有路通往出口，可是卻連個能走過去的縫隙也看不見，就跟被囚禁了沒兩樣。

泰琳隨即又意識到另一道問題。從豎井往下攀爬的這段時間，頭燈時不時撞上岩石，所以就使用懸掛在腰際上的照明取代，但剛才確認了一下，頭燈已經支離破碎了。稍早前一心只想著要逃出，連頭燈撞壞了都沒發現。

「真蠢，怎會做出這麼愚蠢的事來……」

腳踝愈來愈腫了，食用水見底了，也沒照明可用了。掛在腰際上的輔助照明要不了多久就會徹底熄滅。

若是找不到出路，少說也得在這撐上五十小時，但不只食用水，糧食也幾乎半點不剩了。若是最初沒有設下最先逃出廢礦這般有勇無謀的策略，而是慎重地把方向設為求得水源與食物的話……泰琳在漆黑之中咀嚼懊悔，只感覺到自己的無能為力與懦弱窩囊。

泰琳坐著摸索牆面，嘗試尋找有沒有水漬滲出的痕跡，但牆面是乾的。泰琳也不做他想地將耳朵貼在洞窟牆面上，想要聽出地下水的流動聲。這在與仙奧一起四處溜達時是不費吹灰之力的事，此時卻什麼都聽不見，真的半點聲響也沒有。

絕望感油然而生。會不會是打從一開始泰琳就沒有成為派遣者的能力呢？或許神經磚錯誤不過是個藉口，實際上是泰琳不願承認自己不足以成為派遣者……

萬念俱灰重壓雙肩，身體益發沉重了。

不能放棄，想想別的辦法吧。但即使如此下定決心，身體卻文風不動。沒路了。這是不可否認的事實。泰琳甚至有了這樣的想法：很快就會習慣伸手不見五指的黑暗，就這麼埋葬於此地似乎也不壞。反正就算呼喚救援無人機，也存活下來了，若是無法成為派遣者，在城裡還有活下去的意義嗎？

「路，沒了？」

聽到熟悉的嗓音時，虛脫感讓泰琳以為自己是出現了幻聽，但那確實是索兒的聲音。是先前持續聽見，後來短暫消失的聲音。

「是索兒嗎？」

在黑暗中再次聽見聲音，心中有種異樣感蕩漾。那個聲音，在腦中揚起的水波教人欣喜。

「你之前都跑去哪了？索兒。」

「因為你討厭我。」

「所以就假裝不在？」

「嗯。」

原來還能要它假裝不在啊。不過泰琳沒想在這件事上放馬後炮。

「謝謝，但現在想來，大概問題不出在你，而是出在我身上。我不該只怪你的，抱歉，我只是……我真沒出息，徒有滿腔熱血，要是伊潔芙見到這樣的我，肯定會大失所望。」

「伊潔芙？」

泰琳原本打算解釋關於伊潔芙的事，但明白此時不是時候。

「你這段時間做了什麼？」

「練習埋藏於潛意識之中。」

「幾天不見，說話變得流利許多呢？」

「我學了，妳的語言，想起來了。」

想起來？是在說神經磚連線的時期嗎？搞不好伊潔芙提出的推論是正確的。神經磚雖然中斷連結，卻沒有完全中斷。

「我幫妳。」

泰琳噗哧一笑。索兒大概是突然產生了身為神經磚的自覺吧，但萬念俱灰的想法再次回頭。

在黑暗中，泰琳喃喃道：

「這下正好，可是一切都成了水中撈月，因為怎麼看我都出不去了。很傻吧？我為了盡早出去，有勇無謀的下場，就是什麼都做不了。我憑一股熱勁來到井底，但這裡又沒路……」

「這裡，有路。」

「你說有路？」

聽到索兒的話後，泰琳不由得蹙眉。她打開輔助照明將周圍照了一圈，但壓根沒看到路，就只有往頭頂上探出超過十公尺的黑壓壓豎井，以及四面八方都被堵死的圓形空間。

這時索兒開始在腦中製造律動，但說來奇怪，泰琳卻能得知那個律動指示的方向。是要她往這裡移一下嗎？泰琳發出一記悶哼聲，小心不讓疼痛的腳踝傷勢加重，站起了身。雖根據索兒的指示走過去看，但同樣被堵死了。

「這裡？什麼都沒有啊……」

「摸摸下方。」

雖然內心充滿狐疑，但泰琳仍依照索兒的吩咐伸手摸了摸。有個部分是凹陷的。泰琳用沒受傷的另一隻腳踢了踢，結果有泥沙撲簌簌地落下，露出一個小孔。

「這裡與其他地方相連呢。索兒，但這裡除非是像你一樣小的傢伙，否則完全過不去呢。」

索兒像是在表達「不是」，在腦中左右搖晃。泰琳蹲低身子，把照明往泥堆一照。是啊，與其被困在這並派出救援無人機，至少試圖逃脫更為明智吧。

繼續挖土，後來出現了約莫是一隻小型鱷魚可通過的洞口。泰琳趴著想嘗試鑽進去，但老是卡在肩膀。若是身軀跟仙奧一樣嬌小或許還有可能，但這對泰琳來說是強人所難。

「呃，這好像不行耶……」

腦中突然靈光乍現，提供的工具中有支小鐵鎚。本來還很詫異這玩意究竟是要用在哪兒呢，但取出後往洞口周圍敲了敲，泥土全紛紛掉落了。試著貼地往前，洞口再也沒有撞上肩膀，看來是能通過了。泰琳匍匐爬出洞口，總算抵達另一頭空間。

「哇，這裡……」

天花板挑高的空間響起了水聲。那聲音清晰得很，教人不禁納悶怎麼在另一頭空間時會沒聽見這水聲呢？泰琳檢查水是否有氾濫化的徵兆，用簡易工具組淨化水之後喝下。隨著極度的乾渴獲得緩解，身體也恢復了氣力。

「索兒，你究竟是怎麼找出路的？」

原本只知道有神經礡的人善於記路，卻不曉得它還具有找路的功能。既然同樣都會接收到感覺資訊，但究竟它是怎麼辦到的呢？是分析資訊的功能比較出色嗎？雖然內心浮現各種疑問，但眼下必須專注在尋找逃生出口上頭。索兒在腦中猛力搖晃，指著某種方向，泰琳便往那兒走去。

眼前出現好幾條岔路。想到只要選得好就有機會逃脫，泰琳不由得士氣大振。本打算一如既往聆聽牆面與地面的聲音，但索兒製造出敲了敲泰琳大腦的律動。

「你要試試看？」

「嗯，如果妳願意交給我。」

「好，就拜託你了。」

視野瞬間出現晃動，然後從視野的邊緣處開始捲曲變形。泰琳縮了縮身子，這正是理論測驗時看見、危險幻覺般的……但這次一點也不危險。索兒既不是要妨礙測驗，也不是要把泰琳逼入恐懼的深淵。

「可以閉上眼睛。」

泰琳依照索兒的吩咐閉上了眼。闔上的眼睛前方發生了奇妙的現象。在黑暗中有發光的線團不停蠕動，接著朝四面八方張牙舞爪，織出蜘蛛網往外擴散。不一會兒，眼前充滿了銀光蜘蛛網。泰琳不由自主地想伸手觸摸那蜘蛛網，手卻沒有移動。下一秒，泰琳才意識到自己正是那蜘蛛網的一部分。

身體隨著蜘蛛網震動，那側的聲音傳到這側，這側的動作亦傳至那側。繁多分子穿梭於線與線之間，承載著感覺。泰琳則是構成無數銀光枝杈之一的微小線段。彷彿有人揪緊了線再鬆手彈回，身體在空中不住顫抖，然後，晃動慢慢地平息了。泰琳將全副身心交付給那律動。

於是在剎那之間，泰琳能居高俯瞰整體，感知到與自己相連的無數枝杈，感知到直達那盡頭的龐大線團與整面蜘蛛網。

泰琳睜開了眼。

腦中能清晰回首迄今的來時路，彷彿實際在眼前觀看般，地圖具體成形。

其他神經磚也辦得到這樣的事嗎？

還沒來得及質疑，泰琳就開始移動步伐。雖然光線僅有微弱的輔助照明，但她沒有一絲猶豫。

泰琳持續往前移動，沒有停下。一想到不必折返來路，就有信心繼續前進了。不只是泰琳一路走來的路徑，索兒似乎連同空間與聲音也鉅細靡遺地記下了。泰琳走了又走，不知走了幾小時，時間感喪失了。渴症再度開始折磨泰琳，但從內心深處噴湧的渴望、直奔目的地的渴望，催促她持續往前。

過一會兒，周圍慢慢轉亮，來到了不再需要照明的地方。盡頭能看見明亮的燈光，泰琳的腳步緩了下來。

「抵達了，這裡是……」

泰琳呆望著光線，喃喃：

「來到外頭了。」

索兒在腦中橫衝直撞地游來游去，像是想表現雀躍的情緒。泰琳帶著不可置信的心情，朝外頭走了出去。

翌日早晨，發表生存測驗結果之後，泰琳依然無法確知發生了什麼事。泰琳的分數是全體應試生中第三高的，還是中途迷失方向、受困豎井而受傷扣分之後仍高居第三。本以為一切全毀了，但索兒卻忽地現身了。還不是一直以來妨礙泰琳的索兒，而是以神經磚之姿覺醒的索兒。

這確實是件怪事。泰琳在洞窟內感覺到的索兒，已經超越單純的頭腦輔助裝置，而是具有改變泰琳感覺與認知整體的能力。索兒初次現身時，雖然引起了泰琳的幻聽或幻覺，但在洞窟內，泰琳真的瞬間有了「彷彿成為索兒」的感覺。

就這樣下去也無妨嗎？即便索兒是存有錯誤的神經磚，但若是它具有如此驚人的能力，不做多想地繼續好好使用索兒就好了嗎？在爽快地給出肯定的回覆之前，內心仍存有芥蒂，雖然無法確知那是什麼。總之當下算是順水推舟，既能控制神經磚，又能讓它派上用場。只是，這稱得上是「控制」嗎？不過至少此時索兒在泰琳的腦中不聲不響的，若是往後它也能維持這種狀態，就不構成問題了，但……

當泰琳為了讓自己腦袋冷靜冷靜，從家裡出來，走在哈拉潘街道中央時，也依然滿腦子想著同一件事，所以起初她並沒注意到自己撞見了誰。垃圾隨處滾動的雜亂街道、尚未從昨夜的酒意中醒來的人們、搬運危險物品的少年們，以及在巷弄角落四處逃竄的鼠輩，可是竟然在其中發現了伊潔芙。彷彿有鮮明的油畫顏料咚的一聲，墜落於雜亂無章的風景之上，那與周圍絲毫不相襯的模樣，泰琳過了半晌才認出那是伊潔芙。

等泰琳回過神來，伊潔芙早已一把拽起泰琳的袖子，將她拉往某處。

「怎、怎麼了？這麼突然，也沒先說一聲——」

「無法靠通訊裝置說。」

直到抵達人跡罕至的巷弄，泰琳才總算能歇口氣。伊潔芙顯得十分心浮氣躁。雖然街上喧譁吵鬧，但巷弄內聲音都被阻隔了。伊潔芙輕輕地雙手抱胸，俯視泰琳。泰琳雖然尷尬地倚靠牆面，但巷子很窄，與伊潔芙之間僅有咫尺之遙。她不自覺地往後退了一步，導致身後的垃圾桶直接撞上了腳後跟。鏘，金屬撞擊聲打破了靜寂，伊潔芙見狀，重重地嘆了口氣。

「泰琳，我看了妳的生存測驗紀錄。」

泰琳眨了眨眼，等著伊潔芙接下來的話。

「妳有個沒說出來的問題，是吧？」

是在說什麼樣的問題呢？話說回來，伊潔芙又是怎麼看到生存測驗紀錄……泰琳驀然想起伊潔芙是資格測驗的總指揮官，自然有權看到所有測驗的影音資料。泰琳正打算要說點辯解的臺詞，伊潔芙倒是率先開口了。

「妳為什麼把那個稱為『索兒』？」

「啊，所以說，那個……」

泰琳生怕自己結結巴巴的模樣會顯得很可疑，趕緊接著說：

「那個只是我給神經碍取的名字啦。因為有人建議我，要是給它命名，問題處理起來就會簡單一些，所以我沒想太多就取了……」

泰琳一邊觀察伊潔芙狐疑的表情，一邊接著說：

「確實解決了，處理起來簡單多了。」
「處理起來簡單多了？」
「喊它名字後，好像就能控制了。如今那東西很聽我的話，既不會像之前一樣引發錯誤，還很有用呢。」
「舉例來說是哪方面？」
「就是……它很會找路。神經磚似乎能準確記住走過的路。雖然不清楚具體原理，但總之生存任務時它協助我走到了外頭。」
事實上並不只是協助，要不是索兒，自己就會慘遭淘汰，但泰琳刻意去掉了這幾句話。包括它不只記得走過的路，也找出了看不見的路，泰琳也隻字未提。雖然不知伊潔芙看了哪些資料，但豎井底下過於幽暗，想必影像也拍得不清不楚，就只有泰琳的喃喃自語被錄了下來。但面對泰琳的辯解，伊潔芙依然沒有鬆開眉間的皺紋，直勾勾地盯著泰琳。
索兒如水波般在腦中移動，貌似有些緊張，又懷著些許防備心。是眼前的對象對索兒抱持負面觀感所產生的反應嗎？但對此刻的泰琳而言，最需要在意的不是索兒，而是伊潔芙。既然昨天以極高分完成了生存測驗，泰琳自然期待伊潔芙會喜上眉梢。
「我，做錯什麼了嗎？」
「沒有，妳做得很好，只不過我想說的是，」
伊潔芙補上一句：「既然有那樣的變化，就應該告訴我才是。」

「啊。」

泰琳受驚似的縮起身子，與伊潔芙對視。

「不是說好了嗎？」

「對不起，我不想給您添麻煩……」

「之前還發牢騷說我不願意接受面談。」

「但有可能遭來不必要的誤解……」

「那妳之前還絮絮叨叨說個不停，事到如今卻又這樣？」

泰琳口乾舌燥地嚥了嚥口水，低頭盯著自己的腳尖。伊潔芙目不轉睛地看著泰琳這副模樣，一時忍俊不禁，泰琳也不由自主地再度迎上伊潔芙的眼神。

「我不是在發脾氣，是有事要叮囑。」

「……好的。」

「就算替神經磚命名，也不能相信它真的就是擁有自我或意識的存在。」

伊潔芙說的話有些出人意表。

「非人類的東西要模仿擁有自我要比想像中容易。這在先前文明也經過證實了，但妳把那東西當成擁有自我的存在來對待又是另一個問題。我們具有想把一切擬人化的慣性，但有時，必須以問題本身去看待。」

泰琳矇了半晌。究竟伊潔芙是在擔心什麼呢？擔憂泰琳會把索兒當成人格體對待、過於尊重它，以至於被它耍得團團轉？應該無須擔心這種事才對啊……但泰琳沒有出言反駁，而是不動聲色地聽伊潔芙怎麼說。

「一個身體容不下兩個自我。我擔心的，是妳相信那東西有一顆心。」

泰琳靜靜地注視伊潔芙的雙眼。蒙上一抹擔憂的茶褐色眼眸令泰琳安下心來。雖然能理解伊潔芙的擔憂為何，但泰琳並不想老實地對伊潔芙吐露自己對索兒的想法。無論是與索兒的對話，在豎井底下時透過索兒體會的嶄新感受，對泰琳來說全是真切存在的，沒辦法抹煞它。

「不會的。我，不會那樣相信。」

泰琳決定說出伊潔芙想要的答案。

「我能控制得當，不會相信它有自我的。就像剛才跟您說的……我不過是為了便於處理問題才替它命名。」

泰琳的回答似乎令伊潔芙感到意外，她露出不信的表情問道：

「妳有這麼聽我的話？」

「您不也知道，我本來就只聽老師的話。」

「我倒是頭一次聽說。」

伊潔芙開玩笑地回嘴，鬆了口氣似的笑了笑。

「既然妳都這麼說了，很好。泰琳，還有雖然不完全是針對這次的事……」

伊潔芙再度望進泰琳的眼眸。

「妳可以向我更坦誠一些。我的意思是，我知道妳有賈斯萬與仙奧，但在拉布巴瓦，最在乎、最擔憂妳的大人是我。總之，即便目前這時機點在各方面都很尷尬……」

泰琳一個勁的點頭，以此代替回答。伊潔芙專程來這說這些話，分明是件值得開心的事，但又不全然只有開心。內心瞬間五味雜陳。伊潔芙為什麼要對自己這麼好呢？她本來也不是對他人有多和藹可親的性格啊，但為什麼？八成是依然把泰琳當成孩子，而不是與自己平起平坐的大人……若是如此，泰琳並不想接受伊潔芙的好意，也不可能如她所願的坦誠以對。因為深藏的心思不能被伊潔芙發現，因為要是她知道了，自己又會被當成孩子看待。

泰琳只是聳聳肩，說：

「真稀奇呢，我對您向來都很老實的。」

「就只會出那張嘴……趕緊回頭做妳的事，早點回家吧。」

「就算我成了您的夥伴，您還是會嘮叨吧？」

「到時會比現在更誇張。」

伊潔咧嘴笑著說，泰琳也露出微笑並回答：

「知道啦。我走了，因為以後還得聽上許多嘮叨呢。」

泰琳假裝若無其事地道別，接著便趕緊走出了巷子。要是繼續待著，自己恐怕就要對伊潔芙說些有的沒的了。搞不好她會像個娃兒似的哭鬧，說其實自己緊張死了、有多害怕搞砸測驗，而那是與伊潔芙之間的關係中，泰琳最不想碰上的情況。

在哈拉潘的街上步行許久，直到抵達賈斯萬的餐館前，泰琳才想起索兒。

「抱歉，索兒，我剛才是言不由衷。」

「呃嗯，指什麼？」

「剛才伊潔芙不是說了嗎？要我別把你當成有自我的存在。我並不同意，因為現在我也認為你是具有自我的。」

「啊啊……原來是說那件事啊。」

「神經磚大概無法聽到對話？」

「嗯，那人，妳跟伊潔芙說話時，妳的腦袋，太複雜了。」

原本只是開開玩笑，沒想到索兒的回答卻很真摯。

「妳太緊張了，心臟跳得很快，全身都在震動，所以對話我也無法跟上。」

泰琳的臉頰瞬間發燙。所以說那個，就連索兒也感覺到了。泰琳雖心知肚明，但索兒如此點明後，一切就更明朗確實了——自己懷有再也無法迴避也無法否認的心意。

「索兒，跟你說啊，我……」

泰琳抬頭望向空中說：

「我非成為派遣者不可，幫幫我。」

啪噠噠、啪噠噠，索兒好似在表達「我知道了」，在腦中製造出大雨傾盆落下的感覺。

7

在前往地上世界的出口前，泰琳竭力鎮定自己狂跳不止的心臟。

派遣者資格最終測驗，就在拉布巴瓦正上方的地上世界進行。地上多半不是為氾濫體所覆蓋，就是充滿氾濫化的生物，讓人難以接近，但拉布巴瓦基於觀測、研究、向氾濫體發出「警告」的目的，奪回部分的地上疆土，至於紐克拉奇正是依此目的所建設的基地。紐克拉奇位於過去極為繁華的都心，儘管此時那些建物多半失去形體，成了人類文明曾經興盛，建設出此等龐大水泥森林的見證遺跡。

最終任務分成四個區間。第一階段觀測點，紐克拉克基地；第二階段觀測點，依序移動於目的地區間，按步驟回收觀測設備，安裝新設備，採集定點樣品。所有過程都會被個人裝置記錄下來，並且只會提供移動時所需的最低限度情報。大家被分配到的觀測點不同，難易度自然也高下有別。倘若首要評價基準在於如何不在充滿氾濫體的地上世界受到影響，次要評價基準即是接近高難度場所並獲取情報。

助教宣告測驗即將開始，監考官逐一唱名，安排應試生排好隊伍。等到泰琳走過去，監考官就將一個方形設備遞到她面前，泰琳則是伸出手腕上的裝置接觸設備，第一階段據點的位置立即輸入地圖，但直到測驗開始才能看到地圖。

「現在請上去。」

數十人列隊走上螺旋狀階梯。一通過三個氣閘艙，隨即看見通往地上的入口。入口附近由氾濫化的藤蔓植物緊緊纏繞的圍籬堵住，只要跨越那道圍籬，就等於進入了曾是人類家園的龐大城市遺跡。眼前可見多個出發點，分別通往不同路線。

泰琳也站在被指派的出發點上。

「開始倒數。」

手腕裝置同時跳出了全像投影螢幕。10、9、8……伴隨滴答滴答聲，螢幕的數字逐漸變小，泰琳的心臟也瘋狂跳動，大家都緊閉雙唇望著前方。

……3、2、1、0。

泰琳衝了出去。她頭也不回地奔馳，直到抬起頭時，氾濫體翻湧不止的地上城市立即映入眼簾。

整座城瀰漫一股詭譎之美。色彩斑斕的世界，每一處都像是潑灑了強烈原色的顏料，無比絢麗，無一例外。占領城市的氾濫體就像互相爭奇鬥豔似地散發出光芒。地上彷彿被把所有能稱得上是色彩的顏色全用上的巨型油畫作品覆蓋，色彩本身像是有了生命，將整座城操之於掌心，氾濫體散發出不容忽視的存在感。

泰琳在高架道路上調整呼吸，觀察整座城市。

最教人注目的，莫過於氾濫體在整座城布下的天羅地網。不斷生長，朝四面八方擴散並探索周圍環境的氾濫體密網，與曾經在地表泥土底下隨處可發現之菌類菌絲體相似，但又比那擁有更牢固的形態。泰琳腳下的高架道路上，也有大面積的深黃氾濫網。

道路的兩側，曾是大樓的巨大鋼筋結構物鱗次櫛比。層層堆高數十層樓以上的文明象徵，如今徒留骨架，勉強透露出丁點昔日痕跡，實則早已為火紅氾濫珊瑚所占領。彷彿將沒有菌帽的蕈菇放大數千倍的氾濫珊瑚，沿著鋼架結構物向上攀升，在城市投下了巨大的陰影。

泰琳的心臟撲通撲通跳，但此時並不是因為緊張，而是恐懼與興奮參半的情緒使然。身體對眼前開展的風景產生了反應。瞬間，她想起伊潔芙的警告——派遣者必須時時對地上懷著驚詫與憎惡。泰琳一直好奇那怎麼可能辦到，但來到地上世界後才豁然開朗。

眼前的氾濫體彷彿在對泰琳竊聲低語。趕緊靠上來仔細看看我吧，伸手觸摸，嗅聞味道，不妨也嘗一嘗吧。

「氾濫體會使人瘋狂，會吞噬理性，讓人陷入癲狂與死亡……」

為了不忘記這個事實，泰琳低聲念了出來。這座城是充斥死亡之地，人類無法在這些色彩中活下去。

泰琳開啟全像投影螢幕，輪流看著地圖與路徑，慎重地移動。被分配到的第一階段觀測點，距離出發點沒想像中那麼遠。沿路走了一段路，地圖被遮住了，出現了三條岔路。

「索兒，你怎麼看？」泰琳問道，瞄了一眼右側的路。

這時索兒朝著右邊製造出水波般的律動，說：

「右側，另外兩條通往河川與空地，這邊是通往高樓大廈。」

聽了索兒的話後，再檢視地圖上被抹去的路徑，推測聽來似乎頗有道理。泰琳毫不猶豫地就踏上了右邊那條路。

隨著第一階段觀測點逐漸逼近，路面愈來愈模糊難辨。灌木叢與藤蔓覆蓋地面，導致移動速度慢了下來。藤蔓雖具有普遍形態，但大多都是與氾濫體結合的變異型。

泰琳對照眼前的路與全像投影螢幕的地圖。指出觀測點的箭頭持續打轉，但一靠近建物，箭頭便指向左側。規模浩大的大樓，此時與盤根錯節的氾濫體纏在一起的鋼筋構造物內部，似乎就是目的地所在處。從大樓的正門還得走上一大段路。環繞大樓的圍籬覆滿了氾濫化的荊棘，教人怵目驚心。

「真想摸摸看。」

「什麼？」

泰琳慌張地回頭，索兒再次說道：

「那前面的藤蔓，很神奇啊。」

「你又不能摸。我的意思是，你……」

你又沒有身體。打算說出這句話的泰琳突然意識到什麼。索兒與泰琳共享感覺資訊，索兒會將泰琳所見所聞重新解析，那麼觸感自然也不例外。

「但索兒，觸摸氾濫體是很危險的，尤其那還不是一般的藤蔓，荊棘還鋒利得很啊，有可能會死人的。」

索兒在腦中製造出洶湧波濤，但難以區分是在表達恐懼，又或者不管三七二十一，它就是想摸摸看。泰琳有種怪異的感覺，索兒擁有的好奇心似乎轉移到她身上。

泰琳縝密地檢查圍籬，找出了荊棘生長稀疏之處。她用鐵鉗剪斷圍籬，慎重地將藤蔓撥向兩側後，從中間縫隙走了進去。雖然身體被剪斷的鐵絲輕輕劃過，但這點小事不成問題。此刻，該攀上大樓外牆了。泰琳翻找補給品背包，取出手套，從事採礦場清掃工作時，攀牆是家常便飯。她並不懼高，此外只要能好好避開枝杈，抓著藤蔓往上爬反倒安全。與氾濫體合而為一的藤蔓極為堅韌，就算是幾個成人的重量也能穩穩支撐而不動搖。

「不去正門嗎？」

「就這點牆，能爬得上去。」

泰琳將手套牢牢穿戴好，開始攀爬外牆。曾是窗戶的位置上，雖處於氾濫體藤蔓覆蓋的狀態，但其間仍有能通過的縫隙。泰琳於推估為四樓之處用腳踹開氾濫體藤蔓，縱身跳了進去。

「呃，這裡有點噁耶，」

地面上鋪著奶油色的氾濫網，角落則是不知道發生什麼事，堆滿了鼠輩的屍體。泰琳皺著眉頭，以目光打量內部一圈。

「觀測裝備在那邊。」

泰琳尚未找出裝備之前，索兒就率先開口，泰琳這也才發現觀測相機就掛在視野最遠端的天花板上。

「索兒，你真了不起呢。」

索兒應該是與泰琳共享相同的感覺世界才對，但它是如何能比泰琳更快速準確地找出某樣東西呢？伊潔芙的警告令泰琳耿耿於懷，但既然如此，不借用索兒的能力反而奇怪。

泰琳將已然破損的書桌當作踏板，將掛在天花板上的觀測相機分離取下，而後丟入貼滿汙染警告語句的透明背包內，接著取出新的觀測裝備固定於其他牆面上。既然完成了任務，泰琳再度朝著窗戶的方向打算出去，但索兒說了：

「這次走正門說不定比較好。」

看了地圖，確實，建築物的正門方向距離下個目的地的紐克拉奇基地更近。泰琳走階梯下樓，開始奔向基地。

愈接近紐克拉奇基地，華麗色彩慢慢消褪，一眼就可掌握氾濫體減少了。泰琳抵達基地前，並沒有馬上進去，而是觀察起鐵絲網的內側，看見有些機器發出喀啦聲在移動。聽說目前無人在此常駐，要說這座基地帶著人類對地上世界的渴望，未免過於狹小寒酸。

泰琳翻越鐵絲網，往後門前進。若是從正門進入，碰上了其他應試生，可能會引來不必要的挑釁。畢竟是最終測驗了，自然會想方設法讓其他競爭者淘汰。泰琳將手腕的裝置湊到保全掃描器前，門開啟了，在厚厚的灰塵上頭，留下了泰琳的手印。基地內有一臺清掃機器四處走動，從它不怎麼順暢的行動看來，氾濫體八成也逐漸侵占了這傢伙的內部。氾濫體彷彿心懷不軌，輕易地入侵機器內部，拜它們所賜，據說派至地上的機器多半壽命短暫。

「第二階段的據點要去哪好呢？」

泰琳盯著在全像投影螢幕上顯示的十多處紅點，喃喃自語。她希望這次索兒也能給出管用的建議，但不知為何，索兒卻一聲不吭。

「看我想選哪個？」

「呃嗯，哪裡都無所謂，我會試著找捷徑。」

「你先前是跑去接受成為天才神經磚的修行嗎？」

泰琳選擇了距離基地稍遠的據點。雖然近處也有幾個紅點，但搞不好是陷阱。直到走出基地，泰琳也沒遇見任何人。總覺得是個好兆頭。從依然有許多可選擇的據點看來，泰琳似乎算是早到的。

隨著基地愈來愈遠，泰琳察覺索兒逐漸安靜下來。不只變得寡言，就連律動本身也減少了。明明最初迎接地上世界時，索兒就跟泰琳一樣興奮，在腦中胡亂攪動。但如今索兒就算不說話，泰琳也能感覺到索兒所指的方向。索兒指示的路要不是有氾濫體藤蔓覆蓋，不然就是有高牆阻擋，所以乍看之下就只是條平凡無奇的路，但對泰琳來說這種地方才是捷徑。無從得知索兒究竟是基於什麼樣的原理偵測到那條路。

儘管如此，倘若這是遲來的幸運，泰琳打算好好享受一番。至於幸運是怎麼來的？往後再想就行了。

轉眼間，逐漸接近第二階段觀測點。

是個傾斜的山坡地形。剛開始因為被殘敗不堪的磚塊之類的堵住，所以看不太清楚，但走近一看，過去設置的觀測裝備就埋藏在氾濫體之間。濃烈橘紅色的氾濫體伸出滿滿的枝杈，將裝備一圈又一圈纏繞住。泰琳斬斷氾濫體，小心翼翼地取出觀測裝備後，駕輕就熟地在一旁空出的空間設置新裝置。接下來，得在附近採集成為研究物質的樣本。巡視周圍一圈，山坡上有塊氾濫珊瑚密集生長的區域，但並不是模樣平凡的氾濫珊瑚，而是就連理論課上也未曾見過、泡沫形態的氾濫體。若是不考慮到它是氾濫體，乍看之下就像是獨特又具美感的裝飾品。

「要是能順利收集到這個，應該能加分吧。」

癲狂芽孢會四處飄散，泰琳從口袋取出防毒面罩戴上，做好採集準備後接近氾濫體。但彷彿以拳頭般大的肥皂泡沫狀定型的氾濫體，用刀子一碰就破碎了。用戴著手套的手去碰觸時是堅硬的固體，但碰到刀刃時卻彷彿迸裂似的化為小分子散開。定睛細瞧，泡沫底下的構造支撐著整體，所以不可能只擷取最上方的泡沫部分。

「只要把地面的根部也一併採集就行了。」

「這會違反規則。根部很容易使氾濫體擴散，所以很危險，再說了，光靠這把刀也沒辦法維持原貌。」

「用手親自挖出就行了，還有這次樣本會立即繳交，應該不會構成危險。」

泰琳微微皺眉，開始檢視起泡沫氾濫體。仔細想想，索兒的話不無道理。執行地上任務時，並不會採集氾濫體擴散風險大的部分，但那個規定通常是針對長時間執行任務時，為了降低暴露危險所制定。畢竟在野營地等相對無防備的場所時，隊員若是暴露在氾濫體的環境中就糟了。但此次測驗有別於那種情況，反正採集後會立即繳交樣本，也沒有要野營，所以危險度也很低。

「用手……能挖得出這個嗎？」

泰琳伸出手探了探泡沫氾濫體的根部，找出了埋在泥土附近的根囊。要是稍有不慎，根囊就可能破裂，大量釋放癲狂芽孢，因此泰琳盡可能放慢速度。防毒面罩內汗水涔涔，手套上沾滿了氾濫體密網上灑落的黃色與紅色粉末，彷彿被一層稀疏的面紗包裹住。泰琳將氾濫體放入樣本盒，接著再次將盒子放入袋子內密封。她有些不放心地拿起樣本袋瞧了瞧，總不會在途中迸裂開來吧？

「還得再多帶走一個樣本。」

「就選那棵樹上頭的吧。」

感覺索兒的語氣出現了微妙的變化，語調多了一份確信。泰琳抬頭望向索兒所說的方向，就在身旁的樹木上，看見了穿透無生命的樹木生長的巨型氾濫珊瑚，表面猶如鋸齒般銳利。

「看起來很危險。」

「愈危險，作為樣本的價值愈高。」

也對，從事採礦場工作時，各種形形色色的氾濫體都清除過了，只要小心行事就行了。泰琳慎重地接近氾濫珊瑚，利用刀子截下珊瑚的一部分。她遵循索兒要她使用鑷子的指示，留意避免手碰到鋒利的表面，收集好樣本後加以密封。

泰琳起身，確認所有樣本都打點好，拍了拍全身沾上的泥塵。她摘下令人透不過氣的防毒面罩，放入廢棄物專用袋。凝結的汗水從臉上溜了下來。

「完成了。」

泰琳用手腕的裝置確認時間，完成任務的時間要比預期早上許多。回收觀測裝備，重新設置，也確認帶了有意義的樣本。如今只要前往目的地，測驗就結束了。

「為什麼這麼輕鬆？是因為有你嗎？」

一股無以名狀的尷尬感油然而生，泰琳不自覺地喃喃。沒想到擁有正常啟動的神經磚會是這麼如虎添翼的事。它會幫忙尋找捷徑，比泰琳更早捕捉到進入視野的目標物，還記起學習多時、記憶早已模糊的收集相關協議……原本以為身為不適應者的自己等於是揹著沙袋走跳，但真沒想到神經磚正常啟用的人生會是這個樣子的，其他人至今都是如此輕而易舉地完成每件事嗎？

「距離終點不遠了。」跟著地圖前行時，索兒說道。

泰琳突然心生焦躁。即便完全不會遲到，但她依然感到焦急，彷彿非得立即抵達不可，真不曉得這感覺究竟是從何而來。也許這股緊張感是來自索兒？

「索兒，你現在感到焦躁嗎？」

泰琳邊奔跑邊問，但過了許久才收到答覆。

「沒有，沒事。」

索兒的聲音沉靜得教人陌生。

如今已來到通往終點的最後區間。

泰琳榨乾自己剩餘的體力，狂奔再狂奔。前往第二階段觀測點之前，原本還未雨綢繆地想節省體力，但如今剩下的就只有最終目的地了。途中雖然碰上了好幾次氾濫化的鼠輩，但泰琳埋頭往前狂奔，以致牠們連撲上來的空隙都沒有。遇見身軀龐然的猛禽類時，就依循索兒的建言，藏身於氾濫體密網後方移動，直到脫離那玩意的視野後再繼續奔馳。

奔跑的這段時間，周圍靜謐得教人感到奇妙。泰琳在道路上奔馳，也在未開闢道路的地方奔馳，同時感受到周圍風景逐漸模糊，彷彿在抽象化的畫布上奔馳似的。構成風景的眾多元素無法具體看見，它們就像只是潑灑在畫布上的顏料痕跡。

索兒引領著泰琳，感覺就像索兒朝著目的地率先走在前頭，泰琳則緊隨在後。雖然移動身體的是泰琳自己，但實際上控制身體的卻是索兒。就在這奇異的感覺席捲泰琳之際，出現了絢麗多彩的路標，告知來到了終點。

終於抵達了，我辦到了，如今能成為派遣者了……

短暫襲來的不適感，在泰琳站在路標前的那一刻消失得無影無蹤。將手腕裝置湊向路標，隨即發出吵人的聲響，路標的顏色改變了。是顯示合格的綠色。目前尚未有人經過此處，泰琳是第一個。螢幕的最上方跳出泰琳的名字。

第一名合格者，鄭泰琳。

泰琳欣喜若狂。如今她是派遣者了，任何人都無法否認這個事實。雖然還需要等正式任命，但通過這個終點的瞬間，就賦予了派遣者的資格。泰琳的心猶如氣球般膨脹。

泰琳好不容易才忍住沒興奮大喊：「多虧了你，我才能辦到！」她在內心悄聲向索兒道謝。雖然能感覺到從索兒流瀉出好心情，但索兒猶如漂浮在水面上，悄聲無息地待在大腦裡。

打開門，走進氣閘艙。必須經過三道淨化過程。泰琳通過了第一道氣閘艙，她身上穿戴的外出服、背包、工具及手腕裝置都在氣閘艙內完成淨化。再次通過第二道氣閘艙後，泰琳換去一身的衣物，取出了要向研究所繳交的樣本袋。沾上泥沙的髒汙樣本袋，表面也淨化乾淨了。泰琳再次將它放入繳交用專用袋，最後打開第三道氣閘艙走了進去。

剛換上的乾淨衣物一接觸到皮膚，就覺得乾爽極了，就連抱在懷中的袋子窸窣的質感也令人心情愉快。最後的氣閘艙四面全是透明玻璃牆，因此能看見外頭。樓下可看見聚集了滿滿的人潮，似乎全是來迎接結束最終測驗後進門的合格者的親友。現在只要走出玻璃門，泰琳就能見到仙奧與賈斯萬了。既然他們說今天會來，大概此時正在那兒等著吧。說不定戴爾瑪奶奶也與他們同行呢。胸口頓時洶湧澎湃，就像要炸裂似的。

喀噠。結束淨化作業後，門開啟的聲音響起。現在只要平安無事地在門前繳交採集的樣本袋，走出那外頭……

「索兒？」

手卻不聽使喚。

「你在做什麼？」

然而不只是手，神智也同樣被驅逐到身體外頭了。泰琳突然出現了怪異的舉動。

「索兒，不行，是你這樣做的嗎？索兒！」

泰琳就這麼走過了原本應該繳交樣本袋的地方，接著一把打開了通往樓下的門。不，並不是泰琳這麼做的……泰琳的身體自己動了起來，忽視她的意志在奔跑。泰琳在視野寬闊的通道上奔跑，無數人的目光集中在她身上，高分貝的歡呼聲傳了過來。跳下鐵梯的泰琳朝著佇立的人群，以及遠遠看見的仙奧與賈斯萬抬起了手，人們將此動作視為首位合格者的感謝問候，獻以更熱烈的歡呼。

就在下一刻，人群之間爆出慘叫聲。

泰琳也想放聲尖叫，但她什麼聲音也發不出來。索兒操控了泰琳，澈底占領了她。泰琳感到恐懼、驚恐，無從得知這種事怎麼會發生。必須阻止索兒，必須阻止它接下來打算做出的駭人之舉。

但泰琳無能為力。

泰琳無法控制自己的身體。

泰琳的手正在撕破裝著氾濫體的專用袋。按壓表面後，鋒利的鋸齒狀氾濫體隨即從內側刺穿袋子跑到外頭。泡沫迸裂，癲狂芽孢開始飄散，人們繼續慘叫連連，某處響起了警報聲。眼前是四處竄逃的人群，為了躲避癲狂芽孢而撞上欄杆的人，還有緊緊抓著彼此、失足摔在地上、身上遭踩踏的人。

仙奧與賈斯萬穿越無頭蒼蠅般凌亂的人群，朝著泰琳奔來，不知不覺來到了泰琳的眼前。

泰琳眼睜睜地看著自己的一雙手搗碎袋子內的氾濫體，將它取出並四處亂撒，看著芽孢到處飄散。除了觀望，她什麼都不能做。仙奧一把抓住泰琳的手，賈斯萬則是從後方摟住泰琳的雙肩。不行，拜託遠離我……泰琳想朝仙奧與賈斯萬大喊，告訴他們不能靠過來，他們可能會發瘋或丟命的……

但泰琳發不出聲音。

內心有怒火盛燒，想焚燒掉一切，想一舉殲滅這座城。這份渴望不是來自泰琳，但泰琳也無法肯定，無法說出自己真的不願發生這種事。泰琳僅能感受到自己的臉頰逐漸變得濕潤。

震耳欲聾的警報聲再次響起，泰琳感受到一股強擊喉頭的灼燒感，眾多機器將泰琳團團包圍，瞬間泰琳全身力氣盡失。

泰琳無力地癱坐在冰冷的地板上，與賈斯萬四目相交。那是驚惶與絕望參半的眼神。那眼神，讓泰琳意識到這並不是夢。

泰琳的意識墜入了黑暗。

第二部

我們正面臨戰爭，卻不知戰爭的對象是誰。迄今，我們蒙上眼，在黑暗中胡亂揮舞矛槍，無知的矛槍卻反將我們刺得遍體鱗傷。如今我們停下那盲目昏愚的嘗試，為了明白我們對抗的對象為何，因此設立這個組織。

但有件事必須說清楚，這個組織的目的只有一個。我們並不冀求和平，我們渴求的是勝利，終極的勝利。為了抗爭，我們退後一步。因此，讓我們再次重溫此一前提——終究，這是場再明確不過的戰爭。未殲滅敵人，無休戰之日。我們不過是往後一步，屏氣凝神，伺機而動罷了。

——摘自埃文．巴諾斯投稿文〈關於設立派遣總部〉

1

扣除一年兩次定期召開的會議，中央委員會召開緊急會議的情況並不常見。基於派遣總部要求機密滴水不漏的特性，多數事件皆交由低階組織處理。此事召開緊急會議，意味著某件極為不祥之事的前兆，再不然就是已然發生的大型事故。

學術院的頂樓，一群眉頭深鎖之人接二連三地走入拉起窗簾就能將地下城全景盡收眼簾的會議室。其中有怒髮衝冠之人，也有滿臉寫滿疲憊之人。某些人早已知道召開這場會議的理由，因此看似已經平心靜氣地接受這個情況，但並非全部的人都如此。只是，派遣總部與學術院因為這樣的醜聞事件成了市民們議論紛紛的話題，大夥兒的不快情緒都不在話下。最重要的是，事件的主角又是尚未正式任命為派遣者、不過是個學院結業生的女孩兒。

今年的新人派遣者選拔測驗中發生了令人措手不及的事件。此事件造成數十人負傷，其中一人更是命在旦夕。位於事故現場的杉達灣地區管制超過三日，目前部分街道仍處於尚未解除管制的狀態。各種渲染誇大的傳聞紛紛出籠，傳遍大街小巷。無數人力投入淨化作業，而在此過程中由於藥物副作用而送醫的人也不在少數。

「假如賈斯萬·庫塔瑪沒有奮身阻止，事態恐怕就一發不可收拾了。」

「我倒是認為事態已經一發不可收拾了，光是負傷者就有數十人，若是將尚未掌握的受害者囊括在內，搞不好達到數百人。」

「能就此落幕，不該看作是萬幸嗎？」

「以總部的立場來看，往後要處理的事還多著呢，反而從現在開始才讓人頭疼吧。」

「賈斯萬，那人不是因為不服從命令而遭到免職嗎？責任感直教人佩服啊。」

「闖禍的傢伙是賈斯萬的女兒，負起責任不是理所當然的嗎？先不說這個，他究竟是怎麼教養女兒的，才讓她做出這種事來。」

「他是無可奈何才領養的，又不是親生血緣啊。報告書上也寫了，同住一個屋簷下就只有幾年時間，進入學院就讀後就一直分開住了。」

「什麼，報告書連這種無謂的瑣事也寫了？真正重要的不是那個……」

「安靜，大家別說了。」

一名白髮女性以炯炯有神的目光環視會議室並提出警告，瞬間大家閉上了嘴。總部負責人兼學術院長卡塔莉娜微微蹙眉，逐一與來到會議室的每個人對上眼神，然後朝唯一剩下的空位望去。

「真正的會議召集人到現在還沒來啊。」

話音未落，門同時猛然開啟，眾人的冰冷目光投向方才現身的女人。將一頭蓬亂紅髮隨意紮起的女人沒有一句道歉，只向卡塔莉娜點頭問候就找了空位坐下。那是擺放伊潔芙・帕洛汀名牌的位子，如此全員便到齊了。

「那麼會議開始。」

儘管仍有些人露骨地瞪著伊潔芙，但伊潔芙絲毫不以為意，態度堅定地直視前方。就在大家都把想說的話嚥下並保持沉默之際，卡塔莉娜率先發言。

「想必大家都猜到了，本次會議是要針對派遣者最終測驗時發生的事件討論對策及鄭泰琳的處分。事件的概要都寫在以神經磚裝置傳送的報告書上頭了，參考上頭敘述即可，關於重要事項，就請艾瑪來進行簡報。」

身為祕書的艾瑪先是嚇得縮了一下身子，接著開啟全像投影螢幕，朗讀起事件摘要。既然事件眾所皆知，自然也無須多言，只不過為了各自整理思緒及準備發言，所以才要求時間罷了。艾瑪結束簡報後，卡塔莉娜緩緩地掃視桌面一圈，沒有多說什麼，似乎是想觀察在場氣氛。有名男人則迫不及待地開口，他的面前擺放了「丹特爾．李」的名牌。

「鄭泰琳應該被城市驅逐出去。就算她不是正式派遣者，她也玷汀了派遣者的名譽。竟然散布癲狂芽孢，絕對不可饒恕。」

以丹特爾的意見為首，大夥兒也紛紛幫腔各說了句話。

「我同意。在此決定上，有需要開到這種緊急會議嗎？既然不是現職派遣者闖下的事故，我認為這問題交由治安維持總部解決就行了。」

「但考慮到鄭泰琳的特殊身分……」

「既然發生在派遣者測驗，我們自然也得表達立場。雖然好不容易管制路徑，最終測驗本身是落幕了，但要是這種事再度發生，我們也總得有個對應吧？」

「自然是必須提出因應對策，但沒必要刻意提出立場，搞得好像是派遣總部的問題吧？這事史無前例，往後想必也不會有，相較於引起不必要的注目，再等一等……」

「等等，今天召集這場會議的理由是什麼？我以為針對鄭泰琳的處分，驅逐一事早已定案。」

「是帕洛汀所長以職權申請的。」

瞬間眾人冷冽的目光不約而同地集中於桌面某側。有人明目張膽地發出嘲諷聲，伊潔芙的表情沒有絲毫變化，正面迎上這敵對的反應。

丹特爾一臉不滿地發出抗議。

「帕洛汀，還是那句老話嗎？如今妳也充分看清楚了吧？鄭泰琳就是個不定時炸彈，而且還是派不上用場，反而只會傷及我方陣營的炸彈。若按這情況發展，帕洛汀老師妳的聲望必然也會一落千丈。若是妳打算強硬袒護自己的得意門生……」

丹特爾注意到伊潔芙的表情變得十分嚇人後便閉上了嘴。期間，有名女人插嘴道：

「我想提出程序上的問題。接受召開這場會議本身就教人無法信服。卡塔莉娜總部負責人也曉得，關於鄭泰琳的處分並非我們所管轄，因為她還不是真正的派遣者。治安維持總部會拍案決定驅逐刑，而我們對此沒有反對的名分，也沒有該反對的理由。」

女人直勾勾地盯著伊潔芙，為自己的發言收尾。卡塔莉娜向帕洛汀提出要求：

「請解釋召開這場會議的理由，好讓大家能信服。」

「各位有所誤解，泰琳的處分是歸我們所管。」

面對眾人的抗議，伊潔芙的嗓音依然聽來泰然自若。

「容我提醒各位，泰琳已經是派遣者了，因此處分得以由派遣者特別懲戒委員會另外決定。」

伊潔芙的發言讓眾人頓時表情僵硬。

「究竟是在說什麼啊？」

「泰琳是最早通過派遣者最終測驗的人，即便尚未正式任命，但當前仍無法否定她已獲得派遣者資格的事實。」

「等一下，帕洛汀，妳現在是在強詞奪理……」

「事故是發生在泰琳通過派遣者最終測驗之後，在那個時間點，泰琳已經成了見習派遣者。即便是在正式任命之前，從通過測驗的瞬間就已適用派遣者的條款，各位應該沒有忘記吧？這必須採用免責特權，另外召開懲戒委員會。」

所有人都露出「這太荒唐了」的表情看著伊潔芙。換句話說，伊潔芙主張泰琳已經是派遣者，因此必須採用派遣者相關處分程序，而不是拉布巴瓦刑事程序。

「那個條款的設立應該不是用在這種地方吧，而更接近於避免在派遣者測驗中合格的見習生在執行任務或碰上困難才添加的例外條款……再說了，就算通過資格測驗，之後的見習過程中若出現重大失格事由，仍可取消資格。」

「所言甚是，但為了判斷派遣者資格是否具有重大失格事由，仍必須召開特別懲戒委員會。」

會議室一陣騷動，強烈抗議聲此起彼落。

「究竟做到這一步的理由是什麼？」

「是不是在打什麼歪主意，想拖延時間做些奇怪的舉動？」

「若是到現在還存有什麼無謂的同情心……」

「等等，讓我來做個整理。」

卡塔莉娜以冰冷的口吻鎮壓席間的騷動後，朝伊潔芙問道：

「帕洛汀所長，假設就依妳的意見，將鄭泰琳視為派遣者並進入特別懲戒委員會的程序吧，那會有什麼不同？目前鄭泰琳也並未創下什麼豐功偉業，但有什麼理由非得讓我們為了她召開懲戒委員會，阻止她遭到驅逐嗎？就算召開懲戒委員會也是殊途同歸。想必也無人會同意妳的主張。雖然能夠拖延時間，但結果也不會改變。」

卡塔莉娜的指責有道理。聽到假使將泰琳視為派遣者，更改懲戒程序，驅逐罪的結果仍沒有改變的說法後，眾人紛紛點頭同意。正如卡塔莉娜所言，泰琳不過是剛通過派遣者測驗，並未證明自己身為派遣者的能力或拿出成果。

但伊潔芙沒有停止表明主張。

「泰琳只是還沒充分覺醒，實際上她具有卓越的能力。即便是在現有派遣者之中，也幾乎沒人像泰琳一樣對癲狂症具有近乎完美的抗性。沒能善加運用這種人才，反倒還要將其驅逐城外，著實教人惋惜。」

「可是這麼快就闖起禍來了？擁有癲狂症抗性能做什麼？她可是做了瘋狂之舉！」

面對丹特爾的主張，伊潔芙回嘴道：

「泰琳之所以闖禍，是因為神經磚出錯，但由於測驗在即，我又難以總負責人的身分適當介入。若是能以處分取代驅逐，負起這段時間的責任……」

「伊潔芙！妳現在是被個人情感給沖昏頭了吧！打從一開始妳就不該把那危險的女孩丟在城裡不管。」

「喂，丹特爾，你說這話時節制點。」

騷亂並未消停，事實上除了伊潔芙與他之外，多數人貌似都處於對立狀態，但其中也有人覺得伊潔芙可憐。齊聚於此的人大致都曉得泰琳的過去，以及伊潔芙收留泰琳並帶到城裡的過程。

卡塔莉娜似乎很傷腦筋。過去雖沒有通過派遣者測驗之後發生這種大型事務的前例，但倒是有見習派遣者闖禍後召開特別懲戒委員會並給予處分的案例。很難將伊潔芙的主張看作是強詞奪理。儘管如此，懲戒委員會似乎也不會做出比驅逐刑更輕的結論。

在此之前一聲不吭，只是安靜閉上嘴的拉席雷・托蘇以誇張的手勢聚集眾人目光。他是個嗓音低沉得讓人感覺陰森的男人。

「讓在下提出一個折衷方案吧。讓鄭泰琳參與那個計畫如何？」

在場的人互相交換眼神。雖然也有人問「那個計畫」是什麼，但在所有人快速掌握狀況之後，氣氛便沉澱下來。有人皮笑肉不笑地說：

「既然她癲狂症抗性卓越，倒是符合加入的資格了呢。」

「聽說那個任務沒有報名者，所以迄今就連派遣隊也還沒組成。」

「誰會想報名那種任務啊？」

「沒錯，那太……」

「以首次任務來說，鄭泰琳還是個生手。」

「是不是生手，對這計畫應該不構成問題才是。」

某人小心翼翼詢問的嗓音穿透眾人的喧鬧聲。

「驅逐刑是不是還好一點呀？」

另一個聲音持相同意見。

「站在知道那個計畫為何的立場上，我認為過於殘忍了。驅逐刑反倒仁慈。」

拉席雷再次一邊做出誇張手勢，一邊環視在座者。

「但考慮到鄭泰琳的特性，這個計畫不才真正是適合她的任務嗎？癲狂症抗性強，而且最重要的，徇國忘己的能力正是此任務的要件。」

有數人點頭，也有數人皺著眉頭，拉席雷接著說：

「再說了，如此一來名分就充足了。只要完成任務順利歸來，也等於是在拉布巴瓦立下大功，等於有了代替驅逐的名分。不管結果如何，拉布巴瓦的市民也不會有什麼怨言的，而是會認為如此危險又有意義的任務就給予足夠的處罰了。當然了，我們派遣總部不需要過度看市民的眼色，但也沒必要引起不必要的爭論。」

拉席雷語畢，沒人提出具體的意見，但那個提議猶如魔法，把在此之前各說各話的討論拉往中心聚焦。如今眾人齊聚在一個問題面前：是否要讓鄭泰琳加入計畫？

「讓鄭泰琳參加具有風險的計畫既然具有處罰目的，所以倒也可行，只是不覺得那個任務的生還機率過低了嗎？就我所知，那並不是單純的調查而已。」

「沒錯，有非得選擇那個計畫的理由嗎？」

「應該不是只有那個任務才是啊……」

「那麼，這問題才真是帕洛汀老師該決定的事呢，是不是呀？」

伊潔芙的對面傳來語帶嘲諷的嗓音。

「畢竟妳正是那殘忍計畫的設計者。」

那一瞬間，伊潔芙的表情變得很難看。

滴答、滴答。

水滴聲規律傳來，地面好冰冷。一睜開眼睛，發現自己置身於陰暗又狹小的房間。抬起頭，看見了長了鏽斑的窗櫺，僅靠一盞彷彿隨即會熄滅的微弱燈光照亮房間。

泰琳試著移動陣陣刺痛的手臂，果然活動很不靈活，手臂似乎只是隨便包紮，用繃帶繞上一圈又一圈。就在劇痛逐漸鮮明的剎那，腦中浮現了賈斯萬的臉孔。最後看見他時的表情，驚惑與絕望感參半，抑或是數落般的眼神……

泰琳搖搖晃晃地起身。必須逃出這裡，必須撥亂反正。我得為自己辯解，說這件事不是我做的，是入侵我體內的東西幹下的好事。但是，記憶再度恢復，因為過去幾天，她反覆說的正是這句話，解釋了一遍又一遍……。監視者將泰琳整個人一把丟進了檢查機器內。有人用滿是輕蔑的語調說了，妳瘋了，就算不是癲狂症，妳也已經澈底發瘋。

沒人會相信這並非出自泰琳的本意，也沒人會相信泰琳的體內存在著剝奪控制權的某樣東西。

那麼，現在該怎麼辦？該逃跑嗎？痛苦煎熬的內心聲音如波濤般襲來。若要逃跑，能逃到哪？要離開地下城嗎？那個聲音正在詢問泰琳。妳又無處可去，不是嗎？妳能在那上頭生活嗎？即使沒有在上頭發瘋，獨自偷生苟活又有意義嗎？在那裡既沒有伊潔芙，也沒有仙奧和賈斯萬大叔啊……少了妳深愛珍惜之人的地上世界有意義嗎？沒有意義的，哪怕是得一輩子贖罪、必須被監禁，泰琳也離不開這座城，所以行不通。

滴答、滴答。

水滴聲再度傳了過來。泰琳無力癱坐在地，從外頭響起了用某種金屬物鏘、鏘敲擊的尖銳聲。

賈斯萬怎麼樣了？仙奧呢？

腦中浮現了賈斯萬一臉痛苦的模樣。鋸齒般的氾濫珊瑚，失去理智的泰琳胡亂撕開專用袋取出的尖銳珊瑚刺傷了賈斯萬。鮮血滴滴答答落了下來。賈斯萬像是想阻止泰琳，用全身護著她，也因此氾濫珊瑚肯定扎得更深。那東西深深插入賈斯萬身上的感覺非常鮮明，還有當泰琳不斷掙扎時依然朝她走來的仙奧……

內疚感勒緊了喉頭。

我要殺了那玩意，將它扯下，驅趕出去。

但怎麼做？索兒的所在處，正是我的腦袋啊。

怒火燃起，真想發洩這股憤怒。教人抓狂的，正是在泰琳體內的那個玩意。倘若必須怪罪誰，那根手指頭必須是向著泰琳自己。

或許，名為索兒的存在，打從一開始就不存在。

或許一切都是泰琳自己想像出來的聲音。

或許，做出這駭人之舉的主體到頭來還是泰琳自己。這個事實令她打起了寒顫。

時間猶如堵住排水管的濃稠黏液，緩緩流動。

回過神來，發現地面上擺了糟糕透頂的食物。泰琳撕開包裝紙，將麵包塞入口中，之後又再度昏睡過去。處境都這麼落魄了，還會感到飢餓，教人覺得既噁心又悲慘。

泰琳瞪視著黑暗，不斷地反芻賈斯萬與仙奧在最後一刻的臉孔。

無從得知時間是如何流逝的，還不如一死百了。倘若死了就能挽回自己所闖的禍。

泰琳醒來，感到絕望，而後再度睡去。

她想放棄人生，但又會燃起無謂的希望，如此反覆。

就在置身絕望之中，再也感受不到時間流動之際，也因此想要藉由割手腕或咬舌來強制時間流動之際，門外響起監視者的嗓音。

「出來，有人找。」

那究竟是死刑宣告或是其他，泰琳無從得知。

泰琳跟在監視者後頭走著。通道前側的門的另一頭，囚犯大概是聽見了腳步聲，因此口出一大串穢語、腳踹門板要求把他放出去。監視者暫停腳步，按下了安裝於那門上的按鈕。東西被炙燒的聲音，微微的燒焦味，同時門的那一頭再度安靜下來。監視者並未探看門內，而是加快了步伐。泰琳也緊隨其後。

監視者領著泰琳來到了老舊不堪的面會室。看到寫著面會室的木牌，泰琳自然想起了賈斯萬與仙奧。真希望兩人能來這裡，能平安無事地出現在自己眼前。泰琳帶著迫切的心情走了進去，但面會室桌面的另一端卻坐了一名女人，是她也早已認得的臉。來人即是派遣總部的總負責人兼學術院長的卡塔莉娜。她一臉冰冷，以輕鬆的雙手抱胸之姿等待泰琳的到來。

泰琳一坐在她面前，監視者恭順地問候卡塔莉娜一聲後就出去了。泰琳被獨自留在這猶如冰磚般的氣氛中。這人為什麼在這？是來告訴她處罰結果嗎？但假如只是這樣，這麼高層的人有親自來見泰琳的理由嗎？無數疑問在腦中盤旋，這時一個中低音的嗓音穿過冷空氣到來。

「嗯，過得好嗎？」

泰琳低垂著頭，回答道：

「比起我闖下的禍，這待遇是太便宜我了。」

「看來妳還留有說出這種話的理性嘛。」

泰琳雖想觀察卡塔莉娜的表情，卻不敢貿然迎上她的眼神。

「因為妳，最近處境很棘手。」

到現在還沒聽到外頭的消息，但既然是在派遣者測驗中發生的事，相關人士肯定為此傷透了腦筋，特別是身為測驗總負責人的伊潔芙……愧疚感重壓在泰琳的肩頭上，她能說的就只有這麼一句：「對不起。」

「所以妳就說說看，究竟為什麼做出那種事？」

泰琳這才抬起頭來。卡塔莉娜雖然面無表情，但看起來並沒有怒意。是啊，就算滿腔怒火，像卡塔莉娜這樣的人來到這裡，肯定不會只是為了發發脾氣，也不會是來聽她道歉的。

「不完整的神經磚突然正常啟用的事實讓我興奮過頭，所以在通過測驗後發生錯誤時失去了控制力。」

知道就算有意欺瞞也無濟於事，泰琳就據實以告了。自小連結中斷的神經磚從幾年前開始形成不完整連結，引發了錯誤，在最終測驗之前，原以為自己能控制它，但沒想到那不過是自己的錯覺。

卡塔莉娜在聽完泰琳的說詞後依然保持緘默，泰琳則是靜靜地等候她接下來的話。

卡塔莉娜以左手食指邊敲桌面邊說：

「妳在採集樣本時違反了協議。」

「我判斷如果能採集泡沫型氾濫珊瑚的完整樣本，就能獲得加分。」

「那在地上並不是罕見的形態。」

「是我的判斷出了差錯。」

雖然提議直接採集整株樣本的是索兒，但到頭來付諸行動的是泰琳自己。每指出一項，就愈覺得自己的所有判斷離譜得教人難以承受。

「是不是因為妳想那麼做？」

泰琳讀出這言下之意，慌亂地迎上卡塔莉娜的雙眼。

「絕對不是的，因為這件事受傷的都是我最深愛的人，我絕對沒有那樣的意圖。」

雖然連忙回答了，但卡塔莉娜卻毫無反應。泰琳垂下目光，想知道她究竟想要的是什麼。她認為泰琳是有預謀的嗎？認為她與誰一同籌劃了這件事？關於刻意將氾濫體引入城裡的集團，又名「不安分的派遣者」，泰琳也有所耳聞，因此遭到懷疑也不奇怪，但她希望能阻止卡塔莉娜如此認定她。

「真的，不是那樣。」

吐露自己急切的心情後，另一個疑問緊接而來。就算這樣又會改變什麼嗎？反正不管有意無意，泰琳還是做出了駭人之舉。

卡塔莉娜一言不發地注視泰琳，以低沉的嗓音說道：

「倒是有個辦法可以讓妳免於驅逐刑。」

聽到這話的瞬間，泰琳的心臟漏了一拍。

「做出選擇吧，妳是要去執行派遣任務，又或者要接受拉布巴瓦的刑事處罰。那是個至今人員招募未滿而遲遲無法進行的計畫。既沒有癲狂症抗性足以勝任本次任務的合適人選，也沒有報名者。」

要求癲狂症抗性強卻沒有報名者的任務。一般來說，任務是由總部派任，而非派遣者自行選擇。儘管如此，依然以無報名者為由而遲遲無法開始，就意味著那個計畫極度危險，八成是生還機率極低的任務。

但泰琳別無選擇。

「我願意去。」

聽到泰琳想都沒想就回答，卡塔莉娜噗哧輕笑。

「連是什麼樣的任務都不先聽聽看啊。」

「對我來說，好像沒有別的機會了。」

「妳有自知之明，真是萬幸。」

聽到這不知是不是挖苦的話後，泰琳依然低著頭。比起接下危險的任務，她更害怕卡塔莉娜收回方才的提議。派遣總部不會隨意浪費人才，他們沒有直接拋棄泰琳，而是打算將她運用在必要的事情上頭……但即便如此，這是碩果僅存的機會，泰琳非抓住這個機會不可。

「比起揹負通過派遣者測驗之後隨即遭到驅逐的不光彩，順利解決那件事回來，這個結局對妳、對我們都好吧。」

卡塔莉娜喃喃自語，泰琳則保持沉默。無論發生什麼樣的事，都勝過回不了城裡，勝過失去所有人。哪怕必須在任務中失去什麼。

卡塔莉娜從座位上起身，看似要走出門外，但又像是想起什麼似的轉過頭。

「啊，對了，順帶一提，」

卡塔莉娜對泰琳說：「帕洛汀反對妳參加這個計畫呢。」

那一刻，難以言述的情感掠過泰琳心頭。假如比任何人都不願泰琳受到驅逐的伊潔芙反對的話，這任務究竟是什麼？泰琳吸了口氣，說：

「……我還是要去。」

卡塔莉娜以帶有些許嘲諷的表情瞅了泰琳一眼，接著便別過頭，拂袖消失於門外。

監視者回來了，但並未帶泰琳回牢房，而是領著她去了別處。泰琳知曉自己沒有時間，而且也同樣沒有機會挽回稍早前做出的決定。

泰琳想見見伊潔芙，想向她解釋清楚，想跟她說聲抱歉，也想知道伊潔芙是怎麼想的。不，泰琳只是想見伊潔芙一面，即便明知毫無可能。

出發時間是在六小時後，旭日東升之前。

清晨時分，朦朧灰白的天色滲入天窗。灑落地下城的一束光，泰琳在那微弱的光線下深深吸了口氣。

現在該離開了，自己有可能回不來，但也只能硬著頭皮前進。就連告別的機會都沒有，這正是此時泰琳的處境，要麼被驅逐出境，要麼就證明自己的價值後凱旋歸來。

在往下來到海底通道的路前，泰琳等待著其他派遣者。包含泰琳在內，派遣隊總共三人，稍早前他們將簡要的計畫傳送到泰琳的裝置上。

派遣隊的領導者是瑪以拉．羅德里奎茲，派遣者資歷二十餘年，但外表要比資歷看上去年輕。雖然罕見，但聽說也有人具備卓越實力，直接跳過學院課程就投入現場任務的情況，而瑪以拉似乎就屬此類。備註上還寫了她在奪回紐克拉奇基地的任務中扮演核心角色。有別於資歷愈久，多半會轉換跑道投身研究部門的派遣者，瑪以拉直到前一刻仍在執行現場任務。

另一名隊員是娜莎特．戴米勒，資歷也有十年左右，相較於執行現場任務，她很快就轉換到研究領域，在研究所擔任重責。儘管研究資歷上記錄了滿滿的論文，但重要詞彙全以機密二字處理，幾乎沒有什麼能進一步了解的內容。

就在泰琳持續閱覽檔案時，嘰咿，那一頭的鐵門開啟了。泰琳朝那側轉過頭，喀噠喀噠的腳步聲傳了過來。

「哇啊，那小女孩就是我們要負責的頭痛人物啊？」

在黑暗中，兩名朝泰琳走來的女子露了臉。一側是長相明顯稚嫩、擁有一頭白金髮的女人，她正手忙腳亂地用手梳理自己朝四面八方亂翹的鬈髮，一臉笑嘻嘻的。

「哦不對，應該反過來說，是要負責我們的不幸小女孩嗎？不管是哪一種，長得可真可愛啊，是不是？」

這人大概是娜莎特。雖然剛才她衝著泰琳喊小女孩，但乍看之下她的外表也很稚嫩，似乎與泰琳的年紀相去不遠，身形也不怎麼高大。

站在旁邊的女子，瑪以拉沒有任何回答。裹著全身的黑衣外頭，露出了結實的體格，瑪以拉留著一頭整齊俐落的及肩短髮，沒有半點表情。

泰琳迎上她們的眼神，打了招呼。娜莎特看著泰琳的樣子笑咪咪的，但不知是接受她的問候，又或者純粹是嘲諷。瑪以拉目不轉睛地注視泰琳，做起自我介紹。

「我是瑪以拉．羅德里奎茲。」

與初次印象大相逕庭，這十分鄭重的語氣讓泰琳著實嚇了一跳，但她似乎只是不想多費脣舌。

「我是鄭泰琳。」

泰琳原本想補上一句「請多多指教」，但後來還是閉上了嘴。危險任務在身，沒有比在形式上畫蛇添足看起來更傻的了。

門再度開啟的聲音響起，轉頭的泰琳大吃一驚，身穿派遣者長袍的三人現身，而伊潔芙也在其列。娜莎特用饒富興味的表情瞅著伊潔芙，緊接著又看向泰琳，然後彷彿知道什麼似的，露出了意味深遠的微笑。

兩名助理將背包遞給瑪以拉、娜莎特與泰琳。一般派遣者都持有個人武器，但泰琳目前手上沒有，因此另外還收到了沉眠槍與開山刀。背包內裝了基本裝備、工具、緊急糧食與食用水。有水又有糧食，所以行囊算是多的，但透過海底通道移動至努坦達拉大陸後，會在那兒依照需要的分量帶上行李，前往地上世界。

泰琳在做最後清點的助理旁，再次檢視背包內部。雖然她想和伊潔芙交談，但看起來沒有那樣的機會。泰琳無可奈何地不停偷瞄伊潔芙，但伊潔芙似乎迴避泰琳的眼神。泰琳的內心痛苦極了，伊潔芙是如此相信她，也警告過她，但……是泰琳沒有聽從她的叮囑。假如當初能坦誠以對，能倚賴伊潔芙，能遵循她的建言就好了，但如今為時已晚。若是眼神有了交會，恐怕會完全無法控制自己的情感。或許，兩人說不上一句話的情況才是萬幸。

一切清點完畢。一名助理將所有行囊放在自動搬運車上，另一名則是移動至階梯前。伊潔芙說了：「進行宣誓儀式。」

看到瑪以拉與娜莎特抬起手，泰琳也才後知後覺地跟著舉起手。努力默記測驗內容時，怎麼也沒想到自己會像這樣，彷彿被驅逐似的匆匆踏上執行任務的旅程並背誦起派遣者宣言。

我們是為了人類服務；我們是真實與知識的守護者，為了收復地上世界而啟程；我們在此起誓，會依循正直、榮譽採取行動，慎重地做出判斷……真沒想到曾經心懷憧憬的這篇宣言，如今聽來卻猶如遺言。儘管如此，還是要比連背誦這份宣言的機會都沒有來得好。泰琳抱著沉重的心情唸完了宣言。

伊潔芙微微頷首問候。

「接下來會透過裝置傳達指示，直到傳送訊號中斷為止。願幸運常伴你們。」

伊潔芙與每位派遣者握手，就像出發前的一種形式上的儀式。與前面兩人握完手後，最後伊潔芙站到了泰琳面前。泰琳領悟到自己無法以個人的方式道別，盡可能平心靜氣地回握伊潔芙的手，但她必須竭力避免自己把持不住情緒。很快地握完伊潔芙的手之後，泰琳發現自己的手掌心留下了什麼，那是一個小巧的袋子。
伊潔芙往後退，並未將目光放在泰琳身上。
泰琳將手伸入外套的內側口袋，藏起剛才收到的東西，不讓任何人發現。

2

剛開始，在一片漆黑的海底通道朝著內陸馳騁的數小時，在駕駛座上的瑪以拉一次也沒開口。儘管這個任務形同驅逐，但話還是少得有些過了頭。幸好沒有發生泰琳原先擔憂的尷尬沉默，而這全多虧了在後座的娜莎特打從出發的那一刻就沒有一秒鐘閉上嘴巴。

「所以說啊，當時瑪以拉想出了讓人拍案叫絕的點子。氾濫化的動物具有對其他氾濫化動物降低警戒心的傾向。當然啦，食物鏈存在著你吃我、我吃你的關係，所以也不是完全不會攻擊，但至少不像未氾濫化的動物那般警惕。瑪以拉就是反過來利用了這點！所以，『牧羊的狼』企劃就是當時首次投入的……」

但不消多久，泰琳就領悟到娜莎特的喋喋不休，並不是為了緩和尷尬的氣氛，而全然是為了自我滿足。儘管如此，泰琳從最初對娜莎特的話點頭認同、簡短回覆應和，到後來因為疲於應付，所以是以幾乎放棄的狀態把她的話給聽完的。

「……換言之，這條海底通道也每十天就得靠機器清潔，所以耗費許多維護費用，但總之斯爾貝諾警戒地提供許多重要的研究資料，所以還是得持續送派遣者過去才行。這條隧道旁就有個設計成自動運轉的軌道，過去是作為基地建設時搬運物資之用，但現在已經封鎖了。關於維持這條道路的研究，也是我還是派遣者菜鳥時共同參與的研究……」

泰琳認為娜莎特說不定跟自己一樣是神經磚故障之人，再不然就是與神經磚無關，但腦袋秀逗了，不然不可能會聒噪到這種程度。

「請問，兩位本來就是一起共事的嗎？」

「我們沒共事過。」

一直緘默不語的瑪以拉率先開口回答，讓泰琳嚇了一跳。仔細想想，瑪以拉主要是在現場工作，娜莎特則是早早就轉到研究領域，那麼就算說兩人是初次見面也不為過。後座傳來了娜莎特「啊哈哈」的笑聲。

「雖然不曾待在同一組，但有名得很呢，都還傳出只要隊長同行，生還機率就會提高的傳聞喲。沒有人不想跟她共事的，但那麼了不起的人物，又怎麼會來到這裡呢？」

娜莎特的話聽來像是在冷嘲熱諷，所以泰琳忍不住瞄了瞄瑪以拉，但瑪以拉的表情沒有任何變化。雖然泰琳也很好奇瑪以拉是如何加入這個小組的，但她此時似乎沒打算回答。

前往內陸的通路在中途出現了一次岔路，在此之前幾乎都是沒有高低起伏的直線道路，也沒有阻擋前路的障礙物，因此坐在駕駛座上的瑪以拉不需要特別動手，但過了岔路口之後，車子停下的次數就變多了。這是因為在道路內迷失方向，進來之後又碰上了野獸屍體，但根據娜莎特冗長的說明，往這方向執行派遣任務的情況很罕見，道路未經妥善管理，才會發生這樣的事。

就在第三次清理掉長有巨角的駝鹿屍體，大夥兒都筋疲力竭時，娜莎特提議要在這裡用餐。將車子停放在駝鹿屍體近處後用餐，並不怎麼令人感到愉快，但往後的情況只會比這更糟，所以只得盡早適應。就在瑪以拉檢查車況，娜莎特檢視裝備與存糧的期間，泰琳將作為糧食包的歐姆蛋加熱，她坐在摺疊椅上，舀起第二匙微溫的歐姆蛋時，娜莎特問了：

「新人，新人是怎麼會加入這種任務的？我看了妳的個人檔案，但上頭什麼資料也沒有啊。我，還是首次跟這種跟白紙一樣的新人共事，實在好奇極了。」

泰琳縮了縮手，但盡可能裝作若無其事地邊咀嚼歐姆蛋邊思考回答。娜莎特是不曉得泰琳幹了什麼好事才來到這裡嗎？但這有可能嗎？如果是派遣者，就不可能沒聽說泰琳做了什麼好事。如此說來，能說得通的，就是娜莎特一心埋首研究，所以對拉布巴瓦的消息一無所知，又或者是討人厭地明知故問；再不然，就是來這之前，娜莎特也處於跟泰琳相同的處境……單憑娜莎特的表情，難以猜測是哪一種。

「聽說泰琳的癲狂症抗性接近可測量的最大值。」幾乎沒有說話的瑪以拉開口道。

「還有，我和娜莎特也差不多。想必那即是我們加入這項任務的理由。」

聽到這話後，娜莎特對著泰琳嗤嗤發笑。雖然泰琳很感激瑪以拉適時打斷話，但從娜莎特的反應看來，果然並非只有那個原因。兩人肯定有無法此時說出的其他理由。

這次由娜莎特掌控方向盤。奔馳一段路後，中途停下來稍微閉目養神，接著又在路上清理了四次左右的野獸屍體。直到重新上路好一段時間，對面突然有光線灑入，海底通道來到了盡頭。

「看好了，新人，因為這是獨一無二的時刻。」

娜莎特加快了速度，車子以驚人的速度衝向隧道外。就在光線突然填滿視野時，娜莎特再次調降速度。四面八方出現的風景，讓泰琳不禁睜大了眼睛。

通往地上的道路沒多久就中斷了。娜莎特將車子停放好後，看著副駕駛座上的泰琳，露出了好戲上場的笑容。

在中斷道路的左方，可看見無邊無際的氾濫體森林與多根氾濫體巨柱。氾濫體巨柱形如蕈菇，芽孢如雨滴般從大片的菌帽上頭落下。亮黃色的芽孢堆成一座山，地面也染了色，彷彿漆上了色彩。巨柱擁有震懾人的高度與存在感，予人一種巨人占領地上世界的感受。白沙灘在道路的右側鋪展，在另一頭則可看見一片碧海。雖然氾濫體不常生長於大海，但部分水生氾濫體會漂浮在海面上，將海水染成奇妙的光澤。大海在陽光下穿梭於明亮翡翠綠與墨綠色之間，猶如寶石般碎裂了。

「很好玩吧？我們被奪走的色彩都在這裡的地上世界。初次見到這幅風景時，我可是興奮得睡不著覺呢。這顆美麗的星球竟然不屬於我們人類，而是那些玩意的。」

娜莎特以冰冷的眼神環顧周圍。這一刻，泰琳明白了同時被地上世界蠱惑與心懷憎惡指的是什麼。深深感到這風景的美，卻又無法擁有它，從地上被驅逐的人類所懷有的情感，是極為複雜又令人頭暈目眩的。

考慮到氾濫體巨柱的芽孢四處飛揚的範圍，將車子停放在距離氾濫體夠遠的海邊後加以固定。瑪以拉說，雖然是用來頂替基地營的，但基於氾濫體就連無機物也能快速分解的特性，不曉得能夠撐上多久。一行人帶上了移動所需的糧食，並最後一次清點裝備。光是探索附近，進行替車子蓋上防護措施的作業，就已經耗盡下午的時間。她們決定提前開始野營，凌晨時分早早動身。

野營前，瑪以拉開始做起事前任務簡報。

「我們會從凌晨開始快速朝目的地移動。我已經透過神經磚傳送地圖給娜莎特，也透過個人裝置傳送給泰琳了。」

「隊長，我們任務的真正目的是什麼？」

娜莎特問道，瑪以拉則是面無表情地回答：

「調查目的地。目的地是由派遣總部設定，更多的資訊無法透……」

「哎喲，真是的，就這樣把三個人推入絕境，可是卻連真正的目的都不肯說嗎？先不說我，但那小不點新人連自己為什麼來送死，都還摸不著腦袋呢。」

雖然泰琳不怎麼樂意突然被娜莎特當成一無所知的小不點新人，但她也很好奇任務的目的，因此就默不作聲。瑪以拉輪流看著泰琳與娜莎特，嘆了口氣說：

「此次任務的目的，是考察作為第二個地上基地的候選區域。」

「啊，沒錯！果然，我就知道是這樣。」

娜莎特露出得意的笑容，開始嘰嘰喳喳說個不停：

「是啊，難怪喔，光靠紐克拉奇當然不夠啦。從硬是要設立在這個連考察都有困難的區域看來，努坦達拉西邊大概是很不理想囉？看來是有什麼值得派出去的『祕密武器』，可是又不能隨意消耗那珍貴的祕密武器，所以才得事先偵察。偵察隊的死活無所謂，但抗性還是要強才行！我們這個小組真有趣啊，不就是昂貴的消耗品嗎？」

聽著娜莎特喋喋不休，泰琳稍稍能夠明白何以伊潔芙不希望派泰琳執行這個任務。具有高危險性，因此尚未經過考察的區域，但畢竟可能成為候選的地上基地，所以必須考察並派出先遣隊……先遣隊的生還率自然就低了。雖然之後前來的派遣者會善用先遣隊的情報，提高生存的可能性就是了。

新人，又或者連新人資格都沒有的泰琳，之所以會加入此任務，想必也是基於這樣的原因。因為她是個既沒必要活著回來，但總之光是派出去就等於派上用場的人力。

只不過似乎不單純是這樣。直覺告訴她，瑪以拉有什麼沒說，又或者有就連瑪以拉也不知情的什麼。泰琳感到反胃作嘔。

瑪以拉平心靜氣地說：

「昂貴的消耗品這個說法太極端了。能夠活著回來對我們、對派遣總部都有好處，因為活著的派遣者要比屍體握有更多情報。」

「嗯哼，就讓我們拭目以待吧，隊長。」娜莎特刻意拖長話尾，笑著說道。

睡前，泰琳先閉上眼睛，試著回想索兒的痕跡。自從在最終測驗中做出那件事，索兒就悄然無聲。它一句話也沒說，似乎屏息凝神地在等待什麼。既沒有聽到幻聽，也沒有感受到水波般的律動。剛開始泰琳氣炸了，如今卻好奇起來。索兒果真是擁有自我意識的存在嗎？那麼，它究竟為什麼要做出那種可怕的事呢？難道不能立即從大腦拔出這個神經磚嗎？

要是索兒回來了……

一想起索兒，心臟就狂跳不已，就像停留在大腦的索兒往下來到了心臟，宣稱泰琳的全身都是它的所有物。泰琳反覆深呼吸，讓心情平復下來，接著將手探入內側口袋，確認伊潔芙遞給她的、至今還在那裡頭的小袋子。在此之前沒有機會獨處，所以還沒打開來看，但光是想到手上有個伊潔芙擔憂泰琳，因而交付給她的某樣東西，內心就稍稍鎮定下來了。

三人輪流睡了覺，天亮前便帶上行李出發上路了。她們朝著內陸的方向持續前進，直到天色逐漸轉亮時抵達了濕地。那是逆流而上的路徑。遠離海岸，周圍的風景猶如上了好幾層顏料的油畫般，呈現濃烈鮮明的色澤。

翡翠綠的江河對面，紅樹林的紅色呼吸根猶如尖牙般成排佇立，鮮豔的紫紅色氾濫體巨柱突然冒出，芽孢從長長的菌帽掉落下來。難聞至極的惡臭刺激鼻腔，地面上滿是泥濘，導致雙腳深陷其中，即便換上了機能性長靴，依然舉步維艱。
不愧是至今不曾考察過的地點，這裡出現了未記錄的生物與氾濫體的獨特樣貌，但此次任務的首要目標是考察目的地，因此決定快速前進。好不容易橫越了一片泥潭，後來又碰上了三隻氾濫化的鱷魚，因此得屏住呼吸移動，不讓牠們發現。即使遠離了濕地，地面依然黏糊糊的。
日落時間逐漸逼近，眼下得趕緊找到野營地點，但這並不容易。這個區域經常下急雨，因此必須找到坡度平緩的高地，但走了好長一段路，才總算找到了適合紮營的山坡。
「看來今天在那地點野營比較好。」
跟隨瑪以拉的指示邊撥開樹枝邊移動時，娜莎特突然在後頭大叫：
「危險！」
泰琳反射性地避開身體，但有某種冰冷潮濕的物體瞬間掩住了她的視野。她感到窒息，那東西鑽進了鼻腔內、嘴巴內還有耳孔內。泰琳不斷掙扎著想要擺脫那物體，這時身後傳來一股強烈衝擊，泰琳應聲倒在了地上。臉部附近可以感覺到滾燙的氣息。與此同時，堵住她口鼻的黏液四散，泰琳這才好不容易能呼吸。
抬起頭一看，瑪以拉與娜莎特手持沉眠槍瞄準地面，而槍口所指之處，有隻泰琳從過去至今一次也沒見過的奇異物體。
黏液沿著往下延伸的細長樹枝嘩啦流了下來，那鮮豔的紫色黏液往地面聚攏後，逐漸向外擴大。它悄無聲息地凝聚起來，形成了龐然大物。方才撲向泰琳的似乎同樣是那黏液的一部分，無從知道它的來歷是什麼。

娜莎特一臉冰冷地更換武器拿在手上。

「這些噁心的東西，真是一秒都不讓人閒下來，對吧？」

下一刻，龐然的黏液便朝著娜莎特倏地飛去。瑪以拉雖然發射了沉眠槍，但不知黏液是否將子彈澈底吸收了，完全不見效果。娜莎特一邊慘叫，一邊用手持的沉眠槍胡亂揮舞，泰琳險些就被砸中了。雖然黏液被沉眠槍的刀刃部分截成兩段，但轉眼間就又再度合併。黏液從娜莎特的手中一把拽走沉眠槍，使之掉落在地。

「泰琳，這邊！」

大叫的瑪以拉敏捷地拉住了泰琳，同一時間，瑪以拉又往泰琳後方扔了什麼。泰琳邊跑邊回頭看，發現原來那是火種。火勢瞬間沿著氾濫網往上竄燒，嗆鼻的煙霧擴散開來。黏著在娜莎特臉上的黏液散了開來。娜莎特以屈膝之姿倒在地上咳個不停，泰琳抓起娜莎特的另一隻手，將她從煙霧之中拉了出來。

當三人費盡千辛萬苦逃離那裡時，夕陽正在西下。泰琳爬到平坦的岩石上大口吐氣，這時天空開始滴滴答答下起雨來。

「啊，真是的……從一開始就差點送命了。」

娜莎特一臉凝重地用腳踢岩石，平時的笑容已消失無蹤。

「那是什麼？就連模擬畫面也沒見過那種東西。」

泰琳問道，瑪以拉回答：

「似乎是未發現的一種氾濫體形態。若是情況允許，是該調查一下，但……必須以移動至目的地為優先。」

瑪以拉沉著地說道，但這句話的涵義卻教人不寒而慄。這一區是尚未考察的地方，即便是經驗老到的派遣者也不曉得會出現什麼。泰琳怔怔地自言自語：

「就好像一隻龐大的生物，由眾多合而為一後移動的。」

地上的氾濫體通常會形成群落，氾濫珊瑚或網狀等為其主要形態。它們會在繁殖的同時往四面八方擴散，形成相互連結的龐大群落，只是卻沒想過它會是蠕蠕而動、變換位置並攻擊敵人的動態物體。

「我們目前仍對氾濫體一無所知。」

娜莎特邊說邊擦去沉眠槍上沾到的黏液痕跡。

「地球上的任何生物都無法與氾濫體比擬。它們各自分散時看起來什麼也不是，但若是繁殖生枝、形成群落，就會像是擁有智能般展開行動。就像人類的神經細胞，就算它們全是分散的小個體時並無特別功能，但若是構成神經網，就會變得非比尋常，可是……」

娜莎特蹙緊了眉頭。

「剛才那樣還是第一次。竟然有黏液質，還不是與宿主結合，它們之間形成黏液團的情況也是初次見到。真令人噁心、渾身起雞皮疙瘩！應該把它們全數焚燒殆盡的。」

「以縱火處理並不是什麼好主意。」瑪以拉冷靜地說道。

娜莎特聽到這話後也沒有反駁。派遣者在森林中移動時，必須盡可能不引起注意。只要有任何一隻氾濫化生物遭到攻擊，牠們就會成群結夥地進行報復。使用沉眠槍時，相較於殺傷，必須以無力化模式為優先，僅有遇到不可抗力的情況時才套用殺傷模式，亦是基於相同原因。剛才對付那黏液質的氾濫體時沉眠槍不管用，只有用火時才出現反應。一旦氾濫體更換形態或宿主，其特性也會跟著改變，因此難以適時做出應對，但只要點火，緊急狀況就能獲得化解，只不過用火這個手段太過顯眼了。

「下雨後就會立即熄滅了。」泰琳抬頭望著逐漸加劇的雨勢說道。

瑪以拉則是邊嘆氣邊站起身。

「雖然位置不怎麼適合，但看來得在這裡過夜了。」

在巨岩上頭搭好簡易帳篷後，三人就一起共享這狹小的空間。今天因為打鬥而受傷的部位陣陣抽痛，泰琳直到咀嚼止痛藥吞下後才得以闔眼。夜色轉濃，雨聲更加響亮了。真希望雨能再多下一點，將地上的氾濫體一舉沖刷掉。即便明知，這僅是一種癡心妄想。

凌晨時分，口渴讓泰琳睜開了眼睛。她小心翼翼地避免吵醒另外兩人，來到外頭後發現碧藍的拂曉晨光漸次渲染開來。看了看設置於外頭的淨水臺，徹夜的雨匯集了足夠的水源。泰琳將少許水移至水瓶，用試紙確認可以安全飲用後才喝下水。涼水進入身體內，整個人也跟著精神抖擻起來。

這時，周圍隱身於朦朧晨光的森林才映入眼簾。纏繞群樹的氾濫網散發出幽微的光芒，就連鳥兒也尚未啁啾的晨間森林顯得十分蕭瑟，但這份蕭瑟感，或許只是被逐出這幅風景的人類才有的情感。

泰琳在內側口袋中摸了摸，取出伊潔芙給她的袋子，摸到了袋子表面上頭微微突出的某樣東西。不單純只是紙條，而是有其他東西一起裝在裡頭。泰琳緊張地先打開了紙條。伊潔芙究竟是想說些什麼呢？

紙條上用潦草的字跡寫了一句話。

必要時就一次，我必定會去救妳。

看到這句話後，內心突然掀起一陣巨浪。就在泰琳打開袋子，打算取出一同裝在裡頭的東西時，察覺到有人的動靜。泰琳差點沒把魂嚇飛，急急忙忙將袋子塞進內側口袋。走出帳篷外的人是瑪以拉。

「我正在把飲用水裝入水瓶。」泰琳指著淨水臺，莫名地開始替自己辯解。

瑪以拉的臉上找不到蓬頭垢面的痕跡，一點也不像是剛剛才醒過來的人。瑪以拉點了一次頭做為問候，接著便來到泰琳身旁喝水。

瑪以拉冷不防地對著手忙腳亂地蓋上水瓶的泰琳問了一句：

「話說回來，泰琳妳與伊潔芙·帕洛汀是什麼關係？」

瑪以拉是看到她偷偷在看紙條嗎？不可能啊。瑪以拉又漫不經心地補上一句：

「出發時她來了。我還是初次在出征儀式見到她，猜想大概是因為泰琳妳才來的。」

原來伊潔芙出席任務出征儀式不是什麼尋常事啊。泰琳說不準自己是該為這事實感到欣喜呢，又或者感到抱歉，但也想不出自己該回答什麼。應該如何解釋伊潔芙與自己的關係呢？

「嗯，伊潔芙……是我的恩師。我自小就認識她，從我還沒進學院之前，她就教會了我許多事。」

當然這短短幾句不足以說明一切。伊潔芙是教導泰琳認識這個世界的人。泰琳跟隨伊潔芙來到保護所外頭，與伊潔芙同住一小段時間，也因為伊潔芙而懷抱起來到地上世界的夢想。這一切，都無法以「認識」、「教會許多事」來形容。然而，泰琳並未花費力氣在此時解釋一切，而是壓抑了自己的情感。

「妳很了解伊潔芙嗎？伊潔芙對我來說是很特別的人，但……其實我不怎麼了解身為派遣者的伊潔芙。」

雖然這問題是為了轉移話題，但問完後卻真的很想知道在現場的伊潔芙是什麼樣子的。瑪以拉稍作猶豫，回答道：

「我和她一同執行了好幾次任務，是個很有能力的人。」

瑪以拉注視著泰琳的眼神，接著說了下去。

「當時她是我的繼任者，但在不知不覺中卻爬到了遠比我高的位置上，以超乎常規的速度。帕洛汀負責的任務多半伴隨高度危險，生還率也不高。根據後來一起執行任務回來的人所言，她是為達目的不擇手段的類型。因為每當她執行現場任務歸返時，都帶回了重要情報。雖然性情淡漠，但碰到危險瞬間卻是最先捨身之人，因此欣賞帕洛汀的人也不在少數。」

瑪以拉簡短補充道：

「最近幾年間，我只在地上見過她一次。感覺她要比初次見到時更澈底地埋首於工作……總之泰琳妳對她來說似乎是很罕見的重要人物。」

這是初次從與伊潔芙共事的派遣者口中聽到關於她的事。泰琳還不太清楚伊潔芙是如何執行任務的，但伊潔芙的敵人不亞於擁護者這點倒是略知一二。對待泰琳時煞費苦心的人，他人卻給予冷淡之人的評價，這點教泰琳感到神奇。

泰琳沉默了半晌，接著小心翼翼地開口：

「第一個告訴我『派遣者』是什麼的人就是伊潔芙。因為我是看著伊潔芙才想成為派遣者的。我想和她一起見識危險不安卻又美麗動人的地上世界。直到來到地上的此時，那份心依然相同。」

「是嗎？」

泰琳心想自己是不是多嘴了，但瑪以拉再度開口：

「曾經我也是那樣的人，所以我能理解。」

泰琳靜靜地聆聽。雖然有些在意瑪以拉使用的是過去式，但她什麼也沒問。轉眼間，收拾帳篷的時間到來了。

時而，氾濫體森林猶如大海，時而又如沙漠。帶有淩晨天色熒熒藍光的氾濫網無限延展，接著又忽地出現與柔和銀沙相似的網狀。氾濫體的色澤與形態持續變幻無窮，延展再延展，愈接近內陸，相較於網狀或珊瑚，黏糊糊的黏液質形態的氾濫體變多了。黏液氾濫體帶著濃烈的色彩，似乎是從地底下湧出後流溢至地上。若是三人回首來路，就會發現各自的足印猶如在顏料上蓋了章。

被氾濫體包圍帶來了感覺疲勞。這是身為癲狂症抗性強的派遣者也免不了會有的感覺混亂現象。森林散發的氣味一會兒香甜迷人，一會兒又嗆鼻刺激，最後又散發出難聞惡臭，持續不斷地產生變化。踩在腳下的泥土與氾濫網也不例外，一會兒鬆散細碎，一會兒又變得硬實，讓人產生觸覺上的混亂。雖然不知從哪兒傳來了鳥兒啁啾聲、蟲類振翅聲，以及不知什麼嘰嘰作響的尖銳聲之類的，但無法區分那是實際存在的聲音或幻聽。這是感知世界的感覺產生了混亂，而非外在世界實際出現了變化。

連著好幾天拚命趕路的結果，瑪以拉表示中繼站很快就會出現了。她們將在中繼站進行整頓，把目前為止收集的情報存入特殊無人機內，送回拉布巴瓦。若沒有遇到需要追加補給的情況，她們就會立即移動前往最終目的地。只是愈接近中繼站，瑪以拉不斷地歪頭嘆氣、猶豫不決，然後又反覆折返原路。由於這一路上都必須手持開山刀開路前進，體力也跟著急速耗盡。

「隊長，到底問題出在哪？」

最後娜莎特實在按捺不住，語帶煩躁地詢問時，瑪以拉才遲來地開口：

「總部輸入的中繼站座標有點奇怪。」

「是怎麼個奇怪法？我們不是都走在正確的方向嗎？」

「在這之前的路徑簡直是一團糟，之所以會一直改路也是因為這樣。我是根據判斷更改了路徑。最重要的是，在我們眼前的中繼站似乎沒什麼特殊之處。」

「那個總得先去了才知道吧？」

但那天午後抵達中中繼站時，泰琳與娜莎特不得不同意瑪以拉說座標有異常的說法。中繼站位於與在此之前的來路並無二致的氾濫體森林中央。瑪以拉先前說中繼站亦是地上基地候選區域之一，但實際到了現場，卻是個沒任何理由獲選為候選區域的地點。即便以簡易裝備分析了氾濫體的連接程度，也沒發現特別之處。

更嚴重的問題，就在於從中繼站前往最終目的地的路本身根本就不存在。瑪以拉在設置野營地時，泰琳與娜莎特跑去驗證瑪以拉的主張，發現她說的話屬實。

「往那側的路被斷崖切斷了，最終目的地的座標甚至是標在半空中。換言之，確實如隊長所說，有什麼澈底出了差錯。我怕有個萬一，所以採用另外三種計算座標軸的方法試著重新計算，但結果都差不多。不是指著莫名其妙的地方，再不然就是指著懸崖峭壁或半空中。真不曉得總部為什麼會做出這麼愚蠢的事來，一群蠢蛋。」

娜莎特計算了許久後做出的結論是，在傳送過程中座標數據發生錯誤，不然就是打從一開始總部所做的計算本身就出了錯。

「當初這個計畫本身就是一團糟了吧？導出地上基地的計畫從一開始就是建立於錯誤情報上頭。呃，真的很傻眼耶。既然要把我們送入絕境，就該叫我們辦正經事啊，是在開玩笑嗎？」

「不可能的。」瑪以拉果斷地說道。

娜莎特感到很無言，反問道：

「怎麼不可能？剛才不就確認過了嗎？甚至座標錯誤這件事，還是隊長妳親自查明的情報。」

「座標應該確實有誤，但設立地上基地的候選區域肯定存在。氾濫體連結之處，推斷是在努坦達拉大陸擴散的氾濫體的中心區域。假設座標指向錯誤地點，我們也必須前往真正的目的地，否則就沒有理由來到如此遙遠的地方。」

「哎呀，隊長妳都只待在現場，所以才會過度相信研究團隊啦。那些傢伙最近亂七八糟的，失誤就跟吃飯一樣稀鬆平常。座標錯誤，但目的地一定存在，這要靠什麼方法確定？」

「就算這樣，還是得持續考察。」

「那又不是我們該負責的，不是嗎？反正總部甚至也沒組成一支像樣的隊伍，就把我們推入絕境，我們為什麼要不惜獻上性命，替他們搞砸的事情收拾善後？就遵照程序吧，按程序收集樣本，有什麼就報告什麼，然後回去就好了。只要說目的地不過是平凡的氾濫體森林，雖然發現了形態奇妙的氾濫體，但與迄今調查過的地方大同小異就行了。這計畫從一開始就出錯了。隊長，妳究竟是在期待什麼？」

說到「像樣的隊伍」幾個字時，娜莎特目光冰冷地瞪著泰琳，所以泰琳有些驚慌。她並沒有說錯。區區三人的隊伍，還安插了像泰琳一樣的菜鳥，意味著最初他們就不怎麼期待隊員生還。但即便如此，假如總部給出的座標本身就是一團糟，自然也就沒必要為無意義的事情賭上性命。

「新人，妳是怎麼想的？為了這種錯誤百出的任務丟命，根本就是死得一文不值，對吧？」

娜莎特的言行愈來愈激烈，泰琳雖也同意她的意見，但奇怪的是，她無法在第一時間就與娜莎特站同一陣線。

直到逼近日落時分，瑪以拉與娜莎特依然僵持不下。一直要到天色暗了，兩人才決定暫時休戰，隔日再談。因為到了夜間，氾濫化的野獸會對聲音與震動更為敏感。

三更半夜，泰琳依然睡不著覺，但不全然是因為今日的衝突。還有其他問題。腦中的律動，如水波般的流動。

還有，彷彿從近處傳來的……鼓聲般的東西。

「索兒，你回來了嗎？」

泰琳問得極小聲，就像呼吸一樣。或許她從一開始就知道了，索兒一次也不曾消失。即便是被監禁，或接受任務來到地上時都是。可以感覺到索兒製造的細微流動。索兒分明就在那裡，但他卻默不作聲，就像刻意使自己沉睡。儘管索兒未曾親口說上一句對不起，但泰琳偶爾會感覺到椎心的痛楚，並心想那或許是索兒的罪惡感使然。

不過，就在考察地上世界的期間，索兒的動作一點一點加大，同時泰琳感受到的地盤震動也逐漸變強。索兒的活動與地盤的震動以泰琳無從得知的方式連結在一起，而那就跟泰琳與仙奧過去在拉布巴瓦一起調查過的那個震動的模式相同。只是，它要比在地下城時感覺到的要清楚許多，就好像若是豎耳細聽，就能理解箇中內容。

泰琳一次也沒學過透過震動構成的語言，甚至懷疑那種東西是否真的存在。上派遣者課程時曾學習透過符號溝通的方法，但那個只能做非常單純的意義交換。可是此刻，何以感覺到這股震盪是在向她搭話呢？

泰琳起身來到了帳篷外頭。娜莎特負責夜間站崗，瑪以拉好像在其他帳篷內睡著了。野獸的嚎叫聲傳來，泰琳趁著娜莎特的注意力被分散時偷偷離開了野營地。派遣隊必須同進同出，但此時驅使泰琳採取行動的不是理性，而是衝動。有什麼在她體內悄聲細語，要她跟隨震動走。

悄無聲息地離開野營地後，泰琳停下腳步將耳朵貼在岩石上，接著又繼續走，然後將耳朵貼在樹墩上細聽震動。雖然在充滿氾濫體黏液質與氾濫網的森林地面感覺不太到震動，但順著岩石往上傳的震動卻鮮明得多。

「索兒，你也記得吧？分明就是在城裡聽過的……」

它正在訴說什麼。「來這裡吧。」它如此說著。

說來也奇怪，泰琳的內心想追隨那個指示。她繼續走，來到了完全無法穿過並往前行的死路。震動傳來的方向很明確，但這裡就只有糾結纏繞在一起的樹叢，就連野獸出沒的路也沒有，所以也過不去。開山刀也放在帳篷，泰琳別無他法，此刻只能折返。

重返野營地的途中發生了狀況。回到帳篷附近時，泰琳一時鬆懈，不知被什麼東西給絆倒了。可怕的陷阱將樹枝撕裂成好幾岔。

不知是否聽見了摔跤聲，瑪以拉衝了出來。

「泰琳，妳在這裡做什麼？妳究竟是上哪去了？」瑪以拉怒氣沖沖地問道。

陷阱是瑪以拉為了防止野獸接近才事先設置的。瑪以拉現在才剛與娜莎特換班，看了一下帳篷內，卻發現泰琳不知去向。雖然瑪以拉大發雷霆的樣子很不符合她向來沉著冷靜的作風，但她的臉上參雜了擔憂。看到瑪以拉的眼神後，最後泰琳選擇據實以告。

「這一側有個非得去查看不可的重要東西，但我覺得要是跟兩位說了之後，你們不會相信我，再加上明天不管是往哪一側都得移動，所以我才想親自去確認……抱歉做出了獨斷的行為。」

「妳要怎麼知道是不是重要的東西？」

「早在城裡我就感受到某種震動信號，可是那股震動愈往這側就愈強。隊長妳白天不是說座標出了差錯嗎？那麼在座標未指出的這側反而說不定會有什麼。雖然不知道那是不是真正的目的地，但總之肯定有什麼。」

泰琳也不自覺地提高了音量。瑪以拉沉默了，似乎短暫陷入了思考。泰琳的主張來得突然，或許瑪以拉一時難以接受也很正常。不過一晃眼瑪以拉似乎做出了判斷，一臉認真地開口：

「但泰琳，跑到沒有座標之處，我們會變得更加危險。雖然總部終究沒打算要派出救助隊，但這形同就連能仰賴的一線生機都消失了。」

瑪以拉的話讓泰琳一時猶豫了。泰琳也想回到城裡，想回到有深愛之人的地方，有伊潔芙的地方，但與此同時，內心又有個聲音提出強烈的主張。

「是的，我明白，但還是應該考察那個方向。」

瑪以拉正視泰琳的眼睛，而後嘆了口氣。

「我明白了，就請先閉目養神一下吧。」

到了早晨，泰琳聽見娜莎特與瑪以拉在帳篷外大聲爭吵。泰琳一來到外頭，娜莎特便別過頭瞪著泰琳。

「新人，是真的嗎？妳的想法也跟隊長一樣嗎？」

娜莎特的氣勢讓泰琳有些退縮，但她還是開口：

「是的，我認為應該持續考察下去。」

「這說得過去嗎？到底是要去哪？目前我們手上就只有亂七八糟的座標，是打算像走失兒童一樣在森林裡迷惘徘徊嗎？」

「方向由我來決定。」瑪以拉說道。

泰琳與瑪以拉的眼神交會。昨日泰琳主張要前往的地方，瑪以拉打算去那裡看一看。

「哈，這些人是串通好要戲弄我嗎？」

娜莎特露骨地嘲諷，啪的一聲往地面蹬了一腳，接著就頭也不回地走進帳篷了。瑪以拉阻止打算跟著娜莎特走進帳篷的泰琳，搖了搖頭。就理性來看，娜莎特的立場更合理。在沒有確定情報的情況下，若是發現座標值有誤，中斷考察並返回才是正確之舉，可是瑪以拉為什麼想繼續考察呢？她的意圖同樣是個謎，但總之泰琳對此時瑪以拉的支持心懷感激。

考察持續進行。娜莎特雖然是跟著兩人來了，但從頭到尾都擺了張撲克臉，在收集樣本資料時也展現出不配合的態度。不過，她也沒有獨自行動。因為千里迢迢跑到這麼遠的地方，卻說要獨自回城裡去，無疑是自殺行為。

每天夜裡泰琳會掌握地盤震動的方向，等天一亮就與隊員們一起朝那個方向前進。娜莎特在不知不覺中看出了這考察行動並不是遵循瑪以拉，而是遵循泰琳的意志。吃早餐時，娜莎特瞪著泰琳嘀咕道：

「新人，看來妳是從地面上聽到了什麼？看來在我不知道的時候，妳獲得了什麼超能力吧？託妳的福，這樣就有機會活著回去了呢。」

大概是從這時候開始，只要碰上岔路，娜莎特總會讓泰琳走在前頭。

「我們之中，妳的癲狂症抗性最強嘛，是不是？」

瑪以拉雖出面阻止，但泰琳刻意帶頭走在前方。既然細聽地盤震動並掌握方向是泰琳的職責，這樣做反而落得自在。

但前往震動根源地的途中，恐懼始終如影隨形。直到某一刻，泰琳才恍然大悟，這份不安雖然來自泰琳，但同時也來自索兒。索兒此時正感到不安，可是究竟是為何不安呢？

「索兒，繼續前進是對的嗎？」

索兒沒有回答，但它有反應。它就像陷入混亂的孩子般在腦中胡亂攪動。泰琳老是會懷疑自己的判斷，害怕隨時都可能會發生的意外。就算走這條路，查清了地盤震動的原因好了，但如果索兒像那時一樣暴走失控呢？要是它再度令泰琳發瘋呢？若是害得瑪以拉與娜莎特也陷入險境……懷疑與不安，一天會襲擊泰琳的心好幾次。

儘管如此，泰琳仍只能前進，因為內在的聲音正強烈地驅使泰琳。

地盤震動逐漸加劇，模式也愈來愈鮮明。與此同時，一行人經歷了幾件奇妙的事。氾濫化的猛獸們老是在她們周圍打轉，彷彿有人是先設下陷阱似的，不是身陷氾濫網，不然就是腳給樹枝絆住。風景也愈發奇異詭譎了。氾濫網更密集了，地面的黏液質也更激烈地四處流溢，被眾多濃烈原色的色澤覆蓋的森林絢麗地搖曳著。

「物資幾乎見底了，幾天後就必須中斷考察，看是要回到基地營，又或者是回城裡報告。」

「哇，要是就此歇手就再好不過了呢，可是還要再拖上幾天哦？」

儘管娜莎極盡嘲諷挖苦瑪以拉，但泰琳確信，只要再兩天，只要再往前走這麼多，一定能發現什麼。而就在再也無法前進的時間點上，最終一行人碰上了某個場所。

那地方是在氾濫體森林正中央的一小片空地。當泰琳將臉貼在地面時，感受到震動在下方增幅。泰琳環視周圍。

什麼也沒有，是個十分祥和寧靜的地點，全然不見猛獸或陌生形態的氾濫體等足以威脅三人的生物。

還以為會感到全身虛脫，但教人意外的，安心感卻油然而生。或許泰琳自己也期待是這樣的結果吧。雖然期待目的地會有什麼，但同時卻又希望什麼也沒有。倘若那股震動、神經磚的錯誤與此地有關的想法，實則全是錯覺的話……是啊，這樣就行了，如今真的只要回去就行了。原先徹底繃緊的身體放鬆下來，泰琳無力地癱坐在岩石上。

瑪以拉眉頭深鎖地環顧周圍，娜莎特則是歡快地大喊：

「好耶，真的什麼都沒有耶。這場毫無意義的考察如今也結束啦。啊哈哈。配合演出的我不知道有多辛苦啊！現在就走吧，隊長。贊成吧？」

就在娜莎特在岩石上卸下裝備時，有樣奇怪的東西進入了泰琳的視野。

「娜莎特，後面……！」

說時遲那時快，娜莎特所站立的地面開始搖晃起來，腳踝開始往下陷。下一秒，瑪以拉站不穩步伐，泰琳也失去了平衡。泰琳看向下方。

不，這不是地面，也不是泥土，整片都是氾濫體的黏液質——那個原本深信祥和寧靜的空地。岩石的顏色出現變化，開始融化往下流。不一會兒，空地地面轉為氾濫體黏液質特有的紫。

瑪以拉與娜莎特雖然勉強抓住了旁邊的樹木，但泰琳身旁沒有任何能抓的東西，她只能手腳並用，試圖掙脫。

但她辦不到。

下一刻，泰琳的視野出現了變化。石子與岩石等來到了與視線同高之處……瞬間黏糊的黏液黏住了泰琳的全身，泰琳被又黏又稠的東西吸了進去，怎麼樣也停不下來，她只能緊緊閉上眼。

下方堅硬的樹幹一下子拉住了泰琳的身體。

泛著光澤的黏稠流動物體圍繞住泰琳。那玩意如水波般緩速移動，然後碰觸到指尖。它包覆了手臂，摸索著指甲，鑽進了內側，但並不令人感到疼痛。淚水好像流了下來，但無法確定，因為那些黏答答的玩意瞬間就帶走了淚水。它們以眼淚為媒介鑽進了眼球內，視野充滿了白色細線，能感覺到它們透過鼻腔鑽入了頭顱內，鑽進了全身內側，但依然不感覺疼痛，反而感到溫暖。那些東西讀取了泰琳的想法。

現在我會完全被吞食而後消失嗎？

包覆泰琳全身、填滿她體內的多條細線一邊震動，一邊說：

妳不過是和我們合而為一，並不是消失了。

這些細線般的東西是什麼？是怎麼能讀取泰琳的想法又能說話的呢？……就好像腦中充滿了霧氣，什麼都沒法清楚記起。在被抹得模糊的風景中，只有言語是清晰的。它們裹住了泰琳的全身，企圖將她吞噬，卻又說那與消失是不同的。泰琳無法理解，她想發問。

怎麼不是消失？若是和你們合而為一，我這個存在不就消失了嗎？定義我為我的個體、主觀感知世界的一個意識，那些不都會消失嗎？

合而為一以後，妳也依然存在。不是以「妳」，而是以「我們」存在。

我不是你們，我就只是我，是單數。

在我們看來，你們並不是單數體。

為什麼這麼想？我擁有能獨立行動的身體，這副身體全然依據我的自由意志行動。我自行思考、言語、行動，我並不是好幾種存在，而是以一個身體主觀感覺世界的單一個體。

你們已然是無數個體的總和。你們無法以一個個體來解釋。在妳的體內，住滿了其他生物。

是在說微生物嗎？但牠們只是仰賴我生存罷了，並不是與我相連結的。我所意識的「我」，這個個體就只有一個。

那些存在不只是和妳一起生活，也對妳有直接的影響。意識才是主觀感覺所造就的一種幻想。

太令人混亂了。它們所定義的意識與泰琳定義的意識有天壤之別。在泰琳的一生中，所謂的「自我」是不曾動搖的穩固概念。即便說微生物或寄生蟲之類的寄居在人類身上生存，也不代表牠們就擁有意識吧？牠們並不會自行思考；雖然寄居在泰琳身上，時而會對她造成影響，但牠們不過是與靈魂區分開來的外來存在。

好好想想，妳真的是單一的存在嗎……

下一刻，全身開始自動搖晃起來。緊貼在身體上的黏液在動。先動的不是身體，而是水波，身體才隨著那律動產生反應。就像在跳一支未曾學過、未曾想像過的舞。輕輕擺動的多條絲線、濕漉漉的蘆葦葉、樹木細枝緊貼著全身，愈是舞動，絲線愈是將身體一圈圈纏繞，到後來幾乎無法將那些線與身體區分開來。

無從得知是什麼讓這一切動起來。是裹住身體的液體、細線、葉片、樹枝率先動了呢？又或者源自體內的某種力量驅動這一切？然而去區分這點毫無意義。內在的力量使身體轉起圈來，外界的存在也使身體轉了又轉。

震動的變幻猶如音樂，但音樂並非是透過耳朵，而是透過皮膚聽聞。身體彷彿很熟悉似的，配合那音樂畫了圓。

時間消逝了，無始無終，亦無中間，這裡就只有配合水波律動的眾多存在。

3

濃烈的泥土味，蘆葦葉、樹枝與黏液覆蓋了身體。雖然試圖抖落，它們卻更令人不快地沾黏在身上。泰琳試著開口發出聲音。

「……啊，有沒有人……」

喉頭只洩出彷彿漏氣般的聲音。泰琳費力地爬起身，身體痛得就像被人狠狠揍了一頓。天花板很矮，頭好像隨時會撞上。這是個用途不明，地面鋪有乾草，猶如茅屋般的地方。

這裡究竟是哪裡？最後想起的，就只有在森林中央跌入地面被氾濫體黏液質覆蓋的陷阱啊。

茅屋內無人居住的痕跡，角落僅有一堆落葉，散發出逐漸腐敗之物特有的悶臭味。為了不撞到頭，泰琳以彎下腰桿的駝背姿勢環顧周圍，然後發現了被氾濫網掩住的一扇門，只是外頭是鎖上的，沒有其他門或窗戶。

她試著晃動門板，以漏了氣的聲音呼喊某人，卻不見任何反應。泰琳用力將身體撞向門，第一次嘗試時，門文風不動。再一次，砰，門只大力晃了一下。那麼就再一次。泰琳第三次將身體撞向門，結果因為門突然從外頭打開，乒乒乓乓，泰琳摔了個狗吃屎。

泰琳帶著一種荒謬又羞愧的心情抬頭看剛才開門的人，整個人瞬間凍結。

那個生物，可以稱為人嗎？

男人全身都被白色面紗，又或者以某種不規則粗糙手法織成的纖維組織般的東西蓋住，但不只是蓋住而已，而是皮膚與它們連結在一起。一隻手臂被無數銀色細線盤結纏繞，看不見原來的皮膚。腿部也被細毛蓋住了，但也因此顯現出內側肌肉的一部分。從團狀物一根根落下來的細線，猶如單層緞帶般在空中搖曳，從樣貌怪異的他身上散發出腐敗前的水果會有的氣味——接在甜甜的前味之後的，讓人微微感到噁心的後味。他正俯瞰著泰琳。

「好久……沒聽到聲音。」

他很吃力地牽動嘴唇。

「雖然很困難……」

男人試著繼續說話，但很難聽得懂。讓人不禁想，覆蓋喉嚨的氾濫網是否也使他的聲帶變形了。

「很快，就……來了……」

會來？說誰？泰琳用發不出聲音的嘴一張一闔。這時男人彷彿感知到什麼似的轉過頭，泰琳望向男人的身後。

有個沼澤，以及環繞巨大沼澤趴臥的人們。僅從外觀來看無法猜出性別的他們，全都像這男人一樣，全身被蜘蛛絲、線團及密網所覆蓋。可以看見穿透肩膀與背部生長出來的氾濫珊瑚。沼澤充滿了或紅或綠的氾濫體，他們之中有些人將手放入沼澤，舀了水喝。

令人難以置信的光景令泰琳一時失了神。

泰琳開始朝他們走去了，男人也沒有制止泰琳。直到接近沼澤時，趴著舀水喝的其中一人抬起了頭。不知何時曾是人類，但此時卻成了與普通人類天壤之別的其他生物的他，看了看泰琳，接著不感興趣地再度垂下頭。在近處觀望的泰琳確定了一件事，覆蓋他們身體的東西是氾濫體，但這種事怎麼可能會發生呢？

人類的氾濫化與其他生物的氾濫化樣態顯然不同。人類暴露於氾濫體時，大腦會產生變異，不過扣除大腦以外的身體都沒有發生改變，只會有癲狂症發作。發病者起初會遺忘自己是誰，遺忘自己隸屬何處，到最後還會老是想逃去某處，時而會想穿牆鑽地，把全身撞向堵死之處，撞了又撞，最後就這麼弄死自己。此外，他們也認不得其他人，他們連自己企圖打破的不是牆面或地面，而是其他人的腦袋也不自知，慢慢地發了瘋。在城裡也是如此。逃跑的人、被抓走的人，全都……

可是此時這裡的人卻看起來截然不同。儘管無庸置疑的，他們被氾濫化了，卻是以其他方式。就像人類以外的生物那樣，身體也產生了變異。泰琳無法將視線從他們身上移開。氾濫化的人類模樣教人飽受衝擊，同時卻又帶著某種美。而泰琳對於做如是想的自己感到驚愕。美？穿透全身蔓生的氾濫珊瑚，從無法辨識出原來形態、駭人奇異的模樣之中，要如何能感受到美？

男人靜靜地站著，彷彿想觀察泰琳的反應。或許以未產生變異的人類視角來解析他們的表情或肢體動作並不恰當。儘管如此，說來也怪，泰琳總覺得那男人似乎在向自己要求什麼。要她看看那些人，還有目睹此處，在這裡發生的事。

男人呼喚呆站著的泰琳。準確來說，他是揮了手並喊了聲「啊啊」。泰琳察覺到動靜，回頭看著男人。男人發出了幾次無法聽懂的聲音，直到泰琳豎起耳朵細聽，才好不容易聽懂了一句。

「吃……這個。」

這時男人拿在手中的東西才映入眼簾。那是個熟透的果實。一看見那個，難以抵擋的飢渴便迎面襲來。雖然不知失去意識後究竟過了多久，但至少是一天以上沒進食也沒喝水了。男人握在手上的果實鮮紅欲滴，讓人食指大動。泰琳出自本能地感到垂涎三尺。要是能咬上一口，整個人就會感到神清氣爽，香甜的香氣也會撲鼻而來的。但同時泰琳的直覺又告訴她，那是氾濫化的果實。表面看來沒有明顯異常，但在表面浮現的模糊斑點正是氾濫化的確鑿跡象。

「吃……吧。」

男人再次說道。這次，是以更肯定的口吻。

「不行。」

泰琳搖頭，確實表達自身的意思。

「樹沼人，會吃。」

男人的口氣生硬，泰琳怒瞪著他。

「我不吃。」

多次拒絕後，男人依然將果實往前遞送。說句老實話，泰琳恨不得能立即接過果實，狼吞虎嚥地大口咀嚼。渴，讓人心急如焚，但過去學習的資訊在腦中響起了警報。派遣者直到生命最後一刻，都該避免食用有明顯氾濫化跡象的生物。應該也有在食用後平安歸來的派遣者才對，畢竟每個人發病的門檻值都不同，只是誰也不曾表明自己在食用氾濫化的生物後生存下來。那是再明確不過的禁忌。

泰琳又搖了頭，男人這才收回了手，似乎是失望了，但半張臉被氾濫體遮住了，所以無法確定。

男人離開後，泰琳再度坐困茅屋。那些人為什麼要將泰琳從陷阱中拯救出來呢？讓她看見沼澤，想讓她吃下果實的理由是什麼？泰琳必須脫離這裡去找瑪以拉與娜莎特，但她得先觀察這是哪裡，還有那些人又是誰。有勇無謀地逃出是太過逞強了，雖然他們看似緩慢又虛弱無力，但要是一口氣全撲向泰琳，想必也難以輕易脫身。

把泰琳丟在茅屋後離開之際，男人在地面上擱了一碗乾淨的水。雖不知是善意或是個陷阱，但泰琳仍大口大口喝下了水。這輩子可曾如此渴望一杯水？儘管會顯得卑微，但是不是該再拜託對方看看呢？泰琳想了想，很快就放棄了。她不能再冀求更多了，或許就連這水也遭到氾濫體汙染。

泰琳一屁股坐在乾草上頭，覺得一點真實感也沒有。突如其來的陷阱與那些奇異的生物，還有要她食用氾濫化果實的男人。這裡究竟是哪？

這時，某種想法浮上心頭。泰琳一直在追尋、跟從的，引領泰琳的，說不定……

泰琳將耳朵貼在地面上，透過地板感受到震動。猶如心搏般強烈，清晰地跳動著。

就好像那震動是始於此地。

鳥啼聲傳來，似是清晨了。光線從天花板的縫隙溜了進來。砰砰，泰琳抬腳用力踢門。就算把門踢壞了也無所謂，但在那之前門倒是先開啟了。是昨天看到的那個男人。

「名字？」

泰琳用要比昨日好轉的嗓子狀態詢問男人的姓名。男人目不轉睛地注視泰琳，接著才說出「希．歐．莫」，但也無從知道那是真正的名字，又或者是聽錯了。泰琳試著想告訴他自己的名字，但男人貌似不感興趣似的直接轉過了身。走在前頭的男人朝著泰琳說：

「會，來的。」

雖然不知道究竟是什麼會來，但泰琳沒多問，只是默默地跟著男人走。

今天男人似乎想讓泰琳看看整片沼澤全貌。又或者，是想藉由參觀沼澤，試圖讓她暴露在氾濫體之中。就算是這樣好了，泰琳也打算迎合他。

沼澤中散發出潮濕的水腥味。氾濫化的蘆葦與灌木圍繞著沼澤。從外頭延伸至沼澤的小徑有好幾條。樹沼人行走於小徑，往沼澤聚集。沼澤內看不出有什麼地方適合讓他們度過夜晚。大概是睡在他處，等天亮再聚集於此吧。

大約把巨大的沼澤繞上半圈時，有名樹沼人映入泰琳的眼簾。他的行動有些怪異，泰琳原打算不以為意地走過，但後來停下了腳步。

「等等，那人……」

泰琳出聲喊了走在前頭的男人，男人卻沒回頭地逕自往前走。泰琳猶豫了一會兒，朝著剛才注意到的樹沼人衝去。

他的手腳不斷掙扎擺動，竭力想要掙脫什麼。剛開始還以為他只是在半空中揮動手臂，但走近一看才知道他全身都被突出的粗糙樹枝給纏住了。也許是氾濫化程度相當嚴重，身體表面已變得像稀疏的網一樣，皮膚上長滿了氾濫珊瑚。長長的樹枝偏偏又與他背上的氾濫網盤根錯節，若是使用蠻力摘掉，與氾濫體相連的皮膚就會一起剝離，肯定會很疼。

「你別動。」

泰琳悄聲警告，接著等他停下掙扎動作時，替他鬆開了皮膚表面上一縷卡在樹枝上的氾濫體。那耗費了不少時間。好不容易鬆開了，抬起頭一看，發現希歐莫駐足望向這側。泰琳沒有停下手邊的動作，像在解開纏繞的絲線般將樹枝與氾濫體分離開來。地面上落了一地氾濫體的碎片。究竟是如何能在與這種東西連結的狀態下活下來的？

「好了。」

「跟，過去。」受到協助的樹沼人動了動嘴脣，以細微的音量說道。

「什麼？」

「那邊。」

他的聲音要比其他樹沼人容易聽懂，所以泰琳想多跟他聊上幾句，但樹沼人卻麻木地徹底轉過了頭。感到難為情的泰琳也閉上了嘴。這是在叫她繼續走她的路嗎？雖然出手協助也不是為了得到一聲謝，但，是啊，若用那種身軀活著，這種事想必三天兩頭就發生，所以也總會有自行解決的辦法吧。

泰琳趕緊回頭，可是方才對上眼的樹沼人的雙眼卻令她在意。隱約透著溫柔的眼神，明亮琥珀色的眼眸子，是曾經見過那人嗎？

但希歐莫還杵在原地等著，所以她得盡快返回才行。走在沼澤地的同時，她試著回溯記憶，但腦袋就像蒙上一層霧似的灰白。假如有索兒，這種時候就能幫得上忙了，但在腦中依然只能感覺到猶如小魚兒游動般的微微漣漪。

把沼澤繞了一圈後，希歐莫再次遞出了果實。泰琳看了看，心想說不定是正常果實，但果然上頭有氾濫化的痕跡。泰琳這次同樣拒絕了，最後又被關在了茅屋。百無聊賴的時光流逝，透過天花板溜入的光線漸次少了，這時希歐莫打開茅屋的門，將裝了淨水的碗擱在地上，但沒有吃的東西。泰琳小心翼翼地問道：

「我的背包，請問有沒有見——」

門就這麼在她面前嗒的一聲關上了。別說是要回答她了，男人的態度像是在說，就算有背包也不給妳。

「哈，真是……」

現在怒氣開始升起了。他們把她從陷阱中拯救出來，也沒有傷害她或取她性命，還讓她有個地方安穩入眠，但就算試著想把他們當成善類來看待，內心還是辦不到。如果她不肯吃氾濫化的果實，是打算就這樣讓她餓死嗎？那些傢伙確實救了她嗎？該不會打從一開始設下陷阱的就是那些傢伙吧？

傍晚這段時間，泰琳都靠坐在牆面前整理思緒，思索該如何從這裡出去，但她想不出適當的方法。夕陽澈底西沉，獨剩十分微弱的月光映照茅屋內。

就在她在陰暗的地面摸索，尋找能代替枕頭使用的乾草堆時，底下發出了窸窣細碎的聲響。泰琳皺著眉摸了摸底下，拿起了手上抓到的東西。

「……這又是什麼陷阱啊？」

用手摸了摸它的形體，原來是提供給派遣者的糧食餅乾。等眼睛熟悉黑暗後一看，發現包裝紙很老舊了，似乎年代久遠。雖然因為光線昏暗無法確定，但這與泰琳一行人帶在身上的糧食餅乾包裝紙有微妙的不同。拆開包裝後，裡面裝的東西很乾淨。是誰把這放在這裡的？泰琳驀地想起自己在白天協助的那名樹沼人。這東西是打哪來的呢？萬一是他帶來的，是否表示許久前其他派遣者也曾來過這片沼澤？

泰琳沒力氣再想下去了，直接張嘴咬了一口餅乾。酥脆的餅乾碎裂，填滿口腔的口感讓人再度渴望起一口水。所有派遣者都咒罵連連嫌難吃的餅乾，竟然讓人感覺如此香甜。僥倖閃避了餓死的危機後，睏意也悄悄襲來。躺下來後，似乎再度感受到那股地盤震動，只是泰琳沒力氣再想下去了。

翌日清晨，泰琳在一股喧鬧聲中睜開眼睛。東西在地板上使勁滾動的聲音、怒罵與呻吟齊聲響起。她想起昨天希歐莫說過的「會來的」，似乎有預感是誰抵達了。

瑪以拉與娜莎特來到了沼澤。準確來說，是被拖來的。娜莎特花了大半天的時間在破口大罵，直到整個人虛脫無力才總算安靜下來。在門另一頭的泰琳只聽見聲音，直到過了許久後有人替她開了門才總算來到外頭。出來一看，地面上一塌糊塗，全是氾濫體與氾濫珊瑚、蕈菇、黏稠的蘆葦葉之類的；樹幹表面也有血痕。掉落在其正下方的開山刀貌似屬於娜莎特，但第一時間還無法區分究竟是娜莎特刺擊了樹沼人，抑或是娜莎特自己所流的血。一群樹沼人全身被氾濫體覆蓋，但第一眼看起來似乎沒什麼大礙。

娜莎特被綁在一棵大樹上，瑪以拉也在她身旁。瑪以拉僅有雙手被綑綁，娜莎特則是手腳都被蘆葦葉緊緊纏繞住。還有，大概是希望她別再亂吼亂叫，所以連嘴巴都被摀住了。看到來到外頭的泰琳，希歐莫開口道：

「那個，是妳的，同伴。」

希歐莫似乎很受傷。

「刺傷了，我們。」

他的心情不好，終究不是什麼樂觀的情況。泰琳原本打算去察看娜莎特的狀態，只是當她靠近樹木附近，樹沼人便一窩蜂湧向了泰琳。說時遲那時快，泰琳的雙手也遭到了綑綁。雖然有些驚慌，但泰琳並不埋怨他們。既然都說了娜莎特的刀刺傷了樹沼人，因此他們把身為同夥的泰琳綁起來也不算做得太過火。

泰琳以雙手遭綑綁的狀態被關進了與先前不同的茅屋。稍後，旁邊傳來了說話聲，是有人在大喊。

「是誰在那邊？」

是瑪以拉，隔壁的空間似乎是以一面薄牆區隔開來。泰琳匍匐爬向牆面。

「樹沼人會聽見我們的對話的。」

過了一會兒，瑪以拉用比先前小上許多的音量回答：

「原來如此，那這樣呢？」

雖然必須用一種很不舒服的姿勢將耳朵緊貼在牆上才勉強能聽到，但這似乎是最佳的辦法。

「泰琳，過去兩天發生了什麼事？」

面對瑪以拉的詢問，泰琳說起了先前的種種，包括當她清醒時已經來到這裡，每天他們都會給她水喝，一天有三次出去外頭的機會；樹沼人是氾濫化的人類，身體雖然產生極大變異，但很神奇的是，癲狂症並沒有發作，還有他們老是想拿氾濫化的果實給泰琳吃等等。

「隊長與娜莎特是何時被抓的呢？」

「我們也跟妳差不多，掉進了黏液質的陷阱，不過是在稍遠一點的其他地方醒來的。他們就連水也沒給。我們嘗試在晚上逃脫，在鄰近溪流找到了能喝的水，但後來又在那兒被抓了。」

「那麼，樹沼人並不是為了幫助我們才救我們的呢。」

「我們掉進的陷阱本身似乎就是他們所為，想必是為了阻止派遣者或猛獸接近。」

「但假如那是陷阱，為什麼要把我們打撈出來呢？任由掉入陷阱的我們變成一堆白骨就行了啊。」

「大概是因為他們……打算把掉入陷阱的侵入者變得跟他們一樣，以壯大同族的規模。」

這話讓人聽了心驚膽跳，但泰琳也有相似的預感。

「那些樹沼人，也就是說，與氾濫體結合卻沒有發瘋的變異人類，派遣總部也是知情的吧？」

「我聽過有人報告目睹類似的人，只不過迄今在派遣總部內部也視此為無稽之談。關於動物的氾濫化，雖然進行了許多實驗，但因為認為人類身上出現身體而非大腦的氾濫化是不可能的，因此把這看成是先前時代的雪人怪談那類的。再說了，根本想像不到他們會形成這樣的部落。」

「看來得盡早逃出才行，我們不能變得像他們一樣。」

「是啊，但還是得觀察情況，因為目前我們失去了所有工具和糧食。」

「他們說不定把背包藏在了某處。其實我先前幫助了一名樹沼人，後來獲得了一塊糧食餅乾。雖然不知道那是不是我們帶來的……」

「要是能找到就好了。暫時就邊思考邊撐到他們再來為止吧。我們還得儲備體力，因此請別做無謂的嘗試。」

牆的另一頭，瑪以拉的話聲停止，對話中斷了。泰琳心想自己至少昨日還吃了糧食餅乾，但瑪以拉肯定滴水未沾也沒進食，卻還有說話的力氣，真教人嘖嘖稱奇。泰琳也閉上嘴，蜷縮著身子躺在了乾草上頭。此時必須思考生存策略，但飢腸轆轆的她只能腦袋放空。

直到透過天花板縫隙透入的光線面積縮小，門再次開啟，與昨天一樣放了一碗水，一顆讓人食指大動的果實也擺在一起。雖然果實具有嬌豔的光澤，但也帶有明顯的氾濫化痕跡。

泰琳只喝了水，接著就坐在原地直瞅著那顆果實。瑪以拉此時也拿到了水嗎？若是她喝了水，就能恢復體力，兩人也就能一起研討辦法了。但瑪以拉那一頭卻什麼聲音都沒有傳來。泰琳默不作聲地等待。

飢餓感逐漸加劇，時間的流逝就感覺更緩慢了。雖然強迫自己闔眼入眠，但中途卻時不時醒來。而每一次，泰琳都會天馬行空地想著，早晨還沒到來啊？是夜晚拉長至二十四小時了嗎？

處於淺眠狀態時，索兒來到了夢裡。索兒的模樣就像顆捲成圓球狀的線團。它在泰琳的周圍輕柔地悠游來去，接著突然鬆開線團四散開來，將泰琳全身一圈圈牢實纏住。就在泰琳覺得自己就要這麼窒息死去時，眼睛猛然睜開。索兒消失不見了，但腦中的一隅卻感受到彷彿被挖空一個洞似的空虛感。

唯有藉由從天花板滲入的光線能估算出時間。不知娜莎特是否又在外頭抵抗了，傳來吵吵鬧鬧的聲音。想起上派遣者課程時，曾經做過脫逃方法的模擬實境，但被綑綁的手腕不管怎麼扭轉就是無法鬆綁。門再次開啟，擱放了淨水與果實。現在身上不剩半點力氣了。儘管如此，泰琳依然只喝水，放著果實沒去動它。在學院時曾經進行斷食訓練，但有別於當時，眼前的這個情況不知道會持續多久，所以更教人絕望。泰琳想起了曾說過會來救自己的伊潔芙，想起了自己此時最想見的那張臉，不由得對自己魯莽地執意要繼續考察一事感到懊悔。若想再次見到伊潔芙，就非得活著回城裡不可，但此時卻無計可施。

翌日下了雨，瞬間空氣變得潮濕起來。雨水透過茅屋的縫隙滲透進來，地面也濕成一片。今天就連光線也沒照入，所以無從得知時間。泰琳倚著牆面。

「瑪以拉。」

另一頭沒有任何回應。

「如今是不是該做點什麼呢？樹沼人似乎打算就這樣繼續囚禁我們，直到我們向飢餓或恐懼屈服為止。不如我們兩人先摧毀這間茅屋怎麼樣？茅屋建造的手法粗糙，這點事我們應該做得來。在那之後看是要甩掉他們逃出去，又或者找到武器殺了他們……」

稍後，收到了瑪以拉的回答。

「樹沼人的數量非常可觀。」

「好像是，但他們很慢，身體能力低下，甩開他們逃跑是可行的。」

「娜莎特也是在抵抗時被抓住的。」

「沒錯，不過……我們不能繼續待在這裡啊。」

「我會吃下果實。」

「什麼？」

就在泰琳驚慌地僵住之際，瑪以拉說了：

「樹沼人知道什麼。關於氾濫體，他們要比我們知道更多。還有，我們之所以來到這裡是為了查清楚更多事情，不能毫無計畫地與他們為敵。」

「不可以，太冒險了，要是不小心患上癲狂症呢？即便沒有患上癲狂症，只是像他們一樣身體產生變化也很危險。可能會被拒於城市之外的。瑪以拉妳不也知道，我們幾乎是等於被判了驅逐罪嗎？就算妳是自願來的也一樣。」

「我們也是派遣者之中最有能力抵抗癲狂症的人。」

「我們又沒有對自己做過實驗啊，又不知道能撐到什麼程度，還有從什麼時候會開始變形啊。」

「雖然不知道氾濫體何時會殺了我們，但若是一味抗拒，就只能一無所獲。我會在吃下果實後說服他們，或是找到糧食提供給泰琳妳與娜莎特。不能讓所有人都被綁住。」

不管是甩掉樹沼人或偷偷逃出後回到城裡的方法，都是值得摸索研究的。以瑪以拉的身體能力或現場經驗來說，充分值得一試，可是她卻說要吃下果實。瑪以拉何以做出如此冒險的選擇？

那一瞬間，泰琳有所頓悟。

「不單純只是為了調查，是不是，瑪以拉？」

牆的另一頭是漫長的沉默。

「妳要在這裡尋找什麼？」

瑪以拉依然默不作答。泰琳說：

「請告訴我，我能幫上忙。」

泰琳是發自真心的。就算泰琳沒有出手協助，瑪以拉終究還是會做那件事，但她想要幫助瑪以拉。瑪以拉是因為相信泰琳而來到這裡，也因此落入了陷阱。倘若此時她不惜吃下果實也想尋找到什麼，泰琳希望自己能竭盡全力助她一臂之力。

瑪以拉低聲開口道：

「數年前，我的未婚夫失蹤了，他也曾是一名派遣者。」

泰琳聽到從牆的另一頭傳來的話語後，一時停止呼吸。

「出發執行最後一次任務時，歐文說無法告訴我任務的細節。他就這樣消失了，但我聽說了傳聞，說他是在調查『沼澤』時失蹤的……我在暗地調查了許久，得知他最後參與的是考察努坦達拉東邊區域的祕密任務。」

瑪以拉的語氣平靜淡然。如今，泰琳才理解了瑪以拉的決定，何以她與娜莎特不同，三番兩次地想要深入內陸。她又不像泰琳一樣聽見地盤震動，但為什麼會想冒險前往內側？原本泰琳感到納悶不解，但倘若有欲尋找之物，那也就說得過去了。

失蹤的未婚夫。光憑這點就足以說明了。派遣者通常不會考慮把派遣者視為結婚對象。雖然並未遭到禁止，但因為有不能共享的任務內容或現場情況，因此多半會在一開始就忌諱建立私人關係或不表露出來，但若是能夠戰勝他人的視線並許下婚約，肯定不是普通關係。

「原來妳認為那個人在這裡呀。」

「不，那人……」

瑪以拉像是在平復情緒似的稍作停頓，接著才說了下去。

「歐文大概已經死了，但我仍必須確認他的死，在那之前無法回去。」

在樹墩前碰見泰琳時，瑪以拉一臉訝異地問道：

「樹沼人也釋放了妳嗎？」

這也難怪了，因為瑪以拉是在做出要食用氾濫化果實的重大決定後才被釋放的。泰琳笑了笑，答道：

「啊，我也吃了那個果實。」

瑪以拉瞬間皺起了臉，泰琳則是覺得很少有情緒變化的她露出這種反應煞是有趣。眉頭鎖得更緊的瑪以拉問道：

「為什麼那樣做？」

「因為我也有要找到的東西，沒辦法一直被關著。」

「這樣的行動很不恰當。」

「但是……」

「請別再這樣了。」

在一臉嚴肅地斥責的瑪以拉面前，泰琳只能溫順地點點頭。泰琳本想耍嘴皮子打趣說，其實那個果實雖然被氾濫化了，但並沒有散發出特別的味道呢，不過還是忍住了。瑪以拉要承擔的事情已經夠多了，最好別再給她多添一件操心事。

「妳們的腦袋正常嗎？是不是瘋了啊！」

此時被綁在沼澤正中央岩石上氣急敗壞的娜莎特，正是瑪以拉馬上要面對的事情之一。娜莎特持續在樹沼人面前表現出敵對態度，到後來甚至阻擋瑪以拉與泰琳接近。她的憤怒固然合理，卻不是策略上該有的態度，但也沒機會說服她，導致瑪以拉與泰琳只能被波及。

「叛徒！以為我會就此妥協嗎？妳們為了自保而吃下果實？若要那樣，還不如一死百了！死掉算了！」

娜莎特的情緒過分激烈，那並不只是在得知夥伴們犯下禁忌後感到憤怒的水準，泰琳原本想拿水給娜莎特，但在靠近時被她吐了口唾沫，只得無功而返。瑪以拉一邊以手背替泰琳擦臉一邊說：

「娜莎特極度厭惡氾濫體。」

「現場任務還能堅持到現在，真強。」

「雖然她對氾濫體本身懷有強烈抗拒，但對於氾濫體與人類結合的形態，也就是樹沼人，似乎更是出於本能的抗拒。」

「不過……那不是任何人都會感到恐懼嗎？甚至我們不也是嗎？我們吃下果實並不是沒有恐懼，而是因為必須找到什麼。」

聽到泰琳的話後，瑪以拉靜靜地搖頭。

「娜莎特投入此任務的理由，也是基於厭惡人類與氾濫體結合的形態。」

瑪以拉雖沒有再多說什麼，但泰琳可以猜出其言下之意。既然娜莎特一直都在研究所工作，有可能曾經引起實驗事故——源自於厭惡感的激烈事故。

泰琳與瑪以拉一拿起果實吃下，樹沼人的態度隨即有了轉變。只要早上吃下一顆氾濫化的果實，就算那天兩人任意四處走動，他們也不在意。就連剛開始果斷地囑咐泰琳不要食用果實的瑪以拉，似乎也體認到除此之外別無調查辦法，所以不再阻攔泰琳。大概是因為瑪以拉目前尚未出現什麼異常，所以判斷癲狂症抗性要比她更強的泰琳也同樣會沒事吧。

後來才知道叫做「希歐莫」的樹沼人名字其實是「希羅莫」，他說只要兩人不會逃回城裡，那她們就可以去探索森林。只不過要是離沼澤太遠，就經常會有樹沼人從某處現身監視兩人。不管是泰琳或瑪以拉，在完成調查之前都無意逃出，因此到目前為止一切還好。畢竟在找到武器與緊急糧食之前，就不管三七二十一地企圖回到城裡，無疑是一種自殺行為。

要不了多久，泰琳與瑪以拉就在附近發現了有淨水流動的溪谷。水非常澄淨，並沒有肉眼能識別的氾濫體，讓人不禁心想樹沼人拿來的水是否出於此處。泰琳與瑪以拉決定往後就到溪谷去裝取食用水，之後也拿去給娜莎特。剛開始娜莎特說不相信她們並拒絕喝水，但在差點因脫水症狀而暈厥過去之後便接過水喝下了。只不過，就連這也會令娜莎特感到不寒而慄。

另一方面，要取得不受汙染的食物並不容易。早晨樹沼人送來的一顆氾濫化果實，別說是要充飢了，反而更教人飢腸轆轆。儘管沼澤遍地都是氾濫化的植物，但她們也不能吃，因為若是吃下了，要不了多久就會像那些樹沼人一樣產生變異。在溪谷附近搜尋多時，好不容易才發現少量未受汙染的果實與蕈菇等等。泰琳與瑪以拉自己帶上一些，也帶了一些給娜莎特。娜莎特一口將它放入口中咀嚼，然後眼神迷離地咧嘴笑了。

「新人，我有個好計畫，妳要不要聽聽看？」

那個計畫，就是將周圍鋒利的石頭與急救包的發熱體組合在一起，製造出會爆炸的武器並殺害樹沼人之後，從屍體上採集樣本回到城裡的荒誕內容，在泰琳看來絲毫不符合現實，但娜莎特甚至已經將泰琳的角色訂好了，泰琳也不想在她的怒火上添油，因此就假裝附和計畫，靜靜地聽她怎麼說。

大概是因為娜莎特一直激烈反抗，娜莎特的手腕或腳踝始終都是被捆綁住，時而還會派人監視她。娜莎特說會將藏匿背包的位置告訴泰琳，拜託她替自己帶來迷你摺疊小刀。泰琳認為，即便老練的派遣者如娜莎特，也不可能用摺疊小刀殺害樹沼人，所以就藉由聽從她的話順便查明背包位置。

背包就藏匿在溪谷附近的茅屋後方樹叢內。取出娜莎特的摺疊小刀後，泰琳還帶上了一把小刀，接著她忽然翻了翻外衣的暗袋，取出伊潔芙給她的袋子來看。袋子內裝了用途不明的金屬薄板，板子後頭有個按鈕。定睛細瞧，若是按下那顆按鈕，金屬板就會自動組裝，形成可移動的小型機器裝置。

必要時就一次，我必定會去救妳。

伊潔芙在紙條上那樣寫著。那麼，這個大概就是發送緊急求救訊號的裝置了。就像瑪以拉向城裡進行中間報告時所使用的無人機，這個似乎也內建了自行移動至可發送信號區域的功能。或許在無法逃出沼澤時，在最糟的狀況時能夠用上這個裝置。泰琳將袋子收進了背包深處。娜莎特收到摺疊小刀後開心極了，但過了數日都沒拿它來搞什麼名堂。

進行調查約莫一週時，瑪以拉問道：

「身體狀態怎麼樣？」

「嗯，我……沒什麼問題。大概是有每天能承受的閾值吧，可能是每天就只吃一顆果實。隊長呢？」

「真是萬幸，我目前也沒問題。但泰琳妳最好多注意一些，有可能會因為經驗不足而沒察覺身體變化。」

「妳不也知道嗎？我的癲狂症抗應分數是最高的。」

聽到泰琳耍嘴皮子，瑪以拉沒有被惹笑，只是點了點頭。但宣稱沒有問題是在說謊，其實有問題，只是很難說是與果實相關。那問題是泰琳原本就有的。

索兒開始再次甦醒了，還是以十分劇烈的方式。

從兩天前開始，泰琳只要闔眼就會噩夢連連，有時即便神智清楚也會看到一閃而逝的幻覺。孩子們的慘叫聲、潑灑在牆面上的血跡、發出喀噠噠的聲響靠近的鋸齒，以及彷彿下一秒就會碰觸到的毛骨悚然感，那雖是泰琳自己的記憶，但任意攪動那記憶的卻是索兒。

「索兒，拜託，你到底是在害怕什麼？」

或許索兒此時是對自己所做的事產生了恐懼感與罪惡感，對於令泰琳陷入混亂，以及導致她去攻擊其他人。

「我並不埋怨你，因此別再想那件事了。」

這話並非出自真心，事實上泰琳很埋怨索兒。若不是索兒，泰琳就能順順利利地成為派遣者並與伊潔芙在一起了，也不會像鴨子趕上架似的參與如此危險的任務。但此時泰琳所面臨的處境，分明有某個部分是出自泰琳自身的選擇。不能全怪索兒。為索兒命名、允許索兒控制泰琳的身體、分享感覺系統、決心參加危險任務，還有最重要的……決定不回城裡，而是遵從那未知的震動，這些全是泰琳選擇的。

因此，泰琳想要以理解取代埋怨，想了解索兒所感受到的混亂的根源。因為那份混亂，亦是泰琳在此地遇見樹沼人後持續感受到的情緒。樹沼人的模樣確實陌生也令人不知所措，但在他們身上卻有種難以言喻的熟悉感。這種不明的親密感究竟是怎麼產生的？

當樹沼人偶爾會將耳朵貼在地面上細聽來自遠處的聲音時，泰琳覺得他們就像自己；又或者，該說是泰琳像他們。在拉布巴瓦，泰琳不曾見過有人做出那樣的舉動，那在他人眼中是有些滑稽古怪的行為。所以，泰琳只有在沒人注視時，偷偷地在幽靜的巷弄或無人的房間，或者與仙奧兩人單獨在一起時才會那樣細聽地盤震動。但在這裡的每一名樹沼人都會豎耳細聽地面震動。

泰琳在城裡所感知到的訊號，果真是與這片沼澤及樹沼人有關嗎？樹沼人知道在遙遠的地下城也能聽到那個訊號嗎？若非如此，訊號究竟與何相關呢？

只是，要查明答案絕不容易。

樹沼人說不定會透漏什麼的期待老早就破滅了。到目前為止有過像樣對話的樹沼人就只有希羅莫，但他也不會對泰琳與瑪以拉詳談關於此地的一切，而僅是以詳情「往後再說」來推託。當泰琳問起那個「往後」是何時，希羅莫會眨眨眼，緩緩答道：

「當妳變得跟我們一樣時。」

4

「那個，問這樣的問題或許很失禮……」

泰琳用一把小刀費力地斬斷擋住去路的氾濫體之後，猶豫不決地開口：

「妳不是說歐文也曾是派遣者嗎？幾年前歐文為什麼會來到這片沼澤呢？那大概也與樹沼人有關吧？」

瑪以拉熟練地折斷剩下的樹枝，說：

「歐文最後的任務是滴水不漏的機密，他也無法具體對我說，但我能猜到大概。」

「是哪方面的呢？」

「那些樹沼人之中，可能有部分曾經是派遣者。歐文可能是為了尋找那些派遣者，又或是跟著他們來到了此處。」

「那些樹沼人曾是派遣者？」

泰琳吃驚地回頭望向瑪以拉。不久前看到放置多時的糧食餅乾時，也曾想過說不定過去也有其他派遣者掉入陷阱，但倒是沒想過樹沼人可能曾經是派遣者。不過瑪以拉眼睛眨也沒眨地繼續做事。

「派遣者也是被氾濫體的地上世界迷惑之人，並不像娜莎特一樣滿心厭惡，所以才會有『不安分的派遣者』持續出現。他們前往地上世界，然後某一天就一去不回了。派遣總部向來隱藏他們的存在，但一起共事的同事突然消失了，任誰都會知道。啊，又有人去了地上世界，再也不回來了啊。」

說起不安分的派遣者，泰琳也曾有所耳聞。據說賈斯萬大叔會與派遣總部對立，不光彩地辭去組織的工作，正是因為與那不安分的派遣者有關的任務。泰琳也曾聽說過不安分的派遣者企圖攜帶氾濫體進城，後來遭到殺害的新聞。那時她只把不安分的派遣者想成是「被氾濫體迷惑後發瘋、導致城市陷入危險的人」。

但假如他們並不是受到氾濫體的影響，而是憑自發性的意志離開，而且並不是因為前往地上世界時死亡，而是找到了這樣的場所……。伊潔芙曾強調，身為派遣者必須同時被氾濫體蠱惑並心懷憎惡。若是只心懷憎惡，就會像娜莎特一樣不安如影隨形；然而若是一旦被蠱惑，就會遭氾濫體吞噬，成為地上世界的一部分。派遣者必須拿捏的平衡就在於此，差之毫釐，失之千里。

「雖然這些人應該不全是派遣者，但如此一來就能豁然開朗了。為什麼會有不安分的派遣者出現，又是如何在總部滴水不漏的管理與監視下，始終會有人離開。我雖然也是初次親眼見到樹沼人，但有人肯定是聽信了那個傳聞才前來的。」

「那麼傳聞是真的呢。」

「目前還不曉得，因為我們連樹沼人平時在做些什麼都無從得知，包括那些人究竟是如何活著。儘管乍看之下他們並不像發了瘋，但也可能僅是癲狂症發作的其他形態。」

泰琳與瑪以拉雖然待在距離樹沼人非常近的地方，卻無法得知他們彼此是以什麼樣的方法對話，又是怎樣生活的。他們似乎是以屬於自己的方式來溝通。還有，他們會往返湖沼內外查看或製造什麼，總是在投入某種事情上頭，但卻無法知道最後的目的是打算做什麼。瑪以拉猜想他們是在運用氾濫體連結網觀察鄰近區域、判斷是否有威脅，但這全只是推測罷了。

「或許歐文就在這裡的樹沼人之中。」

聽到泰琳的話後，瑪以拉的手停在半空中，接著再度放下，俐落地折斷阻擋前路的樹枝。

「這個嘛，若有的話，我肯定早就認出來了。」

對話就停在這了。泰琳閉上嘴，專注在開路上頭。自己真不該多嘴的，就算變形得再嚴重，瑪以拉也肯定能認出自己曾經深愛過的臉孔。那麼，歐文不在其中對瑪以拉來說是件絕望的事呢，又或者該感到萬幸呢？泰琳不忍去揣測瑪以拉的心情。

默默地清除氾濫體，不知不覺地打通了一條路。樹沼人不管泰琳與瑪以拉隨意走動，或者只要不偏離太遠就任由她們去，但就在昨日她們想走北側的路時卻遭到制止了，所以泰琳反而認為應該調查這個方向，因為這意味著其中必然有重要之物或欲隱藏之事。

今日早晨，由於緊急糧食已經見底，泰琳別無他法，只能將氾濫化的果實遞給娜莎特，這事卻導致勃然大怒的娜莎特衝著樹沼人破口大罵。泰琳與瑪以拉就趁著樹沼人轉移注意力時，偷偷地溜至北側。若是不想被發現，就得趁日落前返回。

每往北側跨出一步，地盤震動就益發劇烈。或許在此路的盡頭正是泰琳追尋多時的那個訊號的源頭。當岔路再度出現時，泰琳毫不猶豫地指著左側。

「是這邊，有什麼很不尋常。」

瑪以拉一言不發地點頭，跟著泰琳一路走來。泰琳同時感受到不安、恐懼與興奮，而那些情緒不單只是泰琳的，也是索兒的。索兒在腦袋中晃動著。

走了好一段時間，冰冷的空氣忽地滲入了肺部，那是不符合熱帶林該有的寒氣。氾濫體巨柱的大片菌帽掩蓋了天空，四周昏暗灰濛，下一瞬間，泰琳的眼前出現了一座湖。

但再次定睛一瞧，那並不是湖。

在凹窪的巨大火山口上，淡紫色氾濫網鋪展開來，上頭畫了密密麻麻的圖樣，看起來猶如巨型白繭般的東西處處隨處擺放，而在那裡頭……

包覆了人臉。

不止一個，而是數十張臉。這情景太教人震驚，什麼話也說不出來，心臟也瘋狂跳動著。

那些看起來睡得十分安適的臉孔與氾濫體連結在一起。透明清澈的臉孔，彷彿還活著似的充滿了生氣，但原本他們應該有的身體卻不知去向。有些臉孔彷彿澈底融化了，只剩半張臉，還有些臉孔則維持著完整的形態。

「這些人，我見過。」

泰琳朝著這些臉孔走去。雖然地面在晃動，但氾濫體打造的巨網堅韌，足以支撐人類的身體。她站在眾多臉孔前，其中一部分確實是泰琳所認識的臉孔。

曾在尋找失蹤者的傳單上見過的臉孔，曾在哈拉潘街道上遇見的鄰居，又或是身處困境，自己曾經出手協助的老人家……所有人都被懷疑是癲狂症發病者，原本只當他們是在街頭徘徊時被抓去了治療所。雖然去了治療所，但沒有獲得治療後出來，因此他們就在那裡悲慘地結束生命了吧。可是這些人怎麼會在這裡呢？是靠著自己的一雙腳走來的？還是被某人牽引來的？究竟是什麼將這些人帶來了這裡？

泰琳屈膝跪在密網上，將耳朵貼在地面。這裡有什麼，確實就在此處。發出轟隆轟隆聲、彷彿撼動心臟般的震動聲，就算不是像泰琳一樣聆聽地盤震動的人也能聽見的巨大回聲，這是彷彿悄聲低喃「來這裡吧」的那個訊號的源頭。

「聽見什麼了嗎？」

仔細檢視那些臉孔的瑪以拉朝泰琳走來，正打算抬頭回答的泰琳，突然看見了可疑之處。

「隊長，等一下，後頭——」

正打算大喊，卻為時已晚。

有某樣東西猛擊泰琳，一陣怪聲傳了過來。

下一秒，她聽見了瑪以拉的呻吟聲及刀刃劃過半空的聲音。痛楚遲了幾秒才襲來，泰琳呻吟著吃力撐起身子。

瑪以拉的肩頭上流下的鮮血讓單側手臂完全濕透，她正持刀與一群猛獸對峙，然而相較於一群沼澤的鱷魚露出的利牙，區區一把砍下森林樹枝的小刀絲毫不構成任何威脅。

鱷魚的表皮閃閃發亮，身上覆滿了黑紅色的氾濫體。雖是趴伏在地，但那驚人的身軀仍教人起雞皮疙瘩。泛出銀灰色的菱形瞳孔瞪視瑪以拉，其中一頭鱷魚的視線則是對著泰琳。

瑪以拉大喊：「躲開！」

泰琳在地面翻滾，雖然避開了鱷魚的攻擊，但腳踝感覺到一股劇痛。這次瑪以拉也仰面往後摔倒。支撐地面的氾濫網有部分撕裂了，導致瑪以拉的雙腿深陷其中。瑪以拉將手搭在密網上，但就連那部分也逐漸裂開了。泰琳奔過去拯救瑪以拉，她將刀子插進了一隻阻擋前路的鱷魚脊椎上頭，但還沒來得及拔出，鱷魚就在地面上扭動全身翻滾，於是密網又再次裂開。構成地面的整片密網劇烈搖晃，泰琳無法掌握平衡，最終泰琳與瑪以拉都等於被密網困住，沼澤的鱷魚包圍了兩人。

聽到從牠們喉頭發出了具威脅性的呼嚕聲，心臟彷彿凍結了。

這時才想起樹沼人曾提出簡短警告要她們別來此區域，並不是因為有什麼要隱藏，而是為了警告她們有猛獸的存在。

泰琳與瑪以拉四目相交。光憑一支小刀完全無法對抗這群鱷魚。瑪以拉打出手勢下達指示，表示自己會留下，要泰琳趕緊逃跑。泰琳沒辦法那樣做，她搖了搖頭。

但還沒來得及勸阻，瑪以拉就率先朝著鱷魚高舉刀子。泰琳使出全身解數制壓撲向瑪以拉的鱷魚，用身體重重地按壓住鱷魚的巨盆大口，可是卻苦無刺擊鱷魚脊椎的武器，鱷魚持續簇擁而上。

「不可以！」

泰琳制伏住一頭鱷魚，同時絕望地望著其他鱷魚紛紛撲向瑪以拉。

就在此時，這群鱷魚彷彿凍結似的定住。

原先在泰琳的身子底下扭動的鱷魚也蜷縮起身體。遠處的地面開始震動，然後漸次靠近。有什麼正朝此處而來，他的到來震動了地面。

「突然發生什麼情況？」

「有人來了。」瑪以拉緊張地說道。

鱷魚闔上下巴，緩緩地後退，彷彿收到了不得違抗的命令。正當泰琳與瑪以拉同時轉過頭時，看見一名樹沼人朝定在原地的鱷魚群之中走來。他手持一根長杖，將那長杖壓在氾濫網之上製造出震動。看似沒有太過使力，但那震動透過氾濫體擴散，製造出巨大的波動。

那名樹沼人是泰琳認識的人，是泰琳出手救了被樹枝勾住後手腳掙扎的他。但有別於那時，原先覆蓋他的臉的氾濫體散去了一些，也因此泰琳能把他善良的眼神與琥珀色的瞳孔看得要更清楚些。

泰琳這才曉得何以那雙眼眸如此令人熟悉。

泰琳開口道：

「賈斯萬……」

瑪以拉彷彿受到驚嚇似的身子一震，樹沼人倒是沒有半點驚慌地直視泰琳。

怎麼會現在才知道呢？擺在客廳裝飾櫃上的相框中明明見過那張臉，可是就算沒想起這件事，泰琳也早該要認出那張臉的，因為他與賈斯萬太過神似了。看了近十年的眼眸，還有那般神似的五官，泰琳卻還是沒看出來，這是因為認為他理當早就死了。

「斯帆。你是斯帆，對吧？」

他是所有人都猜想他已經死了、不名譽的「不安分的派遣者」，也是多年前就被驅逐於城外的賈斯萬的弟弟，斯帆。

斯帆朝著泰琳與瑪以拉緩緩走來。

他沒死，而是氾濫化後存活了下來。在那些樹沼人之中，與氾濫體共享一個軀體，還有雖然與原來的樣貌差了十萬八千里……但他仍活著，在這裡，唯有在相片中散發閃耀光澤的那雙眼眸絲毫未變。

泰琳直視斯帆。與此時泰琳懷念至極之人如出一轍的一雙眼睛，對著泰琳緩緩眨眼。

沼澤的夜晚濕熱黏稠，空氣中混雜了濃烈的水腥味，以及氾濫化果實特有的香甜氣息。除了偶爾會聽見腐朽樹枝的斷裂聲、鼯鼠從這棵樹跳至那棵樹時樹葉發出的窸窣聲之外，周圍一片靜謐，猶如沉入沼澤之下的夢境。

斯帆把以夜光氾濫網織成的圓形照明放在茅屋前的空地上，那盞照明是為了泰琳所設置，對樹沼人來說是無用之物。泰琳坐在岩石上注視著夜晚的沼澤。在沼澤的表面，有發光的粉末與指甲般大小的圓形浮游物漂浮著；它們若不是隨風飄往某側，就是在畫圓打轉。那些光點彷彿在對泰琳訴說：「過來這邊吧，進來喝一口吧。」泰琳移開視線，好奇一言不發地注視沼澤的斯帆此時在想些什麼。

稍早前替瑪以拉的傷勢做了包紮。由於被鱷魚咬傷的傷口相當嚴重，瑪以拉在斯帆的攙扶下才勉強回到了沼澤。樹沼人領著瑪以拉來到有淨水流動之處替她清洗並協助包紮傷口。泰琳雖然從事先藏匿的背包中找到了急救包，但不知為何裡面是空的，所以只帶了少量止痛藥回來。希羅莫來了，說樹沼人會拿某種果實來當消毒藥使用。想到那果實說不定也被氾濫化了，泰琳不由得感到猶豫，但在感染的危險更大的情況下，瑪以拉同意使用果實。把瑪以拉送進茅屋內舒適地休息後，不知不覺的夕陽已西下。

但泰琳怎樣也睡不著，她有太多想問斯帆的事了。返回沼澤的途中，泰琳沒頭沒腦地對斯帆說了一大串，說自己從小就是賈斯萬撫養長大的，他還另外領養了一個叫做仙奧的女兒，賈斯萬目前在哈拉潘經營一間餐館，他經常凝望著相框中兩人的合照……斯帆雖然聽到賈斯萬有了家人之後感到安心，但對於自己的事卻隻字不提。

「可以問問你的故事嗎？」

斯帆緩緩轉過頭看著泰琳。

「賈斯萬叔叔並沒有告訴我關於你的事，但能知道其中有什麼可怕的內情，因為叔叔對於我成為派遣者是深惡痛絕，反對到底。雖然他終究還是沒能阻止我去參加考試就是了。斯帆你大概就是其中的關鍵理由。」

斯帆什麼話也沒說，但泰琳曉得他在仔細聽自己說話。

「我一直很好奇，為什麼這些被稱為不安分的派遣者的人，在前往那般憎惡的氾濫體世界之後再也沒有歸來？是被氾濫體吞噬了嗎？但若是如此，何以他們揹負了『不安分』這樣不光彩的罪名？來到這片沼澤之後就更困惑了。這些人似乎澈底被氾濫體所占領了，可是為什麼至今沒有死去？又何以記得自己的名字？為什麼他們沒有發出聲音，看起來卻能互相交流？可是更讓人困惑的，是我對這片沼澤所感受到的情感。」

泰琳短暫凝視沼澤，再度開口：

「很不尋常，也好奇怪，這是我未曾想像過的地方，可是我卻莫名感到熟悉。我想逃跑，想否定沼澤帶給我的親密感，但同時又發現了這片沼澤並沒有讓我感到不舒服。我也被搞糊塗了……希羅莫曾說過，在我與瑪以拉像你們一樣產生變異之前什麼都不會對我們說，也不會讓我們澈底離開沼澤到外頭吧，但我不想這樣，我必須回到城裡，因為我所深愛的人全都在那裡。最重要的是，我並不想要與氾濫體結合的變異人生。只不過，不顧危險找來這片沼澤的人也是我。」

泰琳注視斯帆的眼睛，繼續說了下去。

「我是跟隨震動，跟隨來自遠方的訊號而來的。途中雖然有機會回到城裡，但為了想親自確認而一路來到了這裡。那個起點就在這，可是實際來了之外卻發現只有一群慘遭氾濫體吞噬之人。我怎麼也搞不懂，這究竟意味著什麼。斯帆，你是怎麼來到這裡的？為什麼會在這裡過著與氾濫體結合的生活？還有你所使用的那個『震動訊號』又與氾濫體有什麼關聯？」

斯帆目不轉睛地注視泰琳，沒有作答。琥珀色的瞳孔映射出月光，就在覺得自己彷彿要被那眼神看穿之際，斯帆開口了。

「原來妳，跟哥哥很像啊，既固執又充滿好奇心。既然是賈斯萬拉拔養大的孩子，或許這也自然不過了。哥哥就是因為那份固執才會感到痛苦煎熬的吧，要是能雲淡風輕地忘了我……就能少辛苦一些了。」

氾濫化後的斯帆，說話經常中斷，也很緩慢。

「為了，回答妳的問題，要從很久以前說起。」

儘管如此，斯帆的話要比其他樹沼人更容易聽懂一些，因為他與哥哥賈斯萬的嗓音與語氣很相似。

「我擔任派遣者時負責的任務是，」斯帆緩緩地說道：

「殺了樹沼人。」

泰琳嚇得身子一震，但斯帆沒有任何表情變化，接著說下去。

「這件事既殘酷又卑劣，我無法對任何人說出我所負責的任務，即便是哥哥也一樣。」

泰琳不知所措地問道：

「但怎麼會……據說樹沼人的存在就連派遣總部也不肯承認，說就只是空穴來風的傳聞。你所拯救的瑪以拉是這樣說的。」

「瑪以拉．羅德里奎茲，我，也認識她。」

斯帆點點頭。

「從以前她就是個憨厚正直的女人，卻做不出越線的行為，所以她肯定不知情。上頭只會挑選被憎惡逼瘋之人暗地交付任務，其中一人就是我。」

斯帆的嗓音中似乎有沉重的情緒層層積累。

賈斯萬與斯帆兩兄弟，是在斯帆九歲時失去了家人。進行通風口擴張工程時發生了意外，兄弟倆的父母就在裡頭。而那天跟隨父母前去的妹妹也暴露於氾濫體之中。父母與妹妹都被移送治療所之後，從此杳無音訊。親戚們都不想多照顧這兩個拖油瓶，賈斯萬與斯帆只能相依為命。兩人對奪走家人的氾濫體是恨之入骨，兩人也都天生具有癲狂症抗性，體格也很健壯，因此兄弟倆立志成為派遣者是再自然不過的事了。

「剛成為派遣者時，我也聽說了關於樹沼人的傳聞，說地上有與氾濫體結合的人類居住，可是他們並沒有發病。總部當然對這種傳聞的擴散十分戒備。」

斯帆剛開始也不相信樹沼人的存在，直到尋找樹沼人並將他們全數殺害的祕密任務下達為止。

派遣總部判斷，兄弟倆之中被憎惡逼得更加走火入魔的人是斯帆。總部只將殺害樹沼人的任務託付給斯帆。一旦整個地下城得知樹沼人的存在，對氾濫體懷有不安分想法的人將會與日俱增。

「總部稱呼他們為有害獸類，吩咐把這想成是射殺罹患傳染病的鹿那一類的。要在第一時間對他們產生輕蔑感並不難，因為樣子太過不同，因為他們氾濫化得太過嚴重。」

由於樹沼人並未成群結夥，而是獨立行動，因此把他們逐一找出後處理掉反而容易，可是後來樹沼人也開始彼此共享情報、躲避派遣者。斯帆鍥而不捨地追蹤他們，與此同時也多次遇見了相同的樹沼人。剛開始射殺鹿時，只會認為牠是一種名為鹿的物種，但多次見到一隻鹿之後，就會認出牠獨有的眼神。

不須花上太長時間，就能意識到樹沼人雖然完全變異了，但他們依然是人類的事實。

有次斯帆組隊出去執行任務時，同時是斯帆多年摯友的夥伴在途中掉入樹沼人的陷阱，暴露於氾濫體之中。他開始出現氾濫化的症狀。當他脫隊逃出去時，隊長命令斯帆，脫隊者信賴身為好友的斯帆，要他利用這份信賴接近對方，一定要在眼前殺了他。

「所以我就射殺了，殺的是隊長而不是朋友，之後也沒回城裡，我回不去了。」

斯帆逃到了氾濫體森林，他認定自己只有死路一條了。他找不到食物，四面八方全是氾濫化的猛獸。當帶來的糧食見底時，雖然在森林找到了果實，但畢竟還是有限。他往北逃，想遠離城市，但愈往北，氾濫體密度就愈高。斯帆直到最後都沒有吃下氾濫化的東西，就在他氣力盡失倒下後醒來，發現自己置身湖沼。

「那是我所殺害的那些湖沼人的基地……而我也同樣開始產生變異了，是有人餵我吃下氾濫體，又或者故意使我的傷口感染。不管哪一邊，都回不了頭了。」

斯帆看著自己變異成可怕樣貌的身體，心想自己是受到了懲罰，想著自己就要迎來死亡了，但奇怪的是，在沼澤產生變異時，並不像在城市一樣自我會解體。另一方面，斯帆又想樹沼人說不定會殺害自己，但這種事沒發生，也沒有遭到猛獸攻擊。

「當我氾濫化時，我就被視為是氾濫體連結網的一部分，因此原本不吃人類的猛獸再也沒有攻擊我，樹沼人也視我為他們族群的一分子。他們稱呼我為『斯帆』，但那與過去在城市被稱為斯帆的意義不同。」

泰琳無法澈底理解斯帆口中的「他們」，也就是說由眾多氾濫體構成的連結網是什麼。根據斯帆的說法，那是比人類的共同體更加直覺，由潛意識所驅動，但同時又更加片面化也無系統的形態。氾濫體會將氾濫化的生物，意即神經網遭到氾濫體占領的生物視為其連結網的一部分。其中雖然也維持了吃與被吃的食物鏈，但氾濫化的個體並不會將彼此視為截然不同的個體，而看成是鬆散連結的集體的一部分。

「那麼，氾濫化的人全都擁有相同的意識嗎？生物也是？」

「不，我們有部分差異。個體的特性並不是完全消失了，但會共享想法。物理上愈靠近，分享就愈緊密。當連結網愈形龐大袤廣，我們的異質性就會變得愈高，不過也會因為枝杈伸展得更廣而獲取更多情報。」

「我不太懂，為什麼人類會需要這種東西……」

「我們如今既不是純粹的個體，也不是純粹的人類。」

斯帆的語氣淡然，像在陳述枯燥的事實。氾濫體不只改變了斯帆的外觀，也澈底改變了他的感覺與思考方式。

「你對於這天壤之別的改變不感到排斥嗎？」

「談不上喜歡，但那與當人類時無異。」

斯帆看著自己澈底變異的手臂說：

「生為人類，時而會變得不幸，但既然出生了就必須活下去。這種生命也一樣，我並沒有選擇這種生命，但仍必須活卜去。」

「但斯帆，假如我們並不想要那種變異呢？設置陷阱的是你們樹沼人吧？就算那是為了保護沼澤好了，但為什麼意圖把我們也變成樹沼人呢？不管是我、瑪以拉或娜莎特，應該都不願如此。」

「在我們之中，有人主張必須增加樹沼人的數量、擴大規模。這雖有其令人信服之處，但現實上不知可不可行。不過還有比這更根本的理由，那就是……」

斯帆露出錯綜複雜的眼神凝視泰琳半晌，接著說：

「因為若不這麼做，就得殺了妳們。」

泰琳瞬間整個人凍結，同時似乎也能明白斯帆何以這麼說。他們必須保護自己免於派遣者與總部的威脅，若是放人回去，這座沼澤的位置就會洩漏出去，所以他們無法給泰琳一行人其他選項。要不是死，不然就是成為樹沼人。向來如此。因為唯有這樣，此處的樹沼人才能存活下來。

「我也無法殺害我哥哥的家人。如今就連所謂的家人是什麼樣的感覺都已經逐漸淡薄，但就算是這樣，妳……也不是與我不相干的人。」

斯帆說這話時，泰琳從他的眼眸中感受到悲傷在蕩漾。

「也就是說叫我們別逃跑，要變得像你們一樣。」泰琳沉著冷靜地說道。

斯帆沒有再作回應。

在沉默之中，就在泰琳陷入思考的這段時間，斯帆站起身。到了夜晚，樹沼人就會接二連三地離開沼澤地，回到森林中屬於他們的安樂家園。泰琳出聲喊住了打算離去的斯帆。

「等一等，斯帆。」

斯帆回頭，泰琳顯得有些遲疑，接著才問：

「你不是把氾濫體稱為『他們』嗎？斯帆你認為氾濫體是具有智能的生物嗎？也就是說，不是氾濫化的生物，而是氾濫體本身。」

斯帆思考半晌，開口道：

「是啊，但那種形態並不是人類想像過的那種智能生命體。眾所周知，氾濫體來自宇宙，但人類就連地球的生物都無法全數理解了，要衡量氾濫體的智能並非易事。至今我們還無法以語言為媒介與他們有完美的溝通，但他們理解我們的言語，也試圖向我們傳達什麼。特別是在這片沼澤，氾濫體形成錯綜複雜的連結網，而它猶如一個神經網系統般運作。」

泰琳很想詢問這究竟是怎麼可能發生，但斯帆閉上嘴，貌似不想再多說。

「時候晚了，去睡吧，之後還有時間聊。」

泰琳驀然覺得，那句話就像叔叔會對自己的姪女說出的問候。儘管來到這片沼澤之前一次也沒見過，就連血緣關係也沒有，但泰琳仍不由自主地對斯帆產生了奇妙的親密感。或許，斯帆也有類似的心情。他花了很長的時間過度使用他那平時鮮少使用的發聲器官，雖然沒有義務答覆泰琳的提問，但仍帶著善意回答了她。在殺了她或使其變異為同類的對立關係中，斯帆釋放了最大的善意。

泰琳站起身。

「也祝斯帆你有個好眠。嗯，我是說，雖然不知道是否真的能好眠，但……反正就是這樣。」

見到泰琳語無倫次地補充，斯帆忍俊不住，這是泰琳第一次見到他笑。雖然還有好多事情想問，但此時沒法問。離開後走向茅屋的這段路上，泰琳感受到斯帆凝視自己的視線。

泰琳抬頭望著天空。夜空上繁星點點，在拉布巴瓦時想像不到的浩瀚天空與遠方的宇宙。氾濫體正是從那宇宙來的，從人類曾經以為去得了也能占有的遙遠之地的行星。渴望宇宙的人類讓宇宙的某塊碎片迫降於地上。一直以來，泰琳都認為那是一種悲劇性結局。雖然錯不在渴望宇宙的人類，也不在迫降於地球的粉塵，但有時就是會出現這種無法怪罪誰的悲劇性結局。然而，那果真只是可怖的悲劇性結局嗎？不知為何，如今卻無法那樣斷言了。

躺下來時，泰琳闔上眼又突然睜開。

錯過了某件重要的事。索兒是清醒的。不，索兒從剛才就一直是覺醒的，聽著她與斯帆的對話，也讓她再三思索至今絕對忘不了的一個強烈疑惑。從自己所記得的多年前的過去到現在，關於將泰琳引領至地上的原動力。

泰琳沒有開口，而是在心中悄聲問道：

你知道真相吧？我總覺得我早就有預感會發生這一切。我怎麼會在知道什麼之前就理解它了呢？這種先驗*的知識是有可能的嗎？萬一那真有可能，那大概是與你有關聯吧？我還沒做好面對真相的準備，但已經來到了這裡，倘若你迫切地渴望那個……我將不再逃避。

喁喁細語的最後，在大腦中有股巨浪般的東西席捲而來。索兒回應了。那並非人類的語言，而是一種全新的溝通形式。索兒雖然沒有以聲音回應，但如今泰琳明白了索兒在說什麼，也知道它想要什麼。

沒錯，我想要真相。索兒如此說道。

而這也正是此時泰琳所求。5

5

三更半夜，沼澤傳來「撲通」一聲。

唯有一名還清醒的樹沼人聽見了那個聲響。樹沼人說了，「有什麼進了沼澤。」沼澤附近的氾濫體察覺了震動。

接著，與氾濫體相連的其他氾濫體也開始一同震動。電子訊號啟動了，化學物質透過連結網承載情報。氾濫體的密網，與它那縱橫交錯的根部交纏的泥土震動起來，在連結網的局部領域產生了想法。是全新的分子，是先前沒有的分子，我們會吞噬它，將其消化。

想法傳達至其他領域，接著又有其他想法產生。各種想法發生衝突、交疊後再度分離。是誰來了？有人來了。是來自地下城的那個女孩。是三人之中的一個。是啊。不，不只有一名人類，那裡面還有什麼。樹沼人趴伏在地面聆聽向外擴散的表面震動。樹沼人雖無法理解氾濫體的語言，但知道它們正忙碌地想些什麼。樹沼人問了，「是該阻止她？還是要叫醒其他樹沼人？」

連結網的某處有了新的想法。

要阻止她嗎？怎麼做比較好？

無妨。她是來對話的。

有可能對話嗎？她可是人類啊。

她不只是人類。她是混合體。她馬上就會成為我們的一部分，為我們增添全新的分子。

＊譯注：哲學用語，意指無須感官經驗就能知道某個命題是否為真。

眾多氾濫體以震動表示「無妨」，而理解其意思的樹沼人站起身。再也沒有感受到任何表面震動了，一切都在轉瞬之間沉默無聲。吞沒任何聲音、令人窒息的沼澤靜寂填滿了空氣。樹沼人轉過頭，靜靜地注視緩緩走入沼澤中央的人影。

走入沼澤時，最先襲來的情緒是恐懼。泰琳感到恐懼，但這是索兒想要的。不僅如此，泰琳想要的程度並不亞於索兒。恐懼歸恐懼，但依然渴望。何以如此呢？為什麼沼澤會如此吸引泰琳呢？

是因為渴望死亡嗎？

不，沼澤並不是死亡的空間。沼澤是分解與腐敗的過程發生的溶液。在其腐敗之中，又有其他存在誕生。緩慢而堅韌的呼吸注滿了水，此地有某種其他存在——彼此連結、擴散的，整體與局部同時思考的存在。

泰琳赤腳緩緩地走向了沼澤中央。黏稠的泥漿黏附在腳上，凹陷的地面使身體踉蹌不穩，腐爛的樹枝與蘆葦包覆住腿部。不斷有飛蟲飛來又離去。現在水深已經來到了腰際。

索兒在晃動，在腦中使勁地衝撞來去。索兒的恐懼也轉移到泰琳身上，但泰琳沒有停下腳步，繼續前行。沼澤緩緩地將泰琳拉近，泰琳並未反抗。就在那一剎那，泰琳的身子晃了一下失去平衡，拿在手上的夜光氾濫體照明咚地墜於沼澤之上。光芒照亮了水面上的浮游物。浮雲流動，掩住了月光，在暗下的視野中，泰琳感覺到黏附在全身的氾濫體在震動。

它們使身體顫抖，它們在訴說什麼……

泰琳走入了沼澤更深處。緩緩地，步入更深處。

水壓迫至胸口，呼吸變得困難。泰琳的內心想停在這，但她抑住內心的聲音往前又跨出一步。

水淹至喉頭時可能會窒息的恐懼一閃而過，泰琳閉上了眼，這時恐懼猶如羽毛般變得輕盈起來。

裹住全身的眾多聲音開始湧向泰琳。

﹝人類啊。﹞

﹝自願走入的人類。﹞

﹝在歐文之前，無人如此。﹞

﹝歐文也不是自願走入的。﹞

﹝妳聽得見我說話？﹞﹝妳聽得見我們說話？﹞﹝怎麼會？﹞﹝人類是聽不見的。﹞﹝不太一樣。﹞﹝有什麼不一樣？﹞﹝跟那外頭的人類。﹞﹝他們已經不是人類了。﹞﹝他們已經是我們了。﹞﹝曾經是人類。﹞﹝沒錯。﹞﹝不。﹞﹝他們從一開始就不同。﹞﹝也有不是的。﹞

充滿這片沼澤、裹住泰琳全身的氾濫體，它們正在說話。泰琳也想搭話，卻不知方法。該怎麼做才能跟你們攀談？泰琳想問。她再次失去了平衡，水往嘴巴內、往鼻腔內灌入，她彷彿沉入了沼澤底下。混濁的水、逐漸腐敗的蘆葦葉，眾多氾濫體在眼前濺起彈跳。

﹝放輕鬆。﹞﹝是啊。﹞﹝不會死的。﹞﹝那樣也不會死的。﹞

泰琳雖感到恐懼，但仍放鬆了身體，接著彷彿有什麼在沼澤底下支撐她似的，身子浮了起來。臉探出在半空中，老是黏附在身上的蟲子也很不尋常地安分下來。下一秒鐘，聲音猶如波濤般淹沒了泰琳。

﹝是來自哪裡的？﹞﹝哪裡怪怪的。﹞﹝是打算做什麼呢？﹞﹝哪裡怪怪的。﹞﹝得除之而後快。﹞﹝她會被分解的。﹞﹝不，不能那樣。﹞﹝為什麼不能？﹞﹝還沒決定。﹞﹝還不知理由。﹞﹝但是很奇怪。﹞﹝哪邊怪？﹞

好像有什麼東西從泰琳的頭部往腳尖溜出去似的，使身子微微顫動，然後，泰琳突然悟得了向他們攀談的方法。

﹝你們是誰？﹞

舌頭沒有移動，聲帶也沒有振盪，倒是有某種從頭部連結到身體末端的什麼，整體都在震動。

﹝妳不是早就知道我們是誰。﹞

在雲層之間再度露臉的月光照耀沼澤，泰琳能看見在眼前鋪展開來的氾濫體連結網在抖動，發出嗚嗚嗡、嗚嗚嗡的聲響。

﹝氾濫體，原來是你們在說話。﹞

﹝是啊，人類是那樣稱呼我們的。﹞

﹝你們有稱呼自己的名稱？﹞

〔沒有，我們就只是我們。〕

泰琳問道：

〔你們怎麼會用人類的語言說話？〕

泰琳周圍的氾濫體抖了抖，像是笑了。

〔我們學了。〕〔被我們吸收並合為一體的人類心智教會了我們。〕〔特別是歐文。〕〔他很機靈。〕〔但我們並沒有說話。〕〔我們讓身體顫抖，是妳分析了它。〕〔偶爾也會說話。〕〔透過與樹木撞擊。〕〔那太累了。〕〔只有極少數的情況。〕〔通常是聽不見。〕

〔等等……等一下。〕

泰琳讓它們停下來。以泰琳為中心的震動慢慢減弱。它們懂得人類的語言，也知道關於人類的一切，因為它們吸收了人類。

泰琳突然怒火攻心，問道：

〔既然你們知道關於人類的一切，為什麼還要殺了我們？〕

本以為氾濫體是不具任何自我意識，是只具有繁衍、擴散本能的生物，那樣想的時候，可以在憎惡氾濫體的同時，又受它們所魅惑。但假如氾濫體是擁有自我意識的存在，又是擁有意識並始終加害於人類的話……

〔明知我們是擁有意識的生物，你們依然進入人類的大腦，破壞了他們的自我。我們的星球被你們奪走了。〕

泰琳固然憤怒，但以它們的方式表達時卻無法承載憤怒。此時泰琳發火的方式也在約束泰琳的情緒，所以吐出每一句話的瞬間，怒火都在滅熄，取而代之的是好奇心。泰琳在懷有怒氣的同時，又想知道它們的想法，想理解它們。

﹝我們殺害了人類？﹞

稍早前泰琳說的話徐徐擴散至周圍，氾濫體也開始各自插嘴說了什麼，但泰琳追不上它們。

﹝才沒有。﹞﹝沒錯。﹞﹝沒殺他們。﹞﹝他們認為那是死亡。﹞﹝但死亡不具有那樣宏大的意義。﹞﹝對他們來說具有意義。﹞﹝或許對我們來說也有意義。﹞﹝不是的。﹞﹝所謂的意義是什麼？﹞﹝不死。﹞

它們的意見互相衝突。它們的整體全部連結在一起，但局部卻持有不同意見。既不是各別的個體，但也不是單一群體。

﹝她無法理解我們的話。﹞﹝不要同時有好幾個說話。﹞﹝她還沒做好準備。﹞

泰琳只是任由無數聲音掠過自己身旁，然後過了一會兒，那些聲音漸次整理成好幾根枝條，類似的聲音合併在一起，其他聲音則是岔了開來。它們一再分享意見，雖然並未變得完全一致，但統合出一個聲音。

彙整成一根枝條的聲音說了：

﹝我們抵達地球時，並不曉得你們是具有智力的生物。起初我們並沒有形成像現在這樣的連結網，所以我們的局部單純遵循本能，朝著四面八方拓展枝杈，開始考察我們所抵達的這顆星球。那並非有意為之，而是本能。我們各別的枝杈都具有各自的本能，因此我們無法統治它。我們開始擁有意圖、想法與意識，是在與這片沼澤相同的地方形成密網時。〕

〔但是怎麼會在抵達地球時不知道那件事？人類是地球上最繁盛的生命體之一，而且人類所建立的文明遍布這顆地球……〕

〔我們並非用與人類相同的方式來感知世界。你們依靠雙眼，我們是透過表面震動與分子擴散來感知世界。你們所建造的文明對我們來說並不印象深刻，所以在得知你們是具有智能的存在之前花了點時間。得知該事實時，已是我們的細枝蔓延至地球各地之後了。〕

〔那麼為什麼不入侵地下城？該不會主張那是你們最後的同情心吧？〕

語畢，氾濫體再次震動。

〔我們的習性是會本能地迴避與我們相似的生物所占領的場所，地下充滿了我們認為是地球上的氾濫體的生物。你們稱為菌類或黴菌的東西，還有蟻群，我們將其看作是智能生物。儘管生物學者歐文主張菌類並非智能體，但我們向來對此判斷有所保留。理解關於人類的一切後，我們限制了可控制的細枝，阻止它們接近地下城，但要完美控制是不可能的。我們不像人類那樣建立統治體制，沒必要那樣做，也做不到。〕

〔不過，前往地上世界或暴露於氾濫體之中的人類還是死了啊，那是個體所為，所以就不當一回事了嗎？〕

〔是啊，我們的細枝也無法稱為『個體』，就只有小型氾濫體群與巨型氾濫體群，部分連結

與龐大連結罷了。還有最重要的，我們不會殺害人類。〉

泰琳答道：

〔說什麼啊？你們殺害了人類。你們侵入人類大腦，讓他們無法再用先前的方式思考或行動，就結果來看，這是誘導自我破壞，置其於死地。〕

〔沒錯，與我們結合的人類再也不會如同過去一樣思考或行動，但那並非死亡。〕

〔對人類來說那就是死亡。對我們而言，自我的喪失就形同人性的喪失。〕

〔但那為什麼會是死亡？想想其他物種吧。人類以外的所有生物在與我們結合的狀態下依然繁盛，那些生物同樣產生了變化與變異。我們鑽入了那些生物的身體、神經細胞並使牠們變化，儘管如此，牠們依然活著。〕

〔不對，聽好了……〕

泰琳對氾濫體生氣，但依然無法用目前使用的語言發脾氣。

〔我們認為有比單純活著、單純呼吸更重要的東西。有人稱之為靈魂，也有人稱為意識或自我。總之對我們人類來說，以單一個體主觀感覺世界、以第一人稱體驗世界，那才重要。你們的所為……是啊，你們或許並沒有立即殺害人類，也並非有此意圖，但你們鑽入人類的神經細胞破壞了靈魂，破壞了自我，那對人類而言即是死亡，是明明白白的死亡。〕

聽到泰琳的話後，氾濫體之間興起了些許騷動。此時氾濫體正以它們自己才理解的震動溝通，而泰琳雖然不知道內容，但它們似乎無法接受泰琳的說法。震動如波浪般陣陣湧入，直到騷動暫時平息後，某個聲音問道：

﹝那個意識是從你們大腦中的某團東西，從跟我們相似的連結網集合體開始的吧？﹞

﹝雖然不知道是不是人類的大腦與你們相似，但意識的確始於人腦。﹞

﹝我們仔細地調查了那團東西，在學習關於人類的一切時，消化被丟進沼澤的人類時，還有學習人類的語言時，然後我們做出了結論，所謂的自我是種錯覺，是以為主觀世界存在的錯覺，是你們就只有體驗過一次個體中心的人生，才會誤以為那是唯一的生活方式。瞧瞧我們，我們並非個體，但就算這樣我們仍能思考、感知世界並感覺到意識。意識沒理由非得凝聚於單一區分的個體，在與我們結合的狀態下，你們依然能擁有意識。﹞

泰琳啞口無言。它們無法理解自我感覺。即便它們再怎樣分析人類、理解人類語言，依然無法理解人類對自我死亡所產生的根源性恐懼。因為打從一開始個體死亡對它們來說就什麼也不是，因為它們不是個體。那麼，究竟該如何說服它們？

﹝就算那是錯覺，我們也需要那種錯覺。﹞

﹝果真是那樣嗎？你所說的「我們」是誰？是全體人類嗎？﹞

氾濫體反問道。泰琳再次慌了手腳。氾濫體破壞人類自我時，那等於死亡。多數人都會做如是想，人類都會這麼想的，但此時氾濫體問了，妳確定真是如此嗎？泰琳感到好混亂。她可曾問過，而不是猜測嗎？若是親自詢問被氾濫化的人類，他們也會同意自己是死了嗎？癲狂症發病者呢？樹沼人呢？

不……這樣想，就等於掉進氾濫體的話術了，但泰琳失去了確信。就算能夠向它們解釋人類的恐懼好了，但能夠阻止它們入侵嗎？倘若就像人類無法自行令心臟停止，氾濫體也無法停止細枝蔓延的話。

﹝那麼，因為在你們的觀點中那不是死亡，所以你們要繼續滲透人類體內的意思嗎？不打算停止嗎？﹞

﹝那不是意圖，而是本能，因此我們無法中斷。﹞

但這時某個聲音說出了出人意表的話來。

﹝這個嘛，也不是沒有方法，不是嗎？﹞

同時其他局部的氾濫體開始議論紛紛。

﹝什麼樣的方法？﹞﹝不就在這裡嗎？﹞﹝那就是方法？﹞﹝對。﹞﹝有方法。﹞﹝但可以接受那個嗎？﹞﹝不……﹞﹝有可能。﹞﹝不可能。﹞﹝不會想要的。﹞﹝他們也會想要的。﹞﹝不是的。﹞﹝說說看。﹞﹝不，別說。﹞﹝是什麼方法？﹞

剛才說有方法的聲音說了：

﹝樹沼人。我們在與他們結合時，學會了不完全侵犯他們自我的方法。我們起初將人類吸收為樹沼的一部分時，他們表達了自己把身為各別個體的自我意識、把自我視為珍重之物。就像妳說的，有些人固執地堅持不被完全消化，要維持自我的區塊。﹞

又有另一個聲音幫腔：

〔沒錯，就像歐文那樣的傢伙。〕

〔所以後來又有其他人類抵達沼澤時，我們按照他們所求，緩緩地進入他們的體內，避開大腦，在身體扎根，如此一來就能不破壞自我，他們又能在地上活下去。就算吃了土壤中長出的東西也不成問題。他們能透過腐敗與分解吸收養分，因為他們同樣是我們的一部分……等過了一段時日，他們的大腦終有一天會與我們合而為一，如此一來，他們所固守的自我概念也會崩解吧。但那不是所有人類終究都必須經歷的事嗎？〕

〔沒錯，還有那種方法。〕

〔與我們結合，如此一來你們也能在地上生存。〕

眾多聲音說道。

〔吃下我們，吸收我們吧。〕

〔那麼我們也會吃下你們。〕

泰琳想起在沼澤看到的樹沼人的模樣，她並不認為其他人能接受那種形式的人生。泰琳說了：

〔沒人會想要那樣的。沒有人類會期望受到侵犯。〕

〔但這話由妳來說很怪耶。〕

〔怎麼說？〕

〔妳不是已經和我們是同類嗎？〕

〔我怎麼會跟你們同類？〕

﹝在妳腦袋的東西。﹞﹝沒錯，那是氾濫體。﹞﹝雖然它並未覺醒，靜悄悄地不出聲。﹞

﹝妳已經和我們是同類。﹞

沉默半晌，泰琳才領悟到這話的涵義。

﹝索兒……是你們？﹞

﹝是我們嗎？﹞﹝的確是我們的一部分。﹞﹝雖然形態很特別就是了。通常我們不會像單一個體行動。﹞﹝妳還給那傢伙取名字啊？﹞﹝氾濫體竟然有名字。﹞﹝哈哈哈。﹞﹝哈哈。﹞

﹝我們也有，有名字的氾濫體。﹞﹝哈哈。﹞﹝那是特別的歐文區塊啊，畢竟他本來是人類，但那傢伙打從一開始不就是氾濫體嗎？﹞

泰琳無法區分此時感受到的衝擊是來自自己或是索兒。那個律動與聲音，總是攪亂泰琳的想法與情緒，從記憶深處牽引出無法想像的某樣東西……

可是，竟然是因為索兒是氾濫體，所以一切才有可能。

她向來都揣測索兒並非單純的神經磚，但只當這是特殊的程式錯誤，卻不曾想過索兒是來自外界的有機體。這種事怎麼可能發生呢？

﹝在妳腦中的那傢伙具有非常有趣的形態。它與我們相同，但在某方向又不同。我們並不以個體的形式存在，可是進入妳體內的那傢伙，卻把自己認知為單一個體，對吧？﹞

索兒回答了。﹝不，我跟你們才不一樣！﹞但接下來的話語是泰琳再也無法理解的氾濫體的語言。不過泰琳能猜想得到，索兒此時正在向氾濫體抗辯，表明自己與它們不同。泰琳的想法亦同，索兒與它們是截然不同的，是與不由分說地侵入人類大腦、傷害人類，最終置人類於死地的它們……

氾濫體再度震動並引起水波，似乎正在鬨然大笑。

〔是妳替那傢伙取了名字，進而使它變得更像人類，就像擁有情感的東西一樣行動。我們不需要情感。因為所謂的情感，是以個體單位存在的生物為了解讀主觀身體感覺所創造的文化工具。可是那傢伙卻顯現出情感，就好像從妳身上學到了解讀身體感覺的方法。〕

〔此外，那傢伙與我們不同，是以局部的狀態存在於大腦附近。這事可就神奇了，局限自己停留在一部分，而不是向四面八方延展並不容易呢。〕

〔等等，等一下……〕

泰琳介入了氾濫體波浪般的話語中。

〔假如索兒真是跟你們一樣的氾濫體，它究竟是怎麼進入我的腦袋的？還有，為什麼只有索兒的行動模式不同？〕

〔那我們也無從得知。萬一那傢伙與我們結合，就能仔仔細細地確認它的記憶，不過……〕

腦中掀起了巨大浪濤，索兒人喊著〔我不要！〕

〔看看它，那傢伙都厭惡成那樣了，我們又如何能夠查清楚？我們的一部分是如何進入人類的腦中，表現得像個個體呢？我們也想知道呢。〕

索兒抗議，〔不要說我是你們的一部分！〕

﹇索兒，那就是你被賦予的名字嗎？你和我們相同，是因為分離的歲月過於長久，你才會徹底遺忘關於自己的一切。﹈

﹇不是！才不是！﹈

泰琳明白索兒感到極度混亂，甚至生起氣來，因為泰琳也同樣感到混亂。

就在氾濫體彷彿在笑似的引起水波之際，泰琳意識到原本漆黑幽暗的天空染上了晨間的魚肚白。

﹇樹沼人在來的路上。﹈﹇他們來了。﹈﹇清晨了。﹈﹇是清醒的時刻了。﹈

眾多氾濫體嘰嘰喳喳，不停震動。泰琳看了看周圍，卻不見任何樹沼人於近處現身。氾濫體似乎是透過表面震動察覺樹沼人逐漸接近。

﹇最後，我想再問一件事。﹈泰琳說道。

﹇之前沒有人跟我一樣嗎？我的意思是，雖然與氾濫體結合，但……維持自我的那種人？﹈

氾濫體回答道：

﹇這是第一次。﹈﹇形態真是有趣極了。﹈﹇因為我們不需要自我。﹈﹇也不需要名字啊。﹈﹇你們很有趣。﹈﹇要不要被吸收啊？﹈﹇與我們結合。﹈﹇是啊，與我們結合。﹈﹇我們來分析你們。﹈﹇把關於你們的一切告訴你們。﹈

﹇夠了，不了，我……得出去。﹈

全身的肌肉都在喊疼。就在泰琳閉上嘴表示自己要到樹沼外頭，這時氾濫體開始以它們的語言你一言我一語地說個不停。泰琳撐起身子，但整個人搖搖晃晃的。她一時忘了氾濫體支撐自己的事實，所以身體被氾濫體的線團纏繞住了。

〔我們帶妳到陸地上。〕那些氾濫體說道。

泰琳沒有掙扎，而是放掉了身體的力氣。這時沼澤內的氾濫體環繞泰琳，協助她到沼澤外頭。把身體交付給曾經恐懼的存在，這種心情好奇怪。

〔這人類真有趣。〕〔有趣的氾濫體。〕〔再來玩啊。〕

將手按壓在地面，一步步爬到陸地上的瞬間，包覆身體的氾濫體的震動全數消失了。

泰琳的腦中浮現曾經遺忘的畫面。在沼澤一起跳的舞，身體與身體之外的界線暫時被抹去的感覺，全都是與氾濫體一起經歷的事情嗎？其實那是初次相遇嗎？一走出沼澤，發現全身狼狽不堪，沾滿了泥沙、蘆葦葉及氾濫體。泰琳往前走，身上的水跟著滴滴答答落下。她在途中停下佇立。

靜謐的清晨，尚未沉澱的混亂在空氣中亂竄。情緒擺盪不止，但去區分究竟是來自索兒或泰琳已毫無意義。泰琳並沒有問索兒是否沒事，因為如今她能感覺到索兒的狀態並不好。

濃烈的靜寂坐落於泰琳的肩頭上。不知不覺地，這場陌生的遭遇猶如一場多年前的夢。

6

「可以理解此處的沼澤氾濫體形成連結網，所以能夠像擁有智能的生物般行動，但為什麼就只有泰琳可以跟它們對話？就連那些樹沼人不也無法親自與氾濫體對話嗎？」

要讓瑪以拉接受夜裡發生的事情並不容易。一到了早晨，泰琳就走出茅屋，把自己打聽到的事實，包括關於此處沼澤，還有關於氾濫體的事實向瑪以拉報告，但不管是沼澤氾濫體懂得人類的語言、理解關於人類的一切，還有能夠溝通，每件事都讓瑪以拉難以置信。

泰琳躊躇許久，但明白若是自己沒說出最重要的事實，瑪以拉是不會相信的。

「是因為我的腦袋有氾濫體。」

瑪以拉的眼神顯得慌亂不已。

「雖然不確定，但大概是這樣。它們是這樣說的。我也不曉得是怎麼一回事，好像跟樹沼人或發病者不同，氾濫體也對我說還是初次見到這種形態。」

「那個，是從何時開始有那種……」

瑪以拉還是初次露出如此驚慌的表情。見泰琳閉口不語，瑪以拉一臉嚴肅地問道：

「現在沒事嗎？癲狂症的症狀呢？」

「嗯，現在沒事。在城裡時我控制不了它。我之所以會被丟進這項危險任務，其實也是因為氾濫體闖下的禍，不過來到地上的同時，問題反而好轉了。」

「妳也會向派遣總部報告這件事嗎？」瑪以拉問道。

泰琳正視她，內心已然做出了決定。

「不，雖然必須告知氾濫體是具有智能、可溝通的生物，但我無法報告關於我的一切。」

派遣總部就連沒有出現癲狂症的樹沼人都殘忍殺害了，可想而知他們會如何對待腦中有氾濫體的泰琳。但瑪以拉呢？她也會對泰琳的事保持緘默嗎？若是必須報告氾濫體是能進行溝通的生物，那不也就無法守住泰琳的祕密了嗎？等待瑪以拉開口的空檔，泰琳口乾舌燥地嚥了嚥口水。

瑪以拉嘆了口氣，然後說了：

「請別對娜莎特說。」

泰琳安心地舒了一大口氣。她自然是這麼盤算的。若是極度厭惡氾濫體的娜莎特知道了這事，她不僅會在第一時間就告知總部，說不定在返回拉布巴瓦之前就試圖取泰琳的性命。

「不過，還是多虧了泰琳妳才得知重要情報。現在該回城裡去了。回去的途中就好好商量該如何報告關於此地的事。」

泰琳望著沼澤，點了點頭。泰琳並不希望原封不動地告知沼澤位置，導致樹沼人再次成為屠殺的犧牲者，想必瑪以拉的所見亦同。但她們不能繼續被挾持在這。

「樹沼人不會就這樣放我們走的，他們認為我們會告知沼澤位置，而看看娜莎特，他們這樣想也沒錯。該怎麼做才能回去呢？」

「若是娜莎特保持清醒就無法順利逃脫，因為她會想向樹沼人報仇。」

泰琳也與瑪以拉抱持相同看法。

「背包內有鎮靜劑，雖然本來是要用在猛獸身上的……」

「也可以用在人身上。」

「原來妳有經驗啊。」

瑪以拉以沉默代替回答，接著說了下去。

「夜深時，樹沼人會離開沼澤。最好就趁那時候行動。決定好何時要執行計畫就迅速進行吧。」

如今要回城裡了，能見到珍愛的人們了，能再次見到伊潔芙了。即便面臨這一切令人大受衝擊的真相，依然有迫切回城裡去的理由。瞬間，泰琳好奇起對瑪以拉來說，是否仍有那樣的人留在城裡，同時也意識到假如不是此時就沒機會說了。雖然很猶豫，但泰琳非得傳達這個真相不可。

「啊，我……有件事一定要告訴妳。」

泰琳支支吾吾地開口：

「我知道歐文在哪裡。」

泰琳無法直視瑪以拉的眼睛。泰琳說起了關於歐文在沼澤的事情，說雖然他沒死，但也無法稱作是活著，還有他雖在數年前墜入沼澤，遭到氾濫體分解，但由於擁有強烈自我，因此沒有被完全消化或吸收，而是以保有原來意識的區塊存在，也說了歐文教導氾濫體關於人類與人類語言的一切。

「我不知道妳要如何接受這些事，真的……很遺憾。」

說話時，泰琳的視線始終低垂，直至最後她抬起頭時，瑪以拉的臉上寫滿了難以言喻的情緒。經過短暫的沉默，她問了：

「妳有跟歐文交談嗎？」

「沒有，其實我不確定能不能與他交談，因為沼澤內充滿了太多聲音、無數的聲音。我無法區分眾多聲音，但氾濫體持續提到歐文，說歐文以保有原來意識的狀態存在於沼澤某處。」

「這樣啊。」

瑪以拉神情呆滯地站了好一會兒，接著才簡短補上一句：

「好的，謝謝妳。」

泰琳直到看見瑪以拉的表情，才晚一拍領悟到自己至今都誤會了她的目的。瑪以拉雖然說自己是為了確認歐文之死而來，但那想必不是真心，而是懷抱著或許歐文還活著的一絲希望。那麼，此時歐文既非生也非死的存在形式，對瑪以拉來說是種絕望呢，又或者是要比永遠消失來得好的一種可能性？泰琳怎麼樣也無法摸透她的心思。

她只知道，瑪以拉需要時間。

「隊長，沒事嗎？請先回茅屋吧，我知道背包所在處，我去拿鎮靜劑回來。」

但瑪以拉沒有任何回答，她只是將目光停留在沼澤上並陷入沉思。

泰琳前往藏匿背包的地點，帶上了能讓娜莎特睡上片刻的鎮靜劑，也不忘將手伸入背包深處。如今伊潔芙給她的小袋子就在那兒。

必要時就一次。伊潔芙說必定會來拯救她。泰琳在沼澤的這段時間並沒有打算用這個裝置的念頭，因為不能讓沼澤的位置洩漏出去。但離開沼澤後，經過氾濫體森林返回城裡的路上，這東西會派上用場的。泰琳取出袋子，放入了外衣的暗袋。

從那天晚間開始，泰琳就靜靜地待在茅屋內。瑪以拉看起來需要獨處的時間，娜莎特依然怒氣沖天，所以先不管她比較好。最重要的是，此時泰琳想與索兒對話。

昨夜在沼澤與氾濫體對話後，索兒陷入了極大的混亂。這樣的索兒令泰琳很是掛心。她無法想像，從頭到尾被困在其他生物的大腦中，然後突然得知想像不到的自己的來歷後，索兒所感受到的衝擊。

「索兒，你在嗎？」

泰琳小心翼翼地試著搭話，但索兒就只有揚起輕輕淺淺的漣漪。泰琳坐著整理思緒的時候，索兒持續在腦中緩慢打轉，直到過了許久才悶悶不樂地呼喚泰琳：

「跟妳說啊，泰琳。」

「嗯？」

「回到拉布巴瓦後，妳會消滅我嗎？」

聽到索兒的話後，泰琳忍不住苦笑。

「我試著搭話一整天都沒回應，結果說出來的就只是這樣？」

「不過，妳不是討厭氾濫體嗎？」
「嗯，的確是啊。」
「妳會消滅我嗎？」
泰琳噗哧一笑。說來也奇怪，她再也不害怕或討厭索兒了。先前她會為索兒不知道會做出什麼樣的事感到惶惶不安，但得知它真實來歷的此刻，情緒倒是與那些相去甚遠。若要為這種情緒命名，大概是近乎憐憫吧。泰琳心疼索兒，也想更理解索兒。或許索兒也與泰琳面臨相同處境，因為泰琳同樣對自己是什麼、為何會變成這樣，還有往後該怎麼做一無所知。
「索兒，你不是親口說，你和它們不一樣嗎？」
「雖然不一樣，但又相同。我好像真的是氾濫體。先前泰琳妳說我是神經磚的時候，我怎樣也無法相信，但在沼澤，當它們說我是氾濫體時，我立即就理解了那句話。可是假如我真是氾濫體的話該怎麼辦？我沒辦法改變我自己，但我的本質……」
「等等，等一下，索兒。」
泰琳試著讓彷彿在顫抖般製造不穩定波動的索兒停下來。
「你想消失嗎？」
「不想……」
「你覺得跟我在一起很痛苦？」
「我不確定。」

「我也跟你一樣，我也不知道我的來歷，不知道該怎麼做，不過……有件事我知道。我只知道跟你在一起時沒那麼痛苦。我的意思是，我並不討厭。我想了想，萬一你真的是氾濫體，我們是無法分離的。就像癲狂症發病者沒有辦法治療，樹沼人也沒辦法恢復原狀。氾濫體的性質不是鑽入人類體內後與之結合嗎？就算你與其他氾濫體不同，是如個體般行動好了，但你大概也在我體內擴散開來了吧。」

「抱歉。」

「是在為你的存在道歉嗎？」

泰琳打趣道，但索兒沒有回答，似乎相當沒精打采。索兒對於自己是氾濫體的事實，或許要比泰琳更難以接受。說不定是泰琳長年以來對氾濫體所抱持的恐懼與抗拒感轉移到了索兒上頭。

「你記得起初是怎麼進入我體內的嗎？」

索兒像是要扒開記憶似的掀起水波，說：

「不記得，感覺有什麼壓住了我的記憶，所以我不清楚……」

「原來不是最近的事啊。」

如此說來，索兒是從多年前就與泰琳共存，但基於某種原因才被壓抑住，可是卻突然甦醒過來嗎？或許，是始於這區域的震動訊號喚醒了索兒。畢竟開始聽到訊號的時間點與腦中聽見奇怪說話聲的時間點一致。那麼，那個訊號究竟是什麼？

還沒向斯帆詢問關於震動訊號的事。既然他能運用表面震動讓鱷魚群暫停動作，應該會願意說出那是什麼，包括為什麼訊號會在那裡發生，又是何以準確地朝城市發送，還有是誰刻意製造出來的。泰琳心想，等天一亮就要去找斯帆。

「索兒，你現在在做什麼？」

一陣暈眩感襲來，泰琳踉蹌了一下，但立即站直了身子。腦中逐漸亂成一團。

「我在尋找記憶。」

「等等，你停一下，好暈……」

索兒這才停止翻扒的動作。泰琳倚靠牆面調整急促的呼吸。如索兒所說，記憶並未清晰浮現，甦醒過來的，就只有情緒的片段。害怕、恐懼、憤怒……以及好奇心。或許必須回溯到非常年幼的時期去吧，回溯至來到賈斯萬的家之前，甚至是與伊潔芙一起生活之前。伊潔芙會知道關於那時期的事嗎？

一憶起伊潔芙，心頭就倏地揪緊。離開城市來到地上的途中，泰琳始終思念著伊潔芙，想順利完成任務回到伊潔芙的身邊。但此時泰琳卻也害怕見到她。伊潔芙斷言泰琳的問題在於神經磚的程式錯誤，可一旦揭開那是氾濫體時，萬一伊潔芙無法接受泰琳的話，或者就算沒有拋棄泰琳，但是卻……再也不疼惜或珍視她的話……光想到這些，泰琳就痛苦萬分。

不如就一輩子對伊潔芙隱藏這個事實如何？

這倒也不是不可能。既然伊潔芙不會親自把泰琳的大腦打開來看，自然就無法查明裡面有氾濫體。只要好好控制索兒，熟習與之和平共存的方法，小心避免被當成癲狂症發病者……

但就算有可能，也不能說這樣就沒關係。可以為了不失去珍視的人，就隱藏自己身上的重要問題嗎？索兒並不只是泰琳身上的一小部分，它與泰琳的想法、與情緒都有關。或許，往後這種關聯會逐漸增強也說不定。

下定決心要與伊潔芙一同來到地上時，怎麼也沒想到會發生這麼多無法向她坦誠的事。

轉眼間，光線滲入了天花板的縫隙。天色似乎破曉了。泰琳想聽一聽伊潔芙的聲音。若是這有難度，至少也想讀一讀蘊含她心意的一個句子。泰琳在暗袋翻找，取出袋子，想再看一次紙條。

不知怎麼搞的，袋子是扁的。泰琳打開袋子往裡面一瞧，裡面只剩紙條，金屬板消失了。

「跑哪去了？」

泰琳站了起來。是從背包取出時弄掉了嗎？泰琳想不太起來。她得出去尋找裝置。

這時從外頭傳來了喧鬧聲，還有娜莎特的笑聲緊隨而來。她像是精神不正常似的咯咯發笑，貌似發生了什麼讓人樂不可支的事。但倘若有什麼足以讓她如此開懷……

泰琳連忙跑到外頭，氣氛很詭異，有超過五名樹沼人圍攏於沼澤，其中一名將長棍放入沼澤攪動。有人貼在地面，他們似乎在溝通些什麼，但沒辦法聽懂。在茅屋附近被綁住腳踝、坐在岩石上的娜莎特咯咯地笑了。

「當然啦，我早知道是這樣！」

「發生什麼事了？」

「哎喲，我們可憐的隊長。」

「究竟發生什麼……」

娜莎特對著背對沼澤的泰琳說道，笑聲未消停。

「妳怎麼不親眼瞧瞧？」

發生了難以置信的事情。

瑪以拉縱身跳入了沼澤。就在一大清早，沼澤無人時。她不可能還活著。樹沼人放入長棍，確認瑪以拉的屍體已沉入沼澤底，氾濫體正快速地進行分解。

希羅莫走到泰琳身旁，表示氾濫體已覆蓋瑪以拉全身。聽到他詢問是否還要打撈瑪以拉的屍體時，泰琳一時無法作答。娜莎特觀望這情景，冷嘲熱諷道：

「就知道會這樣。先前食用了氾濫化的果實，最後終於變得跟那些樹沼人一樣了吧？隊長也無法接受的！她無法接受自己逐漸變成駭人的模樣的！先前一副接到什麼重大任務似的四處瞎跑，最後的結局竟然是自殺！」

儘管娜莎特胡言亂語，泰琳卻沒有力氣回答。一切顯得虛無荒誕。瑪以拉沉沒的沼澤是如此靜謐，除了漂浮在沼澤之上的浮游物之外別無其他。索兒在腦中說了：

「瑪以拉不是自殺。」

泰琳也這麼想。瑪以拉並不是想死，而是想見歐文，因為那是瑪以拉申請這項任務的理由，也是真正的目標。

儘管如此，泰琳依然揮不去心中的罪惡感。

自己不該說起關於歐文的事嗎？瑪以拉是相信只要自己進入沼澤，就真能見到歐文嗎？

「泰琳，妳別自責。」

索兒輕聲細語。

「我們知道歐文在那啊，所以……沒辦法裝作不知情。說出來是應該的。」

索兒說得沒錯，她無法佯裝不知情。但就算是這樣，她還是難以接受那個結果所引發的後續狀況。泰琳怔怔地注視著沼澤，問道：

「瑪以拉能見到歐文嗎？若是那樣澈底分解的話？」

「沼澤的氾濫體早已知道了不毀損自我，又能將其吸收為連結網一部分的方法。氾濫體群也在學習之後產生變化。瑪以拉具有強烈的既有自我，也具有意志，所以大概……」

索兒的話尾含糊。這是個無法確定的問題。沼澤內，就只孤零零地放了根樹沼人用來打撈瑪以拉的屍體所使用的長棍。那個吞噬一切並將其澈底分解的沼澤，在瑪以拉的眼中是自己最終的目的地嗎？

泰琳注視沼澤表面，試著想要尋找瑪以拉的痕跡，尋找瑪以拉的自我並未分解四散的證據，但沼澤卻面無表情，僅是偶爾不經意地揚起漣漪。

那天，泰琳都窩在茅屋內沒出去。這段時間以來信賴、倚靠的隊長，如今卻不在了。這表示對瑪以拉來說自己再也沒有回城裡的理由了。但泰琳不是這樣，她必須回去城裡。伊潔芙在城裡，深愛的人都在城裡。雖然泰琳對自己該做什麼毫無頭緒，但至少知道自己必須離開。

隔天下午，泰琳好不容易打起精神。她必須再度前往背包所在的草叢，尋找弄丟的金屬板裝置，也打算說服娜莎特。讓娜莎特服下鎮靜劑後帶她出去的作戰計畫，是瑪以拉還在時才可能實現的，光憑泰琳一個人是沒辦法的。但她也不想丟下娜莎特獨自逃回城裡。

抵達草叢時，泰琳把三個背包都翻遍了，但不管怎麼找都不見金屬板。若不是這裡，那會掉在哪裡呢？泰琳猜不到任何地方。

一陣怪聲突然傳來。

泰琳衝到樹叢外，慘叫聲此起彼落。等她回過神來，發現樹沼人身上血跡斑斑地倒在地上。泰琳大感驚愕，趕緊奔到他們身旁，散落一地的鋒利碎片映入眼簾。

尖銳石子、螺絲、釘子……是有人製造的粗劣炸彈。

沼澤那側再度傳來慘叫聲。泰琳朝那邊衝去。是娜莎特所為。雖然手法粗劣，但炸彈帶有明顯的殺傷意圖，會做出這種事的人就只有娜莎特。

把摺疊小刀拿給娜莎特時，本以為區區一把小刀殺不了樹沼人，這點小東西不打緊，但不是這樣的。瞬間，泰琳想起了只剩下幾顆藥以外空無一物的急救包。原來娜莎特獨自在準備攻擊……

泰琳急忙去找娜莎特，但高聲嘶喊的樹沼人彼此交纏在一起，怎樣也找不到娜莎特。從某處傳來了格外高亢尖銳的慘叫聲，於是泰琳趕了過去，在那兒發現了手持摺疊小刀往前舉的娜莎特。

同時也發現了側腰血柱直流的斯帆。娜莎特轉頭看見泰琳，揚起嘴角笑了笑。泰琳大喊：

「立刻住手！」

「我為什麼要？這些傢伙在我身上幹了件好事呢。」

娜莎特以矯捷的身手砍下了一名朝自己撲來的樹沼人的手臂，像是失去理性似的喃喃：

「他們讓我吃下了氾濫體，迫使我屈服，汙染了我的大腦。真噁心，令人厭惡。可怖極了！就像蟲子一樣，我希望他們全死了。」

泰琳拾起掉在地面的長棍，接近娜莎特，但娜莎特可是經驗老到的派遣者，泰琳不過是上過幾年比武課程的菜鳥，娜莎特一下子就制伏了泰琳。

「妳也一樣，為什麼要跟一群臭蟲站同一陣線？」

娜莎特將泰琳逼至茅屋牆角，笑嘻嘻地一把將摺疊小刀往她臉頰旁嵌入。刀刃驚險地掠過頸項，插在牆面上頭。

「帕洛汀給妳的東西，看起來很不錯呢。」

「那在妳手上？不行，要是用了那個……」

「照這時間，人應該快抵達海岸囉。」

「妳說什麼？」

意想不到的情況讓人手忙腳亂。在這混亂的局面，泰琳正窺伺如何從娜莎特手中掙脫的機會，這時斯帆從後頭衝了過來。

斯帆與娜莎特兩人隨即揪成一團大打出手。泰琳拔下插在牆上的摺疊小刀，衝過去刺擊娜莎特，但斯帆與娜莎特貼得太近了，她無法下手。泰琳死命地纏著娜莎特的雙腳不放。雖然娜莎特不斷掙扎，又是用腳狠踹泰琳，又是猛力拉扯的，讓泰琳痛得都快把胃腸吐出來了，但她仍咬牙撐住了。一旁又聽見了炸彈爆炸的怪聲，肩頭上感覺到難以忍受的痛楚。肯定是有什麼爆炸後貫穿了泰琳的肩膀，讓她差點失去了意識。但泰琳的手掌沒有放掉力氣。雖然痛苦得眼淚直流，但要是現在放棄了，斯帆……

這時，滾燙的鮮血掩住了泰琳的視線。

娜莎特發出了痛不欲生的慘叫聲。被踢開的泰琳在地面上翻滾，等她抬起頭時，看見有人將刀子插進了娜莎特的頸項。

「噢，我的天啊……」

娜莎特口吐鮮血，接著趴在地上不動了，而在幾步之遙的前方，遭娜莎特攻擊的斯帆癱倒在地上。

「不行，斯帆！」

泰琳朝斯帆奔去。斯帆還有一絲氣息，但傷勢很嚴重。就在泰琳不知所措之際，一群樹沼人快速圍住斯帆並將他抬起。泰琳原打算攔阻他們，但意識到樹沼人正小心翼翼地搬運斯帆之後便隨著他們走了。移動時，沿途鮮血猶如潑水般傾瀉而下。

樹沼人來到了沼澤鄰近的巨木下，是個成堆落葉之上覆滿氾濫網的地方。他們將斯帆放在氾濫網之上，接著氾濫體的細線快速伸出觸手，包覆了斯帆的身體。正當泰琳打算去握斯帆的手時，一名樹沼人制止了她。

「他的一半，是氾濫體。」

是說斯帆有一半是氾濫體，因此那對他會有幫助嗎？泰琳的手停在半空中。

泰琳癱坐在斯帆身旁。短短時間內，斯帆的全身上下都為氾濫體所覆蓋，那光景令人難以置信。

面對一連串突如其來的事件，衝擊遲遲未散去。娜莎特究竟是打算做什麼呢？只是想要破壞自己憎惡的氾濫體、破壞與人類結合的氾濫體嗎？既然娜莎特都死了，問這也沒有意義了，但……

「沼澤的位置會傳遍城裡的。」

索兒說道，泰琳這才回過神來。

是娜莎特去動了泰琳的袋子。她認出了裝置後暗地率先用了它。此處的位置很快就會傳遍城裡了，那麼他們肯定會殺了樹沼人。

泰琳環視周圍，看見了一群負傷倒地的樹沼人。看著他們痛苦萬分的表情，泰琳萌生了心碎的感覺。怎麼會這樣呢？泰琳在沼澤停留的時間僅是彈指之間，也並未與他們有深刻的交流，可是為什麼，這情況讓她如此難受呢？泰琳再次環視周圍，看見了充滿此處的氾濫體，以及一群與那氾濫體連結的樹沼人。

某種令人打起寒顫的頓悟閃過腦海。他們並非與泰琳無關之人。雖然泰琳很想否認，但他們保有泰琳可能變成的某種樣貌。一開始就是如此。從泰琳遇見他們的那一刻，就對他們同時產生了不適感與親密感。泰琳既對他們的樣貌感到驚慌，同時又以奇妙的方式受到他們吸引，或許，是因為泰琳與他們是同類……

希羅莫就站在眼前，泰琳帶著滿心的迫切說：

「這裡的位置洩漏出去了，大夥兒必須離開這裡。城裡攻過來的，必須逃跑才行，所有人都是。」

希羅莫搖搖頭。

「沒辦法離開。沼澤的氾濫體，我們非得有它們不可。」

泰琳這才想起了，此沼澤的氾濫體從樹沼人身上學習到以不破壞的方式與人類結合的方法。換句話說，離開這片沼澤，氾濫體依然對人類具有破壞性。它們無法離開這片沼澤，必須在這附近群居，但這片沼澤已經不再是安全地帶。

「城裡肯定會有人過來的，他們會攻擊這裡的。」

「妳離開，去跟他們說。」

「叫我說？說什麼？」

是要她回城裡去說服總部嗎？但泰琳一個人要怎麼做？這太魯莽無謀了，沒有半點勝算。

「在那裡也有，跟我們一樣的人。」

「城裡也有跟樹沼人一樣的人？」

雖然難以置信，但希羅莫只是點了點頭。

泰琳看見氾濫體已完全覆蓋了斯帆，如今已認不出他的形體了。他究竟是會恢復樹沼人的模樣，又或者成為氾濫體的一部分，泰琳完全猜不到。她看見一群樹沼人將手泡入沼澤，而瑪以拉也在那沼澤的某處——尚未被吸收為氾濫體，但遲早會成為它們一部分的瑪以拉。

必須守護的一切逐漸鮮明起來，還有，必須阻止的一切。

「但要是有人攻擊這裡，到時就離開。非得如此不可，因為在其他地方還有機會……」

希羅莫沒有作答，其他樹沼人也默不作聲。

泰琳是在那天日落時啟程的。希羅莫以樹沼人的方式將頭貼地，製造出細微的表面震動。那是在囑咐猛獸保護泰琳，直至她與沼澤有段距離為止。泰琳前行的同時仍頻頻回首。

她逐漸走遠了，遠離了自己未曾企盼，卻給她帶來奇異平靜的沼澤。

研究日誌

十餘年前，伊潔芙突然收到了要她到巴圖瑪斯研究所上任的通知。她所接收到的情報，就只有那是偽裝成兒童保護所的祕密研究所。偏偏是偽裝成兒童保護所，真是倒楣。她咂了咂舌，迎來抵達研究所的第一天。

伊潔芙看到形形色色的玩具、畫滿塗鴉的畫圖冊、玩具積木等散落於寬敞的走廊上。身穿淺黃色衣服的孩子們的笑聲響遍走廊，接著是某個東西嘩啦啦碎裂的聲音。

伊潔芙轉頭望著負責的研究員，說：

「這些孩子是什麼？我該不會來的不是研究所，而是幼兒園吧？」

研究員露出略顯為難的表情，答道：

「他們不是孩子們，是……實驗體。」

伊潔芙皺起眉頭，再度環視走廊。雖然不知道這研究是誰起頭的，但可以確定他具有讓人不寒而慄的愛好。研究員乾咳了一聲。

「研究室有報告書，您看了就會理解。」

聽到後頭傳來孩子們喊「老師」的聲音，伊潔芙不自覺地回頭看。一群人拿著玩具箱走進房裡，似乎是在研究所檔案瀏覽過的臉孔。

研究員依序帶領伊潔芙去看設備控制室、會議室、個別研究室，最後領著她來到個人辦公室。辦公室門上已經換上了「副所長伊潔芙．帕洛汀」的名牌。確實如研究員所說，書桌上擺放了一疊厚厚的報告書。一臉想趕緊離開現場的研究員說：

「若還有需要的資料，再請您提出要求。」

「不了，目前夠了。」

獨自留下的伊潔芙開始讀起報告書，從那天午後開始到深夜都在案前詳讀。伊潔芙得到了一個明確的結論——啊，原來我是被推到實驗臺上了啊，可是這實驗臺是以老舊破敗的木板打造成的，要是我為了證明能力而手舞足蹈，恐怕它會啪的一聲直接斷裂。

研究員之所以展現出不耐的微妙態度，似乎也是察覺了伊潔芙的處境。

從八年前開始，巴圖瑪斯研究所總共經歷了十二次以孩子們為對象的實驗。目標在於觀察與分析人類成長的大腦內氾濫體與神經細胞的相互作用，以及研究大腦形成過程未完成的孩子們，以與氾濫體結合的狀態成長時是否具有癲狂症抗性。

剛開始孩子們並不是實驗體。成立偽裝成保護所的研究所，是在八年前杉達灣事件之後。發生數萬人因採礦場崩塌事故而暴露於氾濫體之中的事件後，出現了不計其數的發病者，而他們要不是在尚未移送至治療所之前就送命，不然就是在移送之後便一命嗚呼。

但怪事發生了，只有未滿六滿的孩子們好端端的，就算暴露在眾多氾濫體之中也一樣。在此之前，也曾有報告指出孩子們在暴露於氾濫體之後存活下來的現象，只是能夠確定氾濫體暴露途徑的事件很罕見，所以被看作是極其例外的情況。然而，杉達灣事件後存活的孩子人數完全無法以例外含糊帶過，而且有個值得關注之處。

這些孩子並非發病者，但要說完全沒有發病又有些曖昧不明。觀察杉達灣事件後暴露於氾濫體的孩子們的大腦，可以發現其中有氾濫體侵入的明顯痕跡，但成人身上的自我解體現象卻絲毫沒有發生。

起初城市當局為該如何處置這些孩子感到為難。要送他們去治療所嘛，他們健康無恙，但又無法原封不動地送孩子們回城裡。他們的監護人已全數死亡，要找到人願意領養有發病可能性的孩子也有困難，最重要的是，當局並不想把這些定時炸彈投放到城裡。若是氾濫體完全沒有侵入也就罷了，但經大腦掃描結果，發現氾濫體侵入了大腦，如此也就沒理由接受他們回到城裡。

當時伊潔芙也曾參與商討如何「處置」孩子們的學術會議。準確來說她等於是被拖去的，但在大夥兒愁容滿面的會議上，她倒是提出了一個點子。她提議打造隔離孩子們的保護所，把這些孩子當成觀察對象，分析成長的大腦中的氾濫體抗性或相互作用。她提出這意見並不是認真的，而是基於既然被拖來開會了，總得說點什麼的壓迫感，所以才開口罷了。此外，伊潔芙提出這種建議，是建立在孩子們自然要不了多久就會全數死亡的判斷上。

但孩子們沒死。一年過去，兩年過去也一樣。

掛著保護所之名的研究所無限期營運下去。孩子們暴露於大量氾濫體的事故持續發生，差別只在於規模不同罷了，而每一次存活的孩子們都會送到保護所隔離，根據他們進來的時機與年紀開始分組進行觀察。

當局雖沒打算將這些孩子們放到外頭，但由於維持費用逐年增加，對研究所的壓迫也逐漸加劇。這些專任所長不僅要觀察孩子們，還深受必須交出實驗結果的壓力所苦。原本只以觀察為原則的研究所，逐漸轉變為對行動的介入，更甚者，對身體與精神的介入。從那時開始，孩子們不再被稱為「觀察對象」，而是「實驗體」。專任人員修改了研究所的目的，打出了要「打造對氾濫體具有強烈抗性的新人類」這般宏偉的目標。大腦與氾濫體的相互作用研究如此持續數年後，發生了令人措手不及的變化。

由十歲到十一歲的孩子們組成的小組開始發病，在一夕之間全數死亡。準確的原因無從得知，有意義的變數就只有孩子們的年齡。隔年也相同，再隔一年亦同。孩子們之間彼此相差幾個月的小組也一樣，若是有一名孩子發病，其他孩子們也會立即受到影響。

某一年，孩子們因完全不進食而死亡；也有一年是完全不睡覺，之後因元氣盡失而永遠闔上了眼。還有一年，孩子們慢慢地遺忘姓名與日期、朋友們的臉孔，之後性情突轉殘暴，把身體隨處亂撞而傷重身亡，以與成人發病者相似的方式死去。

雖然每組走向死亡的過程不盡相同，但可以確定的，是孩子們達到特定年齡層就會全數死去。

專任人員們陷入了兩難。研究所已營運多時，實驗也該交出有意義的成果了，但無論再努力產出數據，若是在具有良好氾濫體抗性的假設下一路觀察的實驗體一夕之間死亡，過去的研究結果通常就會變得毫無意義。此外，此研究的風險費用過高。以孩子們進行的實驗是非道德的，即便他們舉目無親，但若是這研究所的存在公諸於世，後果不堪設想。在總部，每年都投入了更多金錢來保守機密。即便已知成功的可能性微乎其微，但至今已投入過多資源，因此無論如何都必須拿出成果。研究所等於一直是往虛假的希望下賭注的方式維持至今。而伊潔芙，似乎明白了專任所長多次反覆進行毫無希望的實驗後，最終自行走上絕路的理由。

這食之無味卻又棄之可惜的研究所，就這樣交到伊潔芙的手中。當她收到前往祕密研究所上任的提議時，她至少該拿出其他藉口拒絕的。就算伊潔芙至今取得了卓越成果，但要擔負重責大任仍嫌年輕。因此，當他們說要提供副所長的職位時，她就該起疑心的。伊潔芙嘆了口氣，闔上了研究報告書。

原本她只打算從現場任務暫時退下稍作休息。雖然伊潔芙向來肯定自己就該待在地上世界，但也認為是時候該退一步構思接下來的計畫了，可是卻偏偏把這種爛攤子丟給她。原本心想她是否該為自己僅是以副所長而非所長之姿上任感到慶幸，但想到必須擔任實質研究的總指揮就大感頭疼。這裡果然不是大展身手的舞臺，而是下一秒就會崩塌的實驗臺。

不過，既然確定是條死路，伊潔芙就不打算繼續在這瞎耗時間。

她做出了結論。盡快結束這不像話的研究吧，去做真正能消滅氾濫體的事情吧，離開研究所，去自己原本應該待的地方吧，前往地上，應該收復的地方。

即便在開始履行副所長的業務後，伊潔芙也對這研究所的主要實驗體，也就是孩子們不感興趣。目前待在研究所的孩子們分別是第十一號與第十二號的小組，是如今即將從九歲迎來十歲的孩子們。幾年前他們因意外暴露於氾濫體之中，也是預期即將發病的小組。

「在實驗體面前不能透露與實驗有關的任何線索。實驗體以為自己在氾濫體暴露事故後，是為了獲得治療而過著隔離的生活，而且明年就能離開這裡了。」

秉持最低限度的義務去觀察孩子們時，在孩子們面前的伊潔芙被介紹是「副院長老師」。或許是一直以來都只看到同一批大人，孩子們對新面孔感到神奇，用側眼偷瞄伊潔芙。其中有個小女孩直勾勾地盯著伊潔芙，但若是兩人眼神有了交會，她就會立即別過目光。那是個有一頭黑髮、深褐色眼眸猶如栗子，讓人印象深刻的孩子。

「那孩子在這是擔任班長角色。父母在淨化作業時中毒身亡，只剩下孩子留在這。」

體型瘦小的男人是這裡唯一把實驗體稱作「孩子們」的人。他是被聘來支援對獨自打理生活起居依然生疏的實驗體。沒有把實驗體的名字互相搞混，準確知道他們名字的人，似乎也只有他一個。男人說了那個當班長的孩子姓名，但伊潔芙轉身就忘掉了。

接下來的數個月，伊潔芙埋首設計新的研究計畫。這間祕密研究所進行的實驗均以實驗體的死亡作結，但實驗結果仍有利用價值。既然過去獲得了氾濫體如何透過連結網互相提供情報與訊號的數據，伊潔芙計畫善用目前為止的資料進一步執行更有意義的研究。

善用氾濫體的連結網，反過來動搖、扭曲它們並進行攻擊，將其澈底破壞，藉此收復屬於人類之物的地上世界，那即是伊潔芙的最終目標。多年前執行的研究中存有線索，而已經發病的癲狂症患者能成為此波攻擊的核心。相較於以孩子們為對象所進行的觀察實驗，這種作法更有勝算。

那幾個月的期間，伊潔芙未插手研究所的既有研究，只定期收取報告。在伊潔芙看來，以孩子們為對象所進行的實驗從前提開始就錯了。人類的大腦因氾濫體變形時，能維持完好自我並活下去的方法並不存在，即使是在小小年紀，大腦尚未發育完全前就暴露於氾濫體之中也一樣。

不出所料，收到了第十一號小組的實驗體死亡的報告，這結果是想都不用想的，所以伊潔芙並未多加關注。只不過有個特殊事項，三十人中只有一人，唯獨名叫「仙奧」的少女存活下來，而經過縝密分析其實驗體狀態的結果，研究員得出了實驗體根本從未暴露於氾濫體的結論。意即，大腦掃描很可能出了差錯。儘管研究所制定了要將存活的實驗體報廢的計畫，但得知此計畫的前派遣者賈斯萬．庫瑪塔強烈抗議，主張要領養該實驗體。總部以必須對實驗體進行後續觀察為條件，將少女交給了賈斯萬。

當研究員報告確定第十三號小組的實驗體名單時，伊潔芙保留了實驗計畫的批准。反正第十二號實驗也會以失敗告終，若是那樣，伊潔芙打算無限期保留此研究。既然孩子們身上看不到特殊的希望，也就沒理由另外觀察他們了。

但結果跌破了大家的眼鏡，第十二號小組的實驗持續進行。研究員推斷此次實驗體在迎接十一歲生日後至多只會生存半年左右，可是轉眼間超過半年了，實驗體中卻無人死亡。此次小組的發育狀態良好，在各種測試中也展現了優異成果。

伊潔芙雖認為應當多加注意，但仍不該草率做出判斷。

「與先前研究比較時，實驗條件中有哪一點明顯不同？你判斷是什麼導致這種結果？」

詢問負責研究員時，他的回答有些不尋常。

「那個……我們也還在掌握中。僅從實驗條件來看並無特別之處，但似乎有無法理解的狀況。應該說孩子們會教導彼此嗎？這種情況尤其是以J這個實驗體為中心所發生。」

這個報告固然耐人尋味，但當時伊潔芙正在埋首處理其他計畫。她只下達繼續進行研究的指示。

所以，研究員所說的J實驗體指的是名叫「鄭泰琳」的小女孩，還有那孩子擁有格外耀眼的雙眸與好奇心，伊潔芙都是過了好幾個月才得知。

接下來是T12－26（鄭泰琳）與氾濫體的情緒相互關係形成過程的諮商紀錄，訪談者（採訪者）以粗體字標示。

妳好，泰琳。

您好。

從今天開始會記錄我們的對話。是老師為了了解妳的心理狀態，可以嗎？

嗯，雖然我的心理狀態很健康……總之，嗯，好。

好，謝謝妳囉。那妳願意說一下兩天前跟麗琪吵架的那件事嗎？她說那時泰琳妳與其他孩子們提出了很奇怪的主張。

是麗琪那樣說的吧？

我沒打算站誰那一邊。妳可以跟老師說說發生什麼事嗎？

那不是吵架。老師不也知道，麗琪老是否定我的話嗎？我說話時，她每次都要插嘴。她想當隊長，可是因為我先站出來了，所以才要牽制我吧。總之，那件事是在美術課發生的。

那堂課是要把過去一週自己發生的事畫出來，我就把「腦袋中的律動」用圖畫表現出來了。我畫了一顆圓咚咚跳來跳去，還有輕飄飄的線條橫穿左右，以及三角形尖尖刺刺的圖畫。老師問我那幅畫是想表現什麼，所以我就說不久前我的腦袋內有圓形、線條和三角形在動。老師說很有趣，雖然好像不相信我說的話，但老師稱讚我想像力豐富。

問題……在麗琪，她開始嘲笑我，如果腦袋有什麼在動，那應該就是蟲子或水蛭了，怎麼不趕快除掉它。如果只是這樣，我也會像平時一樣無視麗琪，不跟她計較的，但其他人也開始發生騷動。

其他孩子們怎麼了？

其他人也說感覺到了！說感覺腦袋好像有什麼東西，說感覺跟之前不一樣。特別是沙緒子，說跟我有非常類似的感覺。她腦袋中的律動感覺要更圓一些，像是纏繞起來的鎖鏈，沙緒子還畫了圖給我看。

接著，麗琪生氣了，突然大呼小叫地說你們全瘋了，精神不正常，所以我對麗琪有點不耐煩，但我覺得大概是因為麗琪也曾有類似的感覺，是因為她感到害怕。

腦中的韻律，是什麼樣子的？

嗯……好難解釋。不是說大腦內沒有觸感之類的感覺，所以就算腦中真的發生什麼事也感覺不到嗎？聽說即便有寄生蟲跑進去了，人類也不會有寄生蟲在啃食大腦的感覺。換句話說，我和其他人感覺到的腦中律動，不是實際上有什麼在腦中動來動去，而是有什麼讓我們產生這種感覺。**（是誰那樣說的？）**說什麼？**（說腦中沒有觸覺之類的。）**我在圖書館讀到的，那裡有好多好多的書。

老師知道很難解釋，但很想了解妳所經歷的事情。關於那個律動，妳可以盡量解釋給老師聽嗎？

好。嗯……那個偶爾會緩緩移動，有時也會突然跳來跳去。雖然也有尖尖的東西在扎的時候，但不會覺得痛。如果我跟它說話，它就會回答我。雖然它不是用講話回答我，但它會在腦中胡亂滾來滾去。啊，花鼠！它像花鼠一樣。雖然我是沒有親眼見過花鼠啦，但全像投影螢幕中的花鼠不是長得很可愛，動作矯捷，總是勤快地竄來竄去嗎？就是那種感覺。

不覺得那種感覺很奇怪或害怕嗎？等於是突然有了先前沒有的感覺嘛，而且不只是妳，其他孩子也這樣。

不會呀，反而覺得很好玩。因為那個不會讓我們感到疼痛或受傷。偶爾會覺得反感啦，像是想專注思考時……還有想一個人待著時。想一個人待著時，如果它在腦中隨便動來動去，像在博取關注的話，就會覺得有點煩、嫌它礙手礙腳的，但通常都還好。

我和其他人聊著天，慢慢地了解這股律動。那個東西好像能理解我們說的話。當我們要它像圓球一樣動一動，它雖然不會完全按照我們的話去做，但會大致跟上那種感覺。

萬一因為那股律動發生什麼事，妳一定要馬上跟老師說。

好的，但就算發生問題，老師們也能解決嗎？這個不是沒有在老師們的腦中，只有在我們腦中嗎？

妳說得沒錯，但我們會盡全力的。因為我們的工作就是協助你們，好好照顧你們，讓你們不

會生病。

嗯，我知道了。

妳好，泰琳。

您好，天氣好好哦。

雖然不曉得天氣如何，不過妳看起來心情很好呢。怎麼樣？聽說妳替那個東西取了名字？

對，它好像很滿意自己的名字。我如果叫它的名字，馬上就會有反應，還會一直畫圓。我想，那好像是「喜歡」的意思。（**是什麼樣的名字呢？**）那是祕密。

原來是這樣啊……要保密的原因是什麼呢？那個東西要妳替它的名字保密嗎？

不是的，是我想這樣做。到目前為止，我要把這當成它跟我之間的祕密。那孩子害怕我以外的其他人，它好像不會喜歡自己的名字傳出去。要是我把名字告訴老師，老師就可能會叫它的名字，那會嚇一跳的。

它會害怕？妳覺得那東西能感覺到情緒？

對！是真的。剛開始不會，但我把它想成花鼠對待之後，它好像開始有了一點自己的性格，偶爾我開玩笑時它會笑，要是我生氣要它安分點，它也會表現出討厭的樣子。

妳有跟它交談過嗎？

嗯，還沒有交談過，不過話不是非得說出來不可嘛。老師，我得把畫全部畫完，今天可以早點走嗎？

今日紀錄開始。

……

泰琳，如果有困難，等會再說也可以。

好……我好像需要時間。

冷靜一點了嗎？

現在沒事了。

看來沙緒子暈倒的事，讓妳受到了很大的衝擊。

對……沙緒子會沒事吧？

會的，剛才也說了，她目前恢復良好，還有她說特別謝謝妳。

好像是我害沙緒子變成那樣的，覺得好抱歉。

絕對不是的。妳能跟老師說妳與沙緒子說了什麼，昨晚發生什麼事嗎？

嗯……那是從幾天前我們所經歷的事件開始的。我們班的孩子們，除了到現在還說自己沒出現那種「律動」、主張我們發瘋的麗琪之外，大家都感受到那股律動，還有……

聽說那個發出了聲音。

……對，那孩子學習了我們說話的方式。不是所有人都這樣，只有我、沙緒子還有耶丹、迪亞莫的會說話。問題是，那個好像慢慢長大，讓我們感覺到疼痛，就像刺蝟一樣。雖然沒有見過刺蝟，但電影上是這樣說的。如果刺蝟沒有豎起尖刺，摸起來就軟軟的，但豎起尖刺就會痛。

所以妳把處理方法告訴他們了對吧？

對，我把我自己的解決方法告訴朋友們。也就是說，乾脆……把身體交給那孩子，嗯，那孩子的名字是索兒。總之我一天會向索兒開放兩小時左右，就是把身體借給它，然後我就會有種非常奇怪、老是發癢的感覺。就像有隻嬌小的花鼠在我的全身，還不只是皮膚，而是在皮膚底下游啊游，游到了腳尖的感覺。感覺當然很不舒服囉，不過我發現這樣做的效果很好。先把身體借給索兒之後，索兒比較不會耍脾氣。

那東西本來就會耍脾氣？

對，因為……老師請您想像一下自己被困在某種小小的球體內。可是索兒連自己是什麼都不知道，也不曉得為什麼會在那裡。知道的就只有這顆球體是年幼人類的腦袋，整個世界都只能透過人類傳達給索兒。索兒能做的就只有分析訊號，在那之間游泳。它出不去，停不下來，也無法消失，所以索兒很生氣。

當它生氣時，會弄痛妳嗎？

有一點。雖然我本來就很能忍痛，但不太能忍痛的朋友們又哭又鬧的，吵個不停。所以我就把處理方法告訴朋友們了。我跟他們說不要一個勁的對它發脾氣，要試著去理解它的心情。假如我突然被困在一團圓圓軟呼呼的灰白色麵團裡，出不去也離不開的話，心情該有多煩悶啊？我跟其他人說，試著把身體借給它，要他們「打開」身體，這樣就能稍微安撫它們了。但朋友們好像覺得有點困難，不是無法理解打開身體是什麼意思，不然就是感到很害怕。大家都嚇壞了。

沙緒子昨天會變成那樣……也是因為我。沙緒子強迫自己按照我的話去做，可是卻不太成功，大概是太強人所難了。

那麼，現在大家應該都會想除掉那東西了吧。

雖然也有人那樣……但我不會。**（為什麼？）**索兒……我是說，老師不也說過嗎？就算麗琪會讓老師感到有些不耐煩，或給老師添麻煩，但也不會想要除掉麗琪呀。不是嗎？還是會呢？

但麗琪跟那個不同啊，那是突然出現在妳腦中的入侵者，不是嗎？再說了，那對妳沒有半點好處，只會妨礙妳而已。

那只是老師的想法。我喜歡有索兒。那孩子不知道自己是什麼，所以感到很混亂，但我也一樣啊。

當我感到悲傷時，索兒會在我腦中游來游去，撈走我的悲傷。每當索兒從這邊移到那端，那些悲傷就會化為一縷又一縷，變成飄逸蕩漾的面紗。我閉上眼，行走在那悲傷之間，這樣就會知道……悲傷沒有之前那麼可怕。

好，原來是這樣。我們泰琳先前感覺到悲傷啊，老師都不知道呢。

老師，可是我覺得講這些有點不自在。**（妳覺得不自在嗎？）**對，因為索兒現在在聽我們講話，所以我希望老師往後不要講太嚴厲的話。

往後可能會需要談得更深入呢。

總之就以後啦。可是老師，上次短暫露臉的副院長老師什麼時候會再來？

妳是說伊潔芙老師嗎？

對，我想再見到伊潔芙老師。

那個老師總是很忙，要再見到她可能不容易。我會跟她說說看的。

我知道老師很忙，但要是伊潔芙老師來了，請您一定要告訴我，也請您轉告我在等她。

第十二號小組出現的奇異現象，其中心是名叫鄭泰琳的孩子。過了很長一段時間，孩子們依然健康無恙。還不僅如此，孩子們身上發現了迄今未曾觀察過的特殊現象——與氾濫體進行智能、情緒上的相互作用。

研究員向伊潔芙報告了孩子們出現變化的大腦掃描結果。通常氾濫體侵入大腦內時，氾濫體的菌絲會蔓延至大腦各處，形成與神經細胞融合成無法分離的形態，並使神經細胞本身的特性產生變異，使人類失去原來的自我、情感與記憶，到後來甚至會使控制身體的能力低下。

可是這回從孩子們的大腦掃描結果中卻發現，氾濫體並未亂無章法地擴散或破壞神經細胞，而是在大腦各處形成團狀物。雖然菌絲仍以團狀物為中心拓展出去，但相較於一般情況，整體變異程度要少上許多。大概就是因為這樣，孩子們才得以承受變異。

「意思是說，導致這變化的，是與氾濫體的相互作用啊。」

氾濫體從各方面來說都是人類難以理解的生物。將其視為一條條菌絲來看時，沒有足以能稱為智能之處，就只有像病毒與細菌一樣，微生物單位的基本反應與行動罷了。不過，要是它們形成密密麻麻的族群連結網時，就像開始像智能體一樣行動，甚至曾經通過極為複雜的迷宮實驗。儘管如此，氾濫體是否真的具有智能，又或者這是實驗設計錯誤造成的結果，每次都會引發爭論，但這第十二號小組的實驗結果倒是相當耐人尋味。

氾濫體竟然能與人類進行溝通，甚至還是與進入人類大腦的氾濫體溝通呢。伊潔芙略顯興奮地問道：

「那個叫泰琳的孩子，究竟是如何做到的？」

「嗯，這事說來非常奇怪。」

研究員皺起眉，接著說：

「不知道能不能這樣形容，不過……好像是馴化了。」

「那孩子馴化了氾濫體？」

「不，是孩子與氾濫體互相馴化彼此。」

孩子似乎就只是個好奇心重的小不點，怎麼樣也不像是爭議事件的主角。一頭烏黑短髮的泰琳，深褐色雙眸骨碌碌地環視伊潔芙的辦公室，發出了「哇啊」的小小讚嘆聲。伊潔芙不聲不響地注視泰琳會說出什麼話來，但她說出的第一句話卻是伊潔芙完全料不到的。

「我知道別人會觀察我，我是研究對象對吧？」

伊潔芙雖然差點就面露驚慌，但仍成功地擠出淺淺的微笑。泰琳直勾勾地盯著伊潔芙，好似在期待她的回答，但隨即一臉失望。

「您都沒被嚇到呢。」

伊潔芙佯裝若無其事地說：

「雖然嚇到了，但我心想妳知道也很正常，因為聽說妳是個聰穎的孩子。」

「真的嗎？」

悶悶不樂的小臉突然間有了光彩。先是冷不防地說了句鬼靈精的話，但被稱讚是聰穎的孩子後，心情卻一下子變好是怎麼一回事？這份天真爛漫令伊潔芙感到既陌生又措手不及。

伊潔芙在準備點心的這段時間，孩子忙著參觀起伊潔芙的書櫃。伊潔芙先讓這個著急檢視書背上的書名，彷彿要是稍作停頓就會錯過文字的孩子坐下，孩子在喝了一大口伊潔芙放在她面前的果汁後，目光依然緊盯書櫃不放。

「妳認得字？」

「當然囉。圖書館的全像投影資料都讀完了。雖然這種書……我還是第一次見到這麼多。」

「在這裡的書，應該連書名都很難理解才是啊。」

「對呀，可是我可以翻翻內頁嗎？」

這要求出乎意料。在眼神因期待而閃閃發亮的孩子面前，伊潔芙竭力斬釘截鐵地說：

「不行，讀書也有順序的。」

露出些許委屈表情的泰琳再次挺直坐好，開始吃起餅乾。竟然說讀書也有順序，伊潔芙覺得方才自己急忙脫口而出的辯解有些可笑。事實上並不是基於那種理由，而是因為必須限制氾濫體接觸外界資訊，但就算這孩子知道地上世界的事好了，難道會發生什麼多驚天動地的事來嗎？

「如果妳是觀察對象的話，妳認為我們打算從妳身上觀察到什麼？」

「嗯，應該是索兒吧？老師們不是就只好奇索兒的事嗎？」

泰琳說這話時，微微往上看了一下，就好像索兒在那兒似的。

「像是索兒如何在腦中移動、與索兒說了什麼話，跟它怎麼玩的。雖然也會問關於我的事，但好像更好奇索兒的一切。偶爾老師們好像對我不怎麼感興趣，要是我說自己的事，老師們就會轉移話題。」

「所以妳失望了？」

「沒有，我也覺得談索兒的事很好玩。」

「嘻嘻。」泰琳露出小巧的牙齒笑了。

「不過，不是全部都能說。」

「因為妳想當成祕密保留？」

「應該說，沒辦法用言語說明，說不清楚。」

「但我還是想聽一聽細節。舉例來說？」

伊潔芙問這話時，目不轉睛地看著泰琳，於是泰琳將雙手舉至空中，然後像是要抓取空氣似的，輕輕收攏掌心又張開。

「索兒的世界有別於我的世界。偶爾我能感覺到這點。當我將身體交給索兒時，那麼世界並非出現在我眼前，而是會碰觸肌膚。風景猶如一陣風，聞起來有走廊的味道。它會凝結成團狀，然後又攤開來。如果用索兒的眼光來看伊潔芙老師……就會散發塵埃與泥土的味道，會有一股涼爽的風吹拂。嗯，還有一點點甜甜的味道。」

伊潔芙忍俊不住。最後一次在地上完成派遣任務回來多時，到現在身上還沾染了氾濫體特有的香甜氣味嗎？說不定那個叫索兒的傢伙就是氾濫體，所以才更敏銳地感知到同族的痕跡。

伊潔芙靜靜地注視著眼前的泰琳，驀然萌生一種奇怪的心情。伊潔芙至今明明就很痛恨氾濫體、氾濫體使生物體分解與腐敗的一切過程與成果，但對這孩子卻絲毫沒有那種感覺。即便她是個以最緊密的方式與氾濫體連結的孩子。

或許是因為腐壞作用尚未開始……

伊潔芙注視著孩子清澈明亮的小臉。一直以來，實驗中總有例外，有些實驗體遠遠超越了平均生存期，但那所有例外都無法導向推翻大前提的結果。無法改變的前提，那即是人類與氾濫體無法共享一個軀體，因為氾濫體會分解、摧毀人類的自我。

這孩子也會有相同下場吧。即便進入這孩子大腦中的氾濫體是習得以善良取代破壞、有感知的存在，也無法完全違反其本性。一如地球的岩層無法自我控制並停止令人心驚膽戰的地震，一如病毒無法阻止自身的繁殖。

雖做如是想，但一週後伊潔芙仍再次約了與泰琳面談。泰琳對「氾濫體所感知的世界」的描寫讓人興致盎然。又再過了一週，研究員面有難色地說泰琳主動想約面談，大概是覺得在伊潔芙的辦公室啜飲果汁、玩耍很有趣吧。而下一次的面談是伊潔芙約的。

都到這個份上了，伊潔芙是該承認了，自己確實對那孩子感興趣。剛開始她明確劃清界線，說自己只是對實驗體的大腦感興趣，但如今伊潔芙開始對這個叫做泰琳的孩子本身產生了興趣。泰琳聰明伶俐、好奇心旺盛，最重要的，是具有十足的實驗精神，她經常與自己大腦中的氾濫體玩起各種遊戲。

泰琳冷不防地對著正在喝茶的伊潔芙問道：

「伊潔芙老師知道索兒是什麼嗎？」

八成是妳往後會憎惡它、會破壞妳的存在吧。雖然腦中立即浮現了這個答案，但伊潔芙並未如此回答。即便泰琳終有一天會明白，但目前伊潔芙還不想告訴她。

「索兒……明確知道自己不是人類，因為它知道自己不具有跟人類一樣的身體，只是借用我的身體罷了。索兒與我的思考方式、在心中描繪世界的方式都不同。但是，這樣索兒是什麼呢？

我把全像投影圖書館的資料都讀完了，也沒有資料告訴我索兒是什麼。」

這聰穎的孩子究竟是猜到什麼程度了？事先阻止向孩子們解釋氾濫體的概念，以及具體說明地上世界，是為了防止孩子們一旦曉得腦中那玩意是氾濫體之後會飽受衝擊。只是，伊潔芙對此前提抱持疑問。對於打從一開始就不知道氾濫體會如何破壞人類的孩子們而言，氾濫體在自己大腦中的事實會帶給他們衝擊嗎？

伊潔芙沉思半晌，簡短地答道：

「查明那件事，就是我們要觀察你們的理由。」

「萬一查清楚了會怎麼樣呢？」

泰琳如此詢問，眼神中染上了一抹焦躁。

查清楚之後會怎麼樣？伊潔芙花了點時間咀嚼這個問題，但泰琳的問題錯了。打從一開始，除了那些孩子們以外，這些人早就知道他們腦中的東西是氾濫體，也早有結論——氾濫體與人類無法共生。最終，孩子們是知情或不知情，都是殊途同歸。

伊潔芙並不想說謊，也不想欺騙泰琳。伊潔芙盡可能給了個含糊的回答。

「知道之後……觀察就結束囉。」

泰琳愣愣地注視伊潔芙，然後問道：

「那我就自由了嗎？」

伊潔芙稍作停頓，經過長長的沉默才開口：

「是啊，妳會自由的。」

當伊潔芙約泰琳面談的情況持續，研究員們心想她大概是從此研究發現了耐人尋味的東西，而實際上也確實如此。泰琳與索兒締結的獨特關係，有兩個不同意識共享一副軀體的方式，以不同方式感知世界的兩個物種交換彼此感覺的方法，全是至今未曾見過的現象。

然而伊潔芙見泰琳的理由，不僅限於此。最後的日子，最後的一餐會以至高無上的佳餚款待死刑犯。先前聽到這故事時，伊潔芙心想這做法真無謂，反正都要死了，美饌佳餚又有何用？但現在伊潔芙似乎懂了為死刑犯精心準備餐點的心情。

泰琳渴望知道世上的一切。生命為什麼存在，孩子們為什麼長大後變成大人，吃喝的東西是由什麼構成的，為什麼推玩具時它會被推開，往牆上一扔時卻會彈開，而伊潔芙教導泰琳泰認識了一片片世界拼圖。那些碎片在伊潔芙看來僅是微不足道的知識，泰琳卻視之為寶物。伊潔芙慢慢地把更多事告訴了泰琳，因為若是贏得泰琳的信賴，就能獲取更多情報。儘管內心作如此盤算，但伊潔芙早就明白，其實理由不光是這樣。

從某一刻開始，伊潔芙單純就只是想這麼做。她想告訴泰琳，這世上有太多驚奇，若是將其一片片聚集起來，就能依稀描繪出整體風景；她想讓泰琳見識，哪怕無法澈底理解那風景，也能感受到它帶來的龐大情感。這事說來也奇怪，因為泰琳就是個即將死去的孩子，就算見到那些風景，生命也不會延續下去。儘管如此，伊潔芙仍繼續這麼做。

伊潔芙交付給泰琳的不過是小小的碎片，泰琳卻將那些碎片綜合起來，逐漸描繪出整幅畫。時而，泰琳超越孩童推論能力的思考水準教伊潔芙大感詫異。她也曾心想，會不會那並非出於泰琳，而是源自在她大腦中的索兒？或許，是兩者的混合體才使這有了可能。伊潔芙經常凝視書桌前坐在自己對面的泰琳的眼睛，想著這孩子究竟是不是氾濫體呢？是我所憎惡的對象，又或者……

「老師您其實不是真正的老師吧？」

當泰琳這麼問時，伊潔芙早已對意想不到的提問習以為常，但她倒是很好奇泰琳是怎麼看出來的。也對，不久前泰琳就問過伊潔芙為什麼一次也沒來教室，大概就是聽說了其他孩子不會與伊潔芙見面才知道的。

伊潔芙凝視泰琳片刻，然後說：

「是啊，我本來是派遣者。」

「派遣者？」

「是稱呼調查地上世界的人。」

在此之前，伊潔芙向泰琳傳授了無數的知識碎片、構成世界的碎片，但並未提過地上世界為氾濫體所覆蓋，人類再也去不了那裡的事。她只說了，人類目前居住於行星的地表之下。伊潔芙心想，泰琳馬上就會問起派遣者是什麼，地上是個什麼樣的地方了，但她猜錯了。

「現在不是嗎？」

「我會回去的。」

等時機成熟。伊潔芙嚥下了這幾個字，泰琳也沒問那是什麼時候，她只是閉上嘴靜默良久，之後才小小聲地說：

「那我也想當派遣者。」

伊潔芙很好奇泰琳曉不曉得那是什麼，如果不知道，又為什麼想成為派遣者。想必她說這話，單純是孩子們特有的、沒想太多就脫口而出的話，但萬一她是出於真心……

伊潔芙還沒來得及提出疑問，門那頭便傳來敲門聲，是研究員要來帶走泰琳。泰琳並未與伊潔芙有眼神交會，逕自站起身。直到開門離去前，泰琳都很反常地沒有恭敬鞠躬道別，也沒有說「老師再見」。她只是注視著伊潔芙，像在等著伊潔芙提出什麼樣的問題。

但伊潔芙不再說話，而泰琳最後一次直視伊潔芙後，便轉頭踩著小碎步匆匆離去了。

直到門關上後，伊潔芙依然注視著泰琳離去的座位許久。無數的思緒、無數的糾結來來去去。真是怪了。

為什麼就沒法果斷地說出「妳無法成為派遣者」呢？

也是在那時候，伊潔芙對氾濫體抱持的想法有所轉變。

氾濫體是人類之敵，氾濫體無法與人類共存。伊潔芙向來都要比誰更深信這前提是絕對性的，也比任何人都要憎惡氾濫體，但當她觀察泰琳時卻不免萌生疑問。也就是說，氾濫體真是人類之敵？此信念是毫無破綻的嗎？伊潔芙自然曉得，泰琳是萬中選一的例外，不能以一概全。但即便如此，無庸置疑的例外，這使伊潔芙的信念體系出現了裂痕。

「帕洛汀，妳提出了極為奇特的提案。」

星所長皺著眉關掉了螢幕。書桌上可看到伊潔芙提出的後續實驗計畫書，以及在上頭寫得密密麻麻的紅字。

「竟說要針對共生的可能性進行後續觀察，妳可想過有人會認為這提案存有不良企圖嗎？」

「這並不是要接受氾濫體，而是觀察未來生存的可能性。發生在此小組實驗體身上的，是已然發生也無法否定的現象，那麼就應當積極地取得數據資料。倘若氾濫體在大腦內，人類卻能以自我未遭分解的狀態活下去，那不也可能成為下個世代的生存方式嗎？」

「下個世代的生存方式？這種說法還真是傻氣啊。」

星所長一臉訕笑，啪的一聲闔上企劃書。

「我真沒想到帕洛汀老師妳是這樣的人。」

他直勾勾地盯著伊潔芙的雙眼，問了：

「妳查看過實驗體的諮商紀錄沒有？」

「看過了。」

「這個叫做鄭泰琳的實驗體替氾濫體命名，把它當成朋友看待，甚至還讓它探索、控制自己的身心，這與癲狂症的本質有何不同？」

「癲狂症是自我的解體，是最終導致宿主走向死亡的現象。相反的，此時氾濫體發生的現象並非自我的解體……」

「就是這個。一副身軀能有兩個自我並存嗎？如果不是，對人類來說仍是自我的解體，這不是不證自明嗎？」

星所長打斷伊潔芙，手在空中揮了揮。

「確實看起來就是這樣呢。『假想朋友』嗎？孩子們的假想朋友是會維持一輩子的嗎？讓我們想像一下讓那實驗體繼續成長吧，那成長之後呢？試想還有另一個意識體系在觀察你的一舉一動吧。有個就算想分開也絕對分不開，能隨意控制自己身體的存在，人能不發瘋嗎？即使現在看起來正常得很，但最終還是會瘋掉的。」

伊潔芙閉上了嘴。她雖然很想說，以獨立自我活了一輩子的成人與自小與其他自我生活的孩子們的觀點不同，但心中早已有了答案的星所長不會接受伊潔芙的說法。

星所長乘勝追擊。

「帕洛汀，請進行孩子們與氾濫體分離的實驗。」

伊潔芙的臉不由自主地僵住了。

「太操之過急了。還有待觀察。這些孩子是在與氾濫體的結合中存活下來的，沒必要急於將其分離。」

「區區一個實驗體的例外，帕洛汀老師妳就提及了共存的可能性，萬一這件事傳到外頭了會怎麼樣？又會有多少不良企圖來來去去？這並不是要中斷實驗，唯有這方法才能讓這些實驗體恢復正常。」

「但數據資料尚未……」

「帕洛汀，妳不也知道嗎？所以妳才會從一開始就準備其他計畫嗎？這項實驗最好盡快處理，早早了結。萬一分離實驗成功了，那才真是美事一樁啊。孩子們能獲得抗性，又能一舉消滅氾濫體，屆時就真的是新人類誕生的時刻了，而不是像現在這樣被氾濫體扒食大腦的形態。」

雖然很想反駁，卻少了名分。直至不久前，伊潔芙也與星所長抱持相同看法，所以一直專注在其他計畫上頭——直到遇見了泰琳。還有，泰琳確實就只是個特別的例外。伊潔芙絕對無法迴避這個事實。

即便星所長下達了指示，伊潔芙依然持續觀察第十二號小組。她心想，若是孩子們有進一步的觀察結果，或許所長也會改變心意。然而要不了多久，泰琳以外的孩子們發生嚴重問題，導致伊潔芙無法再提起共生後續研究的事。

撇開與氾濫體形成穩定相互關係的泰琳、沙緒子、耶丹以外，多數孩子們身上都發現了致命性的問題。剛開始氾濫體人概就只是在腦中揚起有趣的水波，若是向它搭話就會收到回答、很有意思的假想朋友，但是卻逐漸開始對孩子們的身心直接造成影響。孩子們的感覺變成二元化，無法辨別事物，也經歷了記憶上的混亂，從頭疼、頭暈、嘔吐等相對輕微的症狀，到嚴重高燒、幻聽、幻覺、譫妄等各種症狀都出現了。

為何僅有部分孩子們與氾濫體形成穩定關係呢？按伊潔芙的推論，其原因在於開放性的差異。比方說，泰琳就沒有堅持非得由單一自我占有單一軀體不可，她會任由索兒隨心所欲地探索、使用自己的身體。儘管那會有讓人感到異常、不快與疼痛的時候，但泰琳似乎是認為索兒也有那樣的權利。對泰琳而言，身體不單是屬於自己，而是能與其他自我共享之物，但對其他孩子們來說，那種想法本身就令人渾身不自在。還有，事實上幾乎所有人都接近後者。

一個月後，回到辦公室的伊潔芙看到了放在桌上的實驗批准文件，那是將孩子們與氾濫體分離的實驗。

「在確保安全性之前我無法批准，企劃細節太過草率了。若是在準備不周全的狀態下強制移除氾濫體，孩子們可能會送命的。」

伊潔芙以不安全為由拒絕批准實驗，但除了她以外的其他研究員均主張必須進行實驗。最終，是星所長親自批准了文件。實驗勢在必行。

問題並不只在於孩子們馴化氾濫體，氾濫體也同樣馴化了孩子們。這等於觸犯了禁忌。若是氾濫體支配人類，那就等於親手放棄了當人的權利。在星所長與其他研究員看來，泰琳不僅與氾濫體締結了過度親密的關係，也對氾濫體產生了依賴。

星所長蹙眉，對著再度找上門的伊潔芙說：

「我們是為了征服氾濫體才研究它，是為了控制氾濫體，使其從地面上滅絕，可是人類卻反過來遭到氾濫體操縱，這樣的研究結果有誰會樂見其成？」

伊潔芙無法否定所長的話。確實不只有泰琳單方面控制索兒，索兒也同樣在控制泰琳。在某些時候，索兒對泰琳造成的影響更為劇烈。兩者的世界並非以分離的狀態各自存在，而是互相交纏，牽一髮而動全身。有時，就連伊潔芙也出於本能地對那產生了抗拒感與厭惡感，畢竟，她是在無可避免地憎惡氾濫體的環境中長大。

翌日，泰琳跑來伊潔芙的辦公室。泰琳最近似乎從「老師」們身上感知到異常的氣氛。伊潔芙一言不發地注視著嘰嘰喳喳地說著與孩子們之間發生哪些事的泰琳。

「伊潔芙老師，您最近怎麼沒說要面談呢？」

伊潔芙看著似乎有些鬧彆扭的泰琳，內心百感交集。應該告訴她嗎？說索兒馬上就要消失了，妳會變成原來的泰琳，就算妳感到萬苦萬分也無能為力。

「和索兒相處得還好嗎？」

「很好！我們開發了新遊戲。這是只有在關燈時才能玩的。當我閉上眼睛，索兒就會移動我的手指，抓住棉被……」

泰琳興沖沖地說起了利用棉被玩起感覺轉移遊戲的事，接著在某一刻冷不防地說了一句：

「可是，最近索兒的脾氣有點暴躁。」

「怎麼了？」

「它會沒來由地讓我頭疼或刺我的手指。它生氣了，說想知道自己為什麼在我腦中，怎麼其他孩子都不像我這樣，但我也無法為它做什麼呀，我也同樣不知道索兒是什麼……」

伊潔芙目不轉睛地注視泰琳，問她：

「不過和索兒相處大致上對妳來說是件好事？」

「是滿好的，但……現在我也搞不清楚了，好像沒辦法一個勁的說好。嗯，並不是一直都很好。」

「意思是也有討厭它的時候吧？」

泰琳稍作思考，點點頭。

「嗯……對，確實是這樣。」

這時伊潔芙才正視泰琳的眼睛，似乎明白了身為觀察對象的孩子們無法跨越某個時間點的理由。既然生為人類，這些孩子們就會在成長過程中逐漸形成自我意識，因此兩個意識絕對無法共存，因為人類既有的自我會與氾濫體起強烈衝突。

直至目前，伊潔芙主要是將焦點放在泰琳與索兒形成的關係中的正面性，卻對重要的事實視若無睹。孩提時期的朋友無法永久。最重要的是，無庸置疑的，索兒不是朋友而是寄生的存在。要是泰琳沒活著，索兒也無法以目前形態擁有自我並活下去。

換句話說，泰琳同樣無法持續這段關係。伊潔芙想看到泰琳成長的模樣，想看她平安健康地長大，走向更寬廣的世界。若是可能，伊潔芙想讓這孩子看看那樣的世界。如此一來，泰琳與索兒的關係就必須在此終結。反正氾濫體若是留在腦中，泰琳也無法離開研究所。別說是要成為派遣者的夢想了，生活在拉布巴瓦這件事都不會獲得許可。
伊潔芙決定要親自參與分離實驗，實驗準備進行得非常順利。實驗在即的某日，一名孩子出現了嚴重的恐慌症，孩子們在隔離室內打起群架，而泰琳也在勸架時被嚴重劃傷了臉。星所長下達指示，趁實驗體的狀態更形惡化前要盡早執行分離實驗。
時間一提前，伊潔芙的內心開始萌生不安。
這樣做果真是正確的嗎？若是實驗成功，孩子們就能摸索嶄新人生，也找到了獲得抗性的方法，因此對人類也大有貢獻，但……萬一實驗失敗的話呢，那麼這些實驗體，泰琳又會變成什麼樣子呢？
但都到這節骨眼了，想這些毫無意義。決定已拍案，伊潔芙非得讓它是變成正確的決定，這是為了泰琳，也為了伊潔芙自己。
實驗體身上注入了分離藥物。

第一週沒有異狀，情況看似有所好轉，孩子們的感覺異常與恐慌症立即停止了。孩子們對於與氾濫體的相互作用突然中斷感到措手不及，但至少表面上狀態有所改變。
再下一週，研究員每天密切監控孩子們的身心狀況。身體指標在各方面都有了改善，孩子們變得更加健康，也恢復了活力。平時與氾濫體締結親密關係的幾名孩子在心理諮商時表達內心的不安，但除此之外毫無問題。

難得一見的希望曙光令研究所上下士氣大振。在癲狂症抗性測試中，孩子們拿到了近乎完美的分數。若是後續實驗大獲成功，等於就有了以人為方式獲得癲狂症抗性的方法。每日晨間研究會議中充滿了樂觀的展望。

可怕的事是在這之後開始的。

凌晨四點，一陣砰砰敲門聲吵醒了伊潔芙。全像投影螢幕亮起，顯示有二十封未讀訊息。一打開門，站在門口的研究員臉色蒼白如紙。

有半數的孩子們在夜裡死亡了。聽到警報聲後前往寢室的研究員們忍住嘔吐的衝動，紛紛奔逃到外頭。因為有人事先巧妙地將監控鏡頭轉向他側，弄壞了緊急呼叫鈕，因此直到警報聲響起之前，研究員們都不知道發生了什麼事。監視器就只錄下了孩子們不停喃喃自語的聲音。

讓我出去，把我從這裡面放出去……

在那房裡，唯一沒死也沒受傷的孩子就只有泰琳一人。泰琳拒絕為發生什麼事作證。

但其他研究員查看了在其他房間的孩子們發生的事。孩子們的大腦中，兩個自我起了強烈的衝突，彼此都打算消滅對方。分離藥物導致氾濫體面臨被除去的威脅，因此更劇烈地擴散至大腦與身體。氾濫體徹底覆蓋了孩子們的大腦，研究員將剩下的孩子們的手腳捆綁，加以約束，讓他們無法自殘，但孩子們早已從體內開始逐漸死去。

彷彿被真菌類感染般的奇異青色與綠色斑點在皮膚上擴散開來，視力模糊，肌力逐漸弱化，對話也開始有困難。感覺異常的現象發生，孩子們出現敵對、具攻擊性的行為，澈底喪失了對時間與空間的認知。

「將發病的孩子們與未發病的孩子們分離開來。」

「如今尚未發病的實驗體就只有一個。副所長您不也知道嗎？癲狂症並不是會傳染的現象，現在孩子們都說不願分開，要是強硬拆開他們，心理上反而會更……」

「請將他們分開，其他實驗體會傷害泰琳的。」

「泰琳在抗拒。」

「強制分開他們！」

「但是……」

看到研究員猶豫不決，伊潔芙氣沖沖地大步走在走廊上。她強行打開隔離室的門，進入內部。泰琳拒絕隔離，奮力地大喊說要跟其他孩子待到最後。有好幾名研究員衝上來拉開泰琳。泰琳抬頭望著伊潔芙，跑過來纏著她哀求：

「老師，是因為我說討厭索兒，所以您要帶走索兒嗎？對不起，我不是真心的，請您別消滅索兒……」

伊潔芙強硬的心崩塌了。泰琳露出了被奪走全世界的表情，一臉的絕望。

「是騙我們的吧？您不是來幫忙的。不過沒關係，我會原諒您的，因此拜託您留下索兒，請別帶走它，求求您。」

那雙眼睛曾朝著伊潔芙投來憧憬與深情的目光，如今卻逐漸染上絕望。伊潔芙什麼話都說不出口，就連一句抱歉也無法。因為她也同意這項實驗，努力想讓這變成正確的決定。研究員強制在泰琳身上注射鎮靜劑，至於其他孩子還來不及採取措施就全數死亡了。

注射鎮靜劑後，泰琳幾乎陷入沉睡。研究員表示泰琳的大腦掃描結果相當不穩定，雖然目前尚未死亡，但完全無法掌握狀態如何。氾濫體一下子顯示為殘留狀態，但下一次掃描時又消失了。

依序宣告實驗體死亡的醫生在檢視泰琳的狀態後表示，雖然大腦內的氾濫體好不容易消失了，但大腦機能可能受到永久性的損傷，而記憶喪失的可能性最大。醫生說，大概因為分離實驗後大受衝擊，所以為了保護自己而啟動了防禦機制。

伊潔芙在一旁守護看似沉睡又彷彿逐漸死去的泰琳，心想著究竟是從哪裡開始出了差錯。問題是出在把心交給了打從一開始就不該交心的孩子身上嗎？是因為認定這孩子是獨特的個體？所以將這孩子說的話過分放在心上，被共生這個荒誕概念澈底動搖，所以這一切才會發生嗎？

「……伊潔芙老師？」

當發楞的孩子回過神時，以沙啞的嗓音準確呼喚她的名字時，伊潔芙的心臟差點漏了一拍。她還沒失去泰琳，泰琳依然記得伊潔芙，這孩子就在這兒，分毫不差。

這事實何以如此令伊潔芙感到安心，同時卻讓她心碎呢？

伊潔芙張開雙臂摟抱孩子。除此之外，她什麼都不能做，也無法說出隻字片語。

透過摟抱泰琳的雙臂，感受到她在啜泣的顫動。伊潔芙的衣服濕成了一片。泰琳在哭泣，什麼都不記得的她流下了淚水。那孩子究竟失去的是什麼，往後她無法憶起，永遠也無法。

伊潔芙把泰琳帶回家一起生活了一年，時間很短。

在進行分離手術的實驗體紛紛死亡後，總部打算將泰琳做報廢處理。泰琳大腦中的氾濫體反應雖然消失了，但總部認為泰琳等於是與氾濫體共生的可能性與殘酷實驗的證據，若是留下她，必有後患。

為了把泰琳帶回城裡，伊潔芙賭上了自己的職涯，申請了最危險也十分耗時的長期任務。伊潔芙也發誓會負起責任，即使往後泰琳長大成人，仍會在派遣總部的監視體系下。直到長期派遣任務啟程之前，伊潔芙必須定期報告泰琳的記憶恢復狀態。

與泰琳相處的這段時間，伊潔芙了解到泰琳把關於氾濫體的記憶全數遺忘，對保護所的記憶也不例外，但泰琳只清楚地記得關於伊潔芙的一切。泰琳記得伊潔芙讓她見識了世界的點點滴滴，清晰地記得地上世界漫天的晚霞與星光閃耀的夜空，以及派遣者探索那個地方後返回的故事。泰琳雖然不記得遇見伊潔芙的契機，但記得自己企盼成為跟伊潔芙一樣的派遣者。

伊潔芙想將地上世界獻給泰琳，想將晚霞與繁星餽贈予她。若僅是成為派遣者，體驗地上世界是什麼樣子還不夠，若是泰琳有朝一日能成為派遣者，雖然能與伊潔芙一起見識地上世界，但那不過是使渴望更加急切罷了，並非實質意義上的獲得地上世界。為了歸還地上世界，就必須收復地上世界；有繁星、晚霞與碧海的星球，必須成為人類手中之物。

若是能親眼目睹重返人類手中的星球，泰琳也會理解的，這顆星球原本就該屬於人類。

一年後，伊潔芙擔任了執行五年長期任務的派遣者隊長。直到啟程前，伊潔芙都沒告訴泰琳，這項任務危險重重，說不定會一去不返。換作是從前，她肯定沒有一絲猶豫，頭也不回地就離開了，但這是第一次伊潔芙感覺到有了非回城市不可的理由。死亡，開始令她感到恐懼。

伊潔芙不敢正視泰琳的臉，告訴她從明天開始就見不到面了，因此她在熟睡的泰琳枕邊留了一封信，然後她收拾行囊，去了賈斯萬的家。

賈斯萬一臉冷酷地說：

「妳參加這場考察活動並不是為孩子著想，只要想到妳對這孩子幹了什麼好事，那份憎惡就該轉換方向，不是嗎？」

伊潔芙怒瞪著他，卻什麼都答不上來。

儘管如此，伊潔芙想的與賈斯萬不同。過去數年間伊潔芙獲得的慘痛體悟是，地下的人們絕對不會接受與氾濫體共生，如此一來，唯有這麼做才是解答——前往地上世界，找出收復地上世界的方法。

在地上度過的五年，伊潔芙經歷了各種事。她發現了經過漫長捕獵，以為早已被殲滅的樹沼人的居住地，收集了氾濫體以智能體行動的諸多證據，還有最為關鍵的，是找到了破壞氾濫體的方法。有些時候，當伊潔芙面臨死亡的威脅，她就會想著自己所知道的那雙最為閃耀的眼神。

那孩子會見到繁星的，或許還會再次前往星辰。她將會再次收到邀請，回到人類遭到驅逐的世界的。伊潔芙盼的就只有這樣，然而為了這個目標，她還有許多事非去做不可。

結束地上任務回到城市時，泰琳一晃眼長大了許多。每當在學術院碰到面時，泰琳貌似在迴避伊潔芙，又好似有些尷尬，直到她迎來二十歲生日，便用她的裝置傳了一張照片，上頭是學院派遣者課程的入學證。

開始上派遣者課程的泰琳，申請讓沒擔任過教官的伊潔芙擔任負責教官，而在此之前，向來無條件拒絕教授學院課程的伊潔芙，則是因為泰琳而不得已負責了一門課程。

辦公室的門開啟，泰琳從門縫探出了頭。多年前的那一刻頓時浮現腦海。對地上一無所知的孩子，帶著充滿好奇心的眼神在書桌前徘徊，以及在黃銅色地球儀前視線久久無法移開的那些日子。

轉眼間，不論是伊潔芙或泰琳，都來到了距離那些日子好遠的地方，但某些方面卻一如既往。彷彿要將世上的一切全數吸入般閃閃發亮的眼神，哀求著伊潔芙說更多故事般的表情，還有像當年一樣，當眼神與伊潔芙有了交會時，泰琳那沒有絲毫閃躲、凝視她良久的視線。當年，兩人也面對面坐在這兒，泰琳說了要成為派遣者，訴說自己想與伊潔芙一起前往地上世界。

伊潔芙詢問站在書櫃前的泰琳：

「妳還記得嗎？」

泰琳迎上伊潔芙的眼神，答道：

「當然記得了。」

接著，泰琳露出了笑容。

第三部

1

喀噠，掛在粗鐵鍊上的嚴禁出入指示牌晃了一下。

仙奧朝著沒有一點燈光的黑暗打開了手電筒，圓弧狀的燈光散開，照在裸露的建築骨架上頭。杉達灣南部的封鎖區域，雖曾是拉布巴瓦最活力四射的區域，但發生事故後便成了任何人都不得接近之地，仙奧就是來到了那個地方。

用四重防護的鐵鍊纏得緊緊的，彷彿絕對不允許任何人出入似的，但仙奧敲了敲鐵鍊，找出了鬆脫的部分。她趴伏在地上，往鐵鍊的底下鑽了進去。雖然全身沾滿了塵土，但她只是隨意用手拍了拍。

將手電筒往左右側照時，看見了好幾棟傾頹殘敗的建物。建物的牆面上用噴漆寫了無法辨識的文字。隨著城裡人口逐漸過度密集，也有人商討重建杉達灣南部，但每次都因為考慮到氾濫體殘存的危險而頻頻告吹。這是個不會有任何人現身的地方，沒人會冒著危險強行跑到這種地方來，唯有不懂事的孩子們原本想偷偷潛入進行廢墟探險，但過了許久後被人發現屍體的傳聞流竄。至今跑遍拉布巴瓦各種禁區的仙奧也是初次來到這裡。不出所料，放眼望去盡是荒涼蕭索的景象，不過，確實是不太尋常。

「傳聞那麼可怕，結果也沒什麼嘛。」

仙奧側頭納悶，關掉了手電筒。仙奧素來以感知氾濫體的能力不亞於派遣者老手為傲，可是卻什麼痕跡也沒察覺。就算她閉上眼，感受空氣中的氣味、氣流、聲響、腳下的震動等也一樣。

她小心翼翼地避開堆積成幾乎有成人一般高的玻璃碎片並走了過去，也經過堆放泥土、岩石、栽培室內會用上的花盆或肥料等的地方。無論任何地方都不見氾濫體的痕跡。

「那這裡究竟為什麼要封鎖啊？」

仙奧自言自語的音波撞上了某處又彈了回來。不知不覺地，雙眼習慣了黑暗，開始能夠辨識眼前物體的輪廓。看到了有好幾口龐大的金屬桶，一條從金屬桶延伸出來的長管道通向一棟被鐵絲網包圍的建物，管子內有什麼在流動。仙奧皺眉觀察起這棟建物，似乎沒有半個人，但卻是在運作的。

這就怪了，若此區域真有氾濫體殘存、繁殖的話，工廠生產的物品，工廠本身都會立即受損。如果先前能打造出足以抗衡氾濫體的工廠，地上肯定早就有無人工廠園區進駐了。換句話說，必須把此地視為其實並沒有氾濫體。可是，當局卻持續封鎖了這個地方，氾濫體繁殖的傳聞也沒有澄清，而那八成是……為了隱藏在這裡的某件事。

仙奧瞪著眼前的黑暗想道，究竟是想隱藏什麼？要乾脆進去一探究竟嗎？單槍匹馬的，太過危險了——儘管來到這也已經夠危險的了。要是與泰琳同行的話，還能要她幫忙把把風呢。

仙奧想著前往地上世界後超過一個月都毫無音訊的泰琳。她會走得多遠呢？是在歸來的路上嗎？應該不會發生什麼事吧？

泰琳在派遣者最終任務中引發氾濫體恐怖事件時，賈斯萬大叔當身阻擋泰琳，結果被氾濫珊瑚刺傷，隨後監視機器鎮壓時又遭受波及，陷入昏迷整整四天。賈斯萬一醒來說的話就是「要趕緊讓泰琳逃跑」。他說當局肯定會驅逐泰琳，提議暗地帶著泰琳逃到貧民窟。仙奧原以為賈斯萬是還沒恢復神智，所以在胡言亂語，但很快就理解了他何以這麼說。身為親身經歷過地上世界的派遣者，賈斯萬是判斷犯罪分子龍蛇雜處的地下貧民窟遠比地上安全得多。

但伊潔芙搶先了一步，讓泰琳參與派遣任務，免於驅逐刑。賈斯萬與仙奧是在泰琳離開後才得知此事實。就在仙奧怒氣沖沖地說怎麼會派才剛通過派遣者測驗的菜鳥去地上世界，得趕緊追上泰琳才行時，賈斯萬倒是很冷靜地回應：

「伊潔芙·帕洛汀不會眼睜睜地讓泰琳去送死的。」

賈斯萬提及伊潔芙時總是語帶冷淡，但他並不否定伊潔芙是以自己的方式疼愛泰琳。如果是她，就會不計手段地守護泰琳。仙奧至今還不曉得該如何判斷伊潔芙這個人，關於伊潔芙，泰琳向來就只說一堆好話，就好像她深知伊潔芙不為他人所知的溫柔面貌。所以仙奧反而難以相信伊潔芙。仙奧多少看出了泰琳是對伊潔芙懷抱什麼樣的心情，也曉得愛意有時會讓人看不清對方的暗影。

但若是賈斯萬大叔這麼說就有可信度了，因為他要比任何人都疼愛泰琳。此外，他期望泰琳平安無事並非出自不切實際的樂觀，而是基於對伊潔芙的冷靜評價所做出的判斷。仙奧收起了要去追上泰琳的計畫，相較於那件事，目前泰琳的「那個問題」更重要。

也就是說，仙奧想試著調查那個問題，泰琳突然開始聽見的那個聲音。伊潔芙果斷地表示那是神經磚程式出錯，但一開始仙奧就不相信她的推論。仙奧在神經磚非法手術室那兒幫忙做了各種雜活，鍥而不捨地向院長追問，但只被說了一頓。

「哎喲，妳這傻女孩，我不是說過了嗎！就神經磚的原理上那是不可能的。要不是那女孩兒說謊，再不然就是真的發瘋了，兩者之一。如果她沒被抓進了癲狂症治療所，我倒是想替她檢查看看呢。」

院長老是追問那女孩兒是誰，仙奧總覺得有些危險，所以就找機會適時脫身了。下個目的地是仙奧與泰琳度過幼年時期的巴圖瑪斯兒童保護所。會不會是兩人記不清的那個時期發生了什麼樣的事？像是雖然沒有對仙奧造成影響，卻對泰琳造成影響，又或者以各自不同的方式影響仙奧與泰琳的事。

但保護所早在許久前就遭到封鎖，而且能接近的所有路徑都被堵死了。甚至保護所遭到封鎖的來龍去脈都全數被刪除，不僅是資料庫，實體資料也找不著。

仙奧決定繞道而行。

半年前開始感知到的那個訊號，始於地上世界的遠方，傳入地下，使圍繞城市的岩石以奇妙方式發出共鳴震動。剛開始感知到那個訊號時，仙奧以為那是地震或崩塌的前兆，但城裡任何地方都沒發生地震或崩塌，不久後，震動的模式變了。

接連幾個月，仙奧豎耳細聽地盤震動，後來很確定它蘊含了某種訊息。會不會是地上的某人往地下傳送求救訊息呢？但這就有點奇怪了，地下能感知道此訊號的人少之又少，對方又是在期待什麼協助呢？

感知到訊號的不只是仙奧。雖然不比仙奧，但對震動與聲響十分敏銳的泰琳也感覺到訊號了。泰琳還說自己聽見了奇怪的說話聲，彷彿是在回應那個訊號似的。引發泰琳失控的「那個問題」，還有從地上傳來的震動訊號，兩者之間必有關聯性。仙奧正是追隨那個訊號前行，然後在此時抵達了此處，杉達灣南部的封鎖區。

仙奧屈膝跪下，將耳朵貼於地面。一路追蹤的那個訊號，在抵達此處後變得更加清楚。只是目前還有沒搞懂的謎團，仙奧再次起身往前走。

狹窄的道路兩側散落著廢棄的管理機器人，從腐蝕狀態或灰塵覆蓋的程度來看並不是太過久遠的東西。仙奧走了許久，最後碰上了一棟建築物。她用手電筒一照，發現是一棟有小型窗戶、房間數眾多，建造風格在拉布巴瓦不常見的建築物，看起來是能收容多人的設施。什麼動靜也沒聽見，此時似乎沒人居住在這裡。建物周圍有看起來潔淨無塵埃的生活器具與玩偶之類的掉在地上。分明是直到現在還有人居住在此的痕跡。這是怎麼一回事呢？

仙奧繼續跟著訊號往前走，碰上了一條窄巷。

路的盡頭什麼也沒有，就像路只開鑿一半就停下來了，一面岩牆擋住了前路。仙奧轉身試著想找其他路，後來抱著姑且一試的想法摸了摸牆面。摸索了一會兒，發現那並不是單純的岩石。仙奧感覺到彷彿有人刻意製造出的縫隙，用力推了一下牆面。

伴隨著石頭被割劃的聲響，門開啟了，眼前出現了通道。

通道十分低矮狹窄，只能勉強讓一人通過。仙奧一邊觀察地面，一邊小心翼翼地前進。狹隘的空間內充滿了詭異的氣味。這條路是通往何處呢？

通道的盡頭出現了一扇門，上頭有個看起來少說超過十年的舊式生命體辨識裝置，似乎至今還連接著電源，啟動燈的紅燈是亮著的。要是亂碰的話，說不定警報會大作，仙奧遲疑了半晌，接著轉過了身。要是不由分說地就進去，似乎會碰上棘手的事。

可是，說不定……仙奧驀然對這空間還有門感覺到莫名熟悉。是自己從前曾經來過這種地方嗎？記憶並不清晰，也難以言喻，但填滿這條通道的粒子、聲音等，在在都刺激了本能的感覺。

仙奧再度轉身，走到門前，小心翼翼地掀開了生命體辨識裝置的蓋子。即便是允許出入的人，也可能發生辨識錯誤的狀況，想必不會因為一次錯了就立即響起警報，那就值得試上一次。

仙奧將手放在辨識裝置上頭。

「搞什麼啊？」

啟動燈轉為綠色。仙奧嚇得往退後了一步，看到了右側裝置輸出全像投影螢幕，顯示與辨識的生命體指紋一致的檔案。上頭有她的名字，姜仙奧，還有她的臉……是幼年時期的仙奧的臉，還不到十歲的模樣。

螢幕最底下還浮現其他字。

〔身分類型：實驗體〕

鏘啷一聲，門開啟了。

恍然大悟的同時，感覺身體的汗毛全都豎起來了。現在她似乎明白這前面有什麼了。前身為巴圖瑪斯兒童保護所，又或者說，是偽裝成保護所的實驗室。原以為多年前就已經遭到封鎖，但實際上不僅沒被封鎖，說不定還依然持續進行實驗。仙奧必須親眼瞧瞧此時有什麼事在發生，她關掉手電筒，走進了漆黑之中。

藥品味瀰漫，肌膚感覺到冰涼的氣息。細聽聲音，每跨出一次步伐，腳步聲就格外響亮。天花板很高，這是個挑高巨大，同時又被關閉的場所。空氣中充滿了鬧哄哄的聲音，但那不是一般的說話聲，而是以透過某種其他形式傳達出的嘈雜聲。仙奧繼續走下去，沿著筆直的路前行，在強烈能感受到那些嘈雜聲之處停下佇立，接著將手電筒的亮度調到最低後，往右側開燈。

玻璃牆的另一頭看見了人的剪影。不只是一名，有好幾人。一群人身穿囚服般相同的服裝站立著，所有人的頭髮都修剪得極短，身上有明顯傷痕。仙奧往後退了一步。

「你們，是誰？」

無法確知他們是否聽見聲音，但仙奧感覺到他們正在聽自己說話。人們的眼神不約而同地集中在仙奧身上。

「是誰把你們關在這？」

她萌生一種異樣的感覺。與他們的眼神交會時，仙奧的內心錯綜複雜，卻又感到困惑與親密。她感覺到這群生平初次見到的人與自己是相似的，但不是基於外在的樣貌或過去經驗，而是以存在本身……真的是相同「物種」的感覺。若是混雜在人類之間生活的人類亞種*發現了同族，是否會有這樣的心情？

仙奧不明白這種感覺始於何處。光是看到被囚禁的他們，仙奧就彷彿同樣身歷其境般地感到窒息。看到他們滿是傷痕的身體時，仙奧也像自己受傷似的感到疼痛。這些人究竟是誰，為何帶給她如此陌生卻又熟悉的感覺。

「究竟為什麼……」

仙奧依然注視著他們，手持照亮的手電筒往前走。他們往玻璃牆靠近，接著抬起手開始敲擊玻璃牆。砰、砰、砰，玻璃牆開始震動。是打算擊碎牆面嗎？不，這……是在說話，是一種語言。某種震動、聽覺的訊號在說話。

他們與仙奧相同，是與仙奧有相同遭遇的人，以相同方式變異的存在。砰、砰、砰，敲打聲持續，玻璃牆猛烈晃動，但牆面沒有碎裂，他們依然受困其中。

必須摧毀這道玻璃。仙奧開始摸索玻璃牆。砰、砰、砰。某處一定有門，一定能找到敲碎玻璃的工具，一定能把他們釋放出來，但是光線過於昏暗，以致不知現在置身何處……

走廊突然亮起了燈。

* 譯注：Subspecies，同一物種因地理隔離或其他因素形成的不同群體，具有一定的形態、生理或遺傳差異，但仍能與其他群體進行繁殖並產生後代。

光線太過刺眼，仙奧一時沒回過神。在她還沒意識過來時，某人正朝著走廊盡頭走來。仙奧迅速轉過頭。

「那張臉，好久不見了啊。」

熟悉的嗓音在走廊上迴盪。

「我早知道如果有誰會在這，那人會是妳。」

射下的光線讓仙奧的眼睛發疼，但她仍無法將視線從靠近的那人身上移開。垂落至肩下的紅髮、充滿魅力的茶褐色眼睛與冰冷的眼神，那是仙奧明確知道，卻一次也沒想過會在此遇見的人。伊潔芙．帕洛汀就在她眼前。

「妳為什麼在這……」

「再次回來，有什麼感想？」

伊潔芙停下腳步站著，直視仙奧。

「再熟悉不過了，是不是？」

她朝著仙奧微微一笑。仙奧還來不及回答什麼，她就輕輕地按下了拿在手上的某樣東西。

下一秒，一股強烈劇痛朝仙奧襲來。

伊潔芙以全像投影螢幕查看了攤開的地圖，一切準備都按部就班進行，確認了目的地的座標，前往目的地的載體也處於待命狀態。還有她向來最花費心思的，關於泰琳的問題也處理得很順利，至少目前為止是。

泰琳正在平安返回城裡的途中。兩天前，伊潔芙接到了被派遣到努坦達拉東部海岸的救援隊的聯繫，內容是說海岸附近發現了呈現虛脫狀態的泰琳。雖然有負傷與脫水症狀，但幸好狀態並不嚴重。救援隊表示會在不超出負荷的範圍內盡快將泰琳移送至拉布巴瓦，讓她住進貝努亞的病房。

這消息固然令人欣喜，但伊潔芙有些在意救援隊傳達泰琳說出的第一句話。

「絕對不能攻擊沼澤。」

泰琳千交代萬交代，一定要把這句話傳達給伊潔芙，說完便失去了意識。救援隊的通訊負責人一方面訝異這句話代表什麼涵義，但仍把狀況傳達給伊潔芙。伊潔芙伊聽到便意會過來，終究泰琳是遇見了樹沼人——真令人哀傷。

長期以來，伊潔芙在心中描繪與泰琳徜徉地上世界的日子，或許要比泰琳那孩子想像的多上許多。她想與泰琳一起觀賞地上的美與殘酷，想一起分享同時心懷驚異與憎惡，還有派遣者既矛盾卻又具有價值的人生，不過，在那劇情中，泰琳得知樹沼人存在的情節，是屬於遙遠未來的事。泰琳對陌生的存在向來抱持開放態度，要是得知必須殺害樹沼人的事實肯定會痛苦萬分；或許，還會抗拒身為派遣者的人生。所以伊潔芙認為需要時間，泰琳需要時間去理解，派遣者的人生中具有不可避免的悲傷與痛苦，而唯有接受這件事，歡喜才會翩然而至，因此無論碰到什麼樣的瞬間，都必須不畏痛苦，勇往直前。如此一來，就連殺害他們時襲上心頭的罪惡感，也能當成是督促自己走得更遠的動力……

氾濫體，這次氾濫體仍搞砸了一切。

伊潔芙一直惦記著泰琳大腦中的氾濫體或許並未完全消失的事實，卻沒預想到那玩意會在派遣者資格測驗之前甦醒過來。就讀學院的期間，伊潔芙明白泰琳一直很在意周圍對於她倆的關係參雜了猜忌，因此想盡可能在不捲入是非的前提下解決問題，但到頭來，在派遣者最終任務中，氾濫體卻越線了。幼年時期那玩意與泰琳締結的親密關係如今毫無用處，隨著時間的流逝，想必那個氾濫體也只剩本性了——不斷復甦，亟欲支配人類，最終使其走向滅亡的本性。

想到這個事實，就不免覺得曾經探索共生可能性的自己有多愚昧，竟然拿就連自我控制都辦不到的生物來談什麼共生。

雖然費盡千辛萬苦才沒讓泰琳遭受驅逐刑，卻沒能阻止她參與危險任務。派遣總部向來就看泰琳不順眼，因此將這次的事視為除之而後快的大好機會，但儘管如此，伊潔芙沒打算對泰琳身陷危險坐視不管。

反正那個任務也歸伊潔芙管轄。伊潔芙是這所有計畫的設計者，操縱著目的地座標及通往該處的路徑。原來的目的地是下個基地的有利候選區域，是氾濫體連結網的中心，同時也是推測為樹沼人群居之處的區域，但伊潔芙暗自期盼泰琳沒有遇上樹沼人，特別是在此時腦中的氾濫體甦醒的狀態下，若是遇上了模糊人類與氾濫體界線的奇異生物，泰琳的身分認同可能會經歷混亂。

修改後的目的地座標，是與實際目的地有些距離，雖有調查價值但並不危險的區域，亦是計算出生還可能性為百分之九十以上的地點。雖然目的地改變了，可能會招致總部的懷疑，但她事先安排好了關於目的地出錯的不在場證明。即便此次任務一無所獲，泰琳也不會受到處罰，而且既然完成了任務，那也就足夠了，只要重新安排老手組隊出去即可。

但情勢出乎伊潔芙的預想，隊員們並未跟隨她苦心費力更改的目的地座標。無從得知她們是如何找到真正的目的地並持續進行考察的。會是因為在泰琳的腦袋中恣意妄為的氾濫體嗎？又或者是派遣隊隊長的想法？目前因為紀錄在調查過程中毀損，因此成了不解之謎。

當然了，伊潔芙也自然想到可能會發生這種事，因此將特殊訊號裝置交給了泰琳。就結果來說，是那東西救了泰琳。救助隊發現泰琳的地方並不是在沼澤附近，而是海岸區，是在其他隊員喪命或失蹤之後。任務實際上危險重重，泰琳說不定先前也在鬼門關前走了一遭，儘管如此，泰琳倖存下來也被拯救了，對伊潔芙來說這才要緊。

泰琳要求別攻擊沼澤，但伊潔芙打算慢慢地說服泰琳。她相信泰琳就算剛開始意見會相左，但終究還是會遵循她的決定。伊潔芙也知道那孩子對自己懷抱的情愫並不只是單純的憧憬，但即便無法以相同方式回報，伊潔芙依然用自己的方式愛著泰琳。終有一日泰琳也會明白伊潔芙為了她做了這一切，因此眼下當務之急是讓一切按照計畫進行。

可是，現在又出現了另一個變數。

伊潔芙瞪著在玻璃牆另一頭氣急敗壞的仙奧。從許久前，伊潔芙就很微妙地覺得這傢伙礙眼，心想這個小不點怎麼好奇心那麼重，在城裡四處亂竄來去，總有一天會闖出禍來的。可是偏偏這種傢伙又在泰琳後頭當跟屁蟲，這也令伊潔芙感到不快。要是一開始沒把泰琳送到賈斯萬家裡就好了，但既然木已成舟也別無他法。

「抱歉，泰琳回來了，所以妳就安分待著，因為不能讓妳們兩人碰見彼此……」

聽見伊潔芙的話後，仙奧砰砰大力拍打玻璃牆。內側的說話聲遭到隔絕，傳不到外頭，所以聽不見她喊了些什麼。伊潔芙朝仙奧露出了微笑。

伊潔芙沒打算殺了仙奧。即便看她不順眼，但她仍與泰琳是姊妹，是好友。要是殺了仙奧，泰琳會傷心欲絕的，那可就頭疼了，因為伊潔芙盼望泰琳盡可能幸福，但泰琳要是發現那傢伙不在，說要去找她的話，事情就會變得很棘手。

因此，伊潔芙打算暫時把她關在這，直到每件事都上軌道為止，直到一切都無法挽回為止，直到放火燒了橋梁為止。首先，一旦那件事開始了，無論是泰琳或仙奧都再也無法妨礙伊潔芙了。比起說服相信什麼能改變的人，說服他們接受已然發生的事要更易如反掌。

屆時，泰琳也會理解這一切都是餽贈吧。

多年前為伊潔芙帶來憎惡以外的其他動力，讓她克服懊悔與罪惡感前進的那個孩子平安長大也成年了。只是，成為大人的旅程依舊是條漫漫長路。一如曾經的伊潔芙，泰琳也會在無數混亂中尋找答案的，那條路雖令人目不暇給，但會閃閃發光的。

此時泰琳在想什麼呢？是感到混亂嗎？又或者僅是陷入香甜的美夢？她是否依然懷著想一起

前往地上的那份心情？

伊潔芙打算去到很遠很遠的地方，只要泰琳願意，自然是與她一起。為此，一切在所不辭。

2

渺渺的地平線一展無際，此生未曾見識過的淡粉色晚霞漫天，從視線可及之處一路暈染到底。原來地上是如此廣袤而美麗啊。泰琳喜愛這片置身地下時一無所知的風景。自己雖不知為何是赤腳，但腳底下柔軟潮濕的泥土仍讓人感到愜意。伊潔芙就站在身旁。身穿橘色考察服的伊潔芙彷彿誕生自晚霞般美麗，與魔法般的薄暮時刻十分相襯。眼神交會的瞬間，伊潔芙笑了。轉眼間伊潔芙伸出了手臂，一隻厚實的手碰觸到泰琳的頭，將泰琳的髮絲撥得散亂。泰琳覺得自己的表情肯定看起來傻極了，垂下了頭。永遠的傍晚時分是不存在的嗎？永遠不謝幕的晚霞呢？若是這段時光能悠遠綿長，久久都不結束就好了。就在這麼想並再次抬頭的瞬間，一隻劃過天空翱翔的黑鳥緩緩地、緩緩地振翅，微風也以慢得令人難以置信的速度迎面拂來。

就在這時，泰琳所佇立的地面往下凹陷，發出了鏗鏘的聲響。啪，有什麼東西撞上了手。

「呃啊！」

「起來！快醒一醒！」

滿腦子充滿了細碎的顆粒，就像有人緊緊抓住每一個神經細胞後擰轉，大腦彷彿抽筋似酥酥麻麻的。

「啊，索兒！別鬧了，拜託快住手！」

這時一切才停止下來。

涼颼颼的空氣與藥物的氣味，有股濃濃的甜味縈繞口腔，以及皮膚接觸到毯子的柔軟觸感。泰琳支起了身子，全身彷彿隔了數年才起身似的無比沉重。可以看到打翻後的托盤與藥罐子散落一地。泰琳想著稍早前的事，原來自己是在作夢，可是索兒瞬間控制了泰琳的身體……它擅自移動泰琳的手臂……打翻了桌面上的眾多物品！

「索兒！」

「呃嗯。」

「你到底為什麼這樣？」

「那個嘛……因為妳不起床啊！」

索兒囁嚅了一會兒，突然對泰琳開炮。

「妳，幾乎超過十天的時間都在睡覺。醒來時完全忘了我！要是只服下那些人給的奇怪藥物，我就無法來到意識之上。過去十天的時間，妳所做的事情就只有醒來極為短暫的時間，呆坐在床上，大概問了護理師二十遍什麼時候能和伊潔芙交談，還有突然在便條紙上亂畫大陸地圖這類沒用的事！」

「我睡了超過十天？真的嗎？」

「是真的！要是不相信，妳看一下時間……」

泰琳環視病房，這時索兒貌似慌張地停止說話，病房內沒有任何東西能夠確認時間。泰琳一皺起眉頭，索兒便趕緊辯解：

「妳的生理時鐘訂在了二十五小時左右，我可以感知到那個。雖然不敢肯定，但少說十天，最長過了兩週了。懂嗎？」

「有那麼長？我的身體狀態有那麼差嗎？」

泰琳試著站起身。可能真的已經沉睡了超過十天，全身的筋骨喀喀作響，但並沒有哪邊特別疼痛。身體之所以發出喀喀聲，似乎是因為長時間沒有使用肌肉所致。右腿用繃帶層層纏繞住，但稍微按壓也並不怎麼疼痛。

「是誰把我帶到這的？」

「妳真的不記得了？」

「索兒，你記得？從我來到這裡到現在，全都記得？」

「大致上。我被困在妳的無意識之下。因為那些人提供的藥物，我無法在妳的意識清醒時到上面去，所以妳在無意識狀態時，我占據了妳的感官，掌握周圍發生什麼事。雖然因為妳閉著眼，所以沒辦法看到。」

泰琳跟隨著索兒挖掘的記憶，回顧了自己是如何來到這裡的。她記起了離開沼澤後前往海岸的路途。泰琳心想自己必須趕在救援隊抵達沼澤之前趕緊去見他們一面。若是他們與樹沼人相遇，引發的衝突必然一發不可收拾。這自然是個不自量力的計畫。泰琳因為與娜莎特打鬥而負傷，又碰上必須獨自移動的狀況，最後就在抵達海岸區之際遭到猛獸追逐，結果在逃跑時不慎從山丘上滾落。

醒來時眼前見到了救援隊的人員。泰琳似乎在意識朦朧時曾與他們一來一往地提問。雖然其他事記不太清楚，但泰琳千交代萬囑咐，說必須立即向伊潔芙傳達，萬萬不可攻擊沼澤。

「……有傳達出去嗎？」

泰琳彷如大夢初醒似的喃喃自語。

「妳真的強調了好幾次，那些人也說知道了。」

「不過還是沒法相信有沒有傳達了。我必須見伊潔芙，刻不容緩。」

「妳也說了那句，還說了好幾次。」

「什麼？」

「原來妳真的不記得了啊。」

索兒又補充說明了之後的記憶。醫療團隊每天都讓泰琳服下某種藥物，但吃下那種藥後，泰琳就會陷入昏昏欲睡的狀態，既不會主動找索兒，而且就算索兒向她搭話也不回應。泰琳偶爾醒過來時會說想見伊潔芙，也要求他們告知仙奧與賈斯萬的近況，但護理師並未多作回答。

「不過，妳沉睡時，伊潔芙來過。」

「伊潔芙來了？」

「兩次，妳睡覺的時候待在妳身旁……待了很久才離開。」

這麼一說，似乎有感覺到伊潔芙的手輕輕撫過頭部的觸感。原來不是錯覺啊。那麼，這意味著伊潔芙對泰琳的擔憂與在乎足以帶領她來到這裡，但她並不想要對話，甚至泰琳都已經表達了希望能交談的意願。這是為什麼？因為泰琳要求不要攻擊沼澤嗎？她早猜到伊潔芙知道樹沼人的存在，因為斯帆收到了獵殺樹沼人的命令，而就伊潔芙的職位來看，很可能直接或間接地贊成了樹沼人的狩獵行動。

不過，如果是泰琳所認識的伊潔芙就不會迴避對話，而是會想說服泰琳才是。她雖想相信伊潔芙，卻不免心生懷疑。

泰琳站起身，收集起散落一地的藥物，走進浴室將它們融進水裡。雖然不曉得是否刻意為了抑制索兒才讓她服藥，但至少很顯然這藥物會導致泰琳處於精神失常狀態。待藥物全化開後，泰琳試著打開從病房通往走廊的門，門並未上鎖。

走廊是與好幾個病房連結在一起，扣除泰琳的病房，燈都是暗的，好像完全沒有人。走廊盡頭的門並未打開。

泰琳重新回到病房。病房內既沒有手腕裝置也沒有電視，沒有任何能得知外部情況的裝置，就是能得知天氣、時間、外部氣溫或濕度的儀表盤也不例外。泰琳將病房內的所有收納櫃都打開來瞧一瞧，可能會擺放物品的地方都看過了，但能派上用場的物品一樣也沒有。唯一通往外部的地方就只有浴室的通風口，但那也就是手臂能伸進去的大小，要從那地方出去無疑是痴人說夢。在房裡翻找一陣後，索兒自言自語：

「可是泰琳，我回到城裡後心情很不好，有種不快的感覺，雖然不知道該怎麼解釋……」

「剛才我也那樣想呢。」

這是目前為止受到藥物影響而沒能即時察覺的感覺。不快感正湧上心頭，但與身體受傷或生病時的不快感不同。在有重力的地方生活，然後冷不防地被丟在無重力的世界會是這種心情嗎？感覺雙腳完全沒辦法貼在現實的地面上，只覺得手碰觸到的每樣東西的觸感、映入眼簾的每個畫面都好不尋常。

驀地，有一群飛蟲闖入了視線。這群飛蟲在空中緩緩畫出圓，接著倏地消失不見。泰琳揉了揉眼睛，好像有什麼飄來飄去的，但無法區分真的有一群飛蟲嗎？又或者是自己看見了幻影？一轉過頭，浴室那側也看見了飛蟲，後來，飛蟲又從視野消失了。

「好奇怪，這一切真的好奇怪。」

雖然把整間病房都翻遍了，但獲得的就只有尖尖的別針。走廊上傳來了腳步聲，泰琳先是在病床上裝睡，後來冷不防地睜開了眼睛，而身穿白袍的男子嚇了一大跳。就在男子放下藥物、飲用水與餐盤，正打算離去時，泰琳開口了：

「那個，請問……」

大概是沒料想到泰琳會搭話，男子又一臉吃驚。泰琳泰然自若地提出請求。

「您能替我帶來時鐘與收音機嗎？能夠看著的螢幕都好，因為時間走得太慢，我覺得好無聊。」

男子一臉狐疑地上下打量泰琳，回答道：

「我去看看有沒有。」

「還有我，什麼時候能從這裡出去呢？」

「這個嘛，我去問問再跟您說。」

男子的表情始終很微妙，似乎是覺得至今持續沉睡或因藥物昏昏沉沉的泰琳突然神智清醒，所以心生懷疑。看來她得施展一點演技了。泰琳裝作頭暈的樣子將頭埋進枕頭，男子觀察了一下旁邊的醫療螢幕後離開了。

餐盤上裝了麵包與湯。相較於食慾，泰琳被激起的是懷疑。

「索兒，這裡面裝了什麼？」

「妳吃一口看看，要是有異常，我會馬上停止。」

「是說要讓我的咀嚼肌停下來嗎？」

「嗯，那樣比較快啊。」

「不能就直接用說的嗎？這樣感覺超奇怪的耶。」

泰琳發了點牢騷，咬了一口麵包，也舀了湯來喝，但只覺得滋味不佳。從索兒不作聲的樣子看來，應該不是什麼可疑的食物。結束用餐後，泰琳將藥物弄碎後用浴室的水沖掉了。

男人等待表示要去看有沒有時鐘與收音機，卻久久沒有回來。泰琳悶悶不樂地睡著了，後來因為察覺到有人的動靜而醒了過來。男子這次似乎也打算趁泰琳睡著時，把餐點與藥物放下就離去，所以看到醒來的泰琳後又是一臉受到驚嚇的樣子。男子下意識地將小型座鐘遞給泰琳，泰琳這也才能知道時間。大約是正午了。

「收音機沒有患者用的，晚點過來時我再拿來。」

男子甫離去，索兒就喃喃自語：

「還有患者用的收音機？非常可疑耶。」

「索兒，你的想法跟我一樣，真讓人自在。」

「但意見不同時，妳還不是會立刻抱怨。」

「嗯，那倒是。」

一邊與索兒說著無關緊要的對話，這次泰琳又將藥物溶於水後沖掉了。令人驚訝的是，整個人變得神清氣爽。

抬起頭一看，通風口附近有一群飛蟲飛來飛去。既然沒有受藥物影響，那就不是看錯了。

「好奇怪，這麼一塵不染的病房怎麼會有飛蟲呢……」

泰琳仔細觀察通風口，但在聽見外頭再度傳來腳步聲之後便中斷了動作。男子瞅了一眼半起半坐、姿勢模稜兩可的泰琳，之後把收音機擱著就走掉了。

轉開收音機，就只收得到兩個頻道。一個是貝努亞中央醫院營運的古典音樂頻道，主持人會在音樂與音樂之間朗誦令人放鬆舒緩的詩。另一個則是廣播劇頻道，目前正在播放宣傳地下城擴張計畫的廣播劇。兩者都無法獲取重要情報，就算收到了電視螢幕，想必情況也相去不遠。

泰琳拆開收音機的背面，開始詳細檢查。

忙了一陣子弄清楚構造後，泰琳用別針試著轉開各種零件，這時看了看時鐘已經是晚間了。泰琳闔上收音機背面，到床上躺著打算裝睡。就在門打開時，泰琳把眼睛瞇成一條細縫觀察，這次拿著藥物與餐點進來的人是名女性，身穿暗藍色長袍。就在她放下餐盤，打算拿著原來的餐盤出去的那一刻，泰琳弄出窸窣聲響，假裝是被周圍的動靜吵醒，睜開了眼睛。

「請問，」泰琳刻意發出沙啞的聲音問道：「我什麼時候能從這裡出去？」

女子雖然一臉吃驚，但似乎並未起太大的疑心，反而要比剛才那名男子釋放更多善意。

「噢，請等一下！」

女子充滿活力地回應並查看了裝置。

「剩下沒多少時間了呢！帕洛汀所長說了，拜託我們照顧您到任命儀式為止。還有這裡，根據拉布巴瓦網路公告，任命儀式就是這兩天了……」

「任命儀式？」

「是的，派遣者任命儀式。您不是在正式就任之前就去參加極為危險的任務嗎？雖然因為有所長叮囑，所以大夥兒雖然好奇也沒多問，不過傳聞早已傳開了，說您雖是見習派遣者，卻做了了不起的事！任命儀式時您也會備受矚目的。」

任命儀式？這倒是沒想到。原本就這麼早舉辦嗎？就泰琳所知，通過派遣者測驗後會賦予見習身分，半年期間必須透過執行小型任務累積現場經驗，之後才會舉辦任命儀式，這次很不尋常，似乎來得太早了。

「那麼任命儀式之前不能出去嗎？」

女子直視泰琳，果斷地說了：

「對，沒辦法。」

「喔……也見不到伊潔芙老師嗎？」

「任命儀式當天就能見到了，馬上就是了。」

女子笑得很燦爛。泰琳向她道了聲謝，再次裝出一臉倦態，閉上了眼睛，但是因為沒聽見女子出去的聲音，於是又悄悄將眼睛打開一條縫，發現女子拿起座鐘與收音機在檢查。直到女子離開病房，腳步聲也澈底消失為止，泰琳始終闔眼裝睡。

女子說，正式任命儀式就是這兩天了，屆時就能出去了。那麼，就乖乖在這等著嗎？不，哪裡怪怪的，但無法確定是什麼。這等於伊潔芙將泰琳囚禁於此，直到任命儀式為止，但究竟為什麼？

多次確認走廊四下無人，泰琳才拿起收音機。像這樣與世隔絕，還有患者用收音機就只有兩個頻道，似乎都是蓄意的。泰琳正在檢查收音機，但老是有飛蟲突然飛來。她揮手驅趕飛蟲，明明清潔系統持續啟動，那些飛蟲究竟是打哪來的？

泰琳再次專注操作收音機零件。

「行了。」

嗶的一聲，收音機收到了與先前不同的頻道。泰琳用別針親自調整背後的零件，試著抓到頻道。

「為您報導拉布巴瓦的交通情況……」

再次轉動別針，這次是料理頻道。

「請用打蛋器使勁攪拌打入雞蛋的水！這樣一來，加入雞蛋中的帕拉夫醬就會變色……」

衫達灣區的新聞、兒童角色扮演節目、學術院發送的歷史節目，還有……

「啦啦啦、啦啦啦、拉布巴瓦的聒噪精魯博斯！大家好……魯……凌晨特別節目……這麼快就來到今天最後的讀者來信了……想必各位也記得這個事件……之後又有其他……」

泰琳突然靈光乍現，站起身。飛蟲，不能對這些小生物置之不理，牠們正在訴說什麼。

「索兒，我會跑到潛意識底下，你試著專心。」

「嗯？怎麼這麼突然？」

泰琳猛然打開了浴室門。飛蟲群從通風口飛了下來，牠們朝著天花板緩緩畫圓，接著再度飛下來在鏡子前盤旋。索兒說：

「啊，該不會那個……」

飛蟲的移動是有規律的。湊到鏡子前，看到了黏在鏡面上的飛蟲屍體。泰琳又湊到更近處去細看，屍體上一閃一閃的蛋白石光澤消失了。那是氾濫化的徵兆。如此說來，這群飛蟲出現在此不是平白無故的，是有人刻意派牠們來的。

泰琳在聽見索兒的話後點了點頭。離開沼澤回到海岸時，索兒曾經為了找路而數次跑到意識之上，如今已經很習慣了。索兒下了指示：

「我來看看。」

「閉上眼，身體放鬆，盡可能清空大腦，忘掉一切感覺，還有只專注在空氣上頭，專注接觸到皮膚的空氣，徐徐的風，那我就會跑到意識之上。」

隨著索兒的指示去做，一種奇妙的感受頓時席捲泰琳。對外界敏銳的感官逐漸變得遲鈍，大腦中索兒的律動愈來愈強烈，最終完全席捲了她。觸覺、嗅覺與聽覺化為色彩，填滿了她閉著的雙眼內。泰琳雖無法解讀那個世界，但索兒辦得到，感覺的枝杈蔓延至四面八方。

還有，閉著的眼睛前，一隻飛蟲飛了過來。

飛蟲以飛行畫出曲線與圓，接著空氣的氣流起了細微的變化。產生變化的空氣流動掠過泰琳身旁，扎了扎她、撫摸她、輕輕拂過她，彷彿在訴說什麼。飛蟲的飛行所製造出的細微聲音也裝載了意義，在病房內盤旋的無數分子在移動、碰撞後擴散開來。

於是，泰琳忽地明白了那涵義。

尋找訊號。

她這才想起先前所遺忘的，在地上時曾經跟隨，還有從沼澤傳至這座城市的震動訊號。

泰琳在病房裡四處走動，試著聆聽透過牆與牆面傳遞的震動聲。浴室內側要比病房內更為清晰，泰琳帶著病房內的椅子進到浴室，站了上去，朝天花板通風口附近伸出手，接著透過通風口感受到震動。

「哈拉潘街……今天是第十天徵求……失蹤相關情報。什麼線索都好，只要……有助於尋找失蹤者的情報……」

泰琳豎起耳朵細聽。索兒跑到意識之上的此時，得以確認這個訊號以及以氾濫體的方式所傳達的訊息。從沼澤到地下深處，某些意義正在傳送途中，索兒代替說了出來：

「那外頭住著與氾濫體結合的人類。」

但為什麼？

樹沼人意圖隱藏自身的存在，為的是免於遭到派遣總部狩獵並存活下來，可是為什麼這股震動訊號卻蘊含了樹沼人極力想隱藏的那件事呢？而且還是從許久之前就想隱藏的。

某種領悟突然閃過泰琳腦海。

樹沼人，沼澤的氾濫體正在朝此處發送訊號，因為非得將此事時告知在這座城裡的某人不可，而不是以憎惡樹沼人、企圖除之而後快的人為對象發送。訊號是發送給聽到後能解讀的這些人，因為他們才必須知道這個事實，亦即，地上有與氾濫體結合的人類居住的事實。

飛蟲持續透過通風口湧入浴室，牠們在鏡子前飛行。震動訊號是樹沼人往城裡傳達的訊息，而這些飛蟲是某人向泰琳傳送的訊息。目前兩種訊息互相交錯，泰琳再次閉上眼，她必須感受飛蟲所製造出的細微氣流。內容是這樣的：

需要妳。

「再說一次，哈拉潘街上再次出現失蹤者。我們徵求失蹤者姜仙奧的任何情報，只要是有助於找到姜仙奧的情報……」

人們會死的。

以氾濫體為媒介的訊息繼續傳達：

像我們一樣的人。

妳也是這些人的一部分。

沒時間了。

泰琳睜開眼睛。是仙奧，訊息是來自仙奧。

仙奧被囚禁在城裡的某處，那裡有像樹沼人一樣，像泰琳一樣的人。他們馬上就要死了，泰琳得去那地方不可。有些話語令泰琳無法理解。「妳也是這些人的一部分？」真教人錯亂。泰琳的內心，再次想起了初次見到樹沼人時所感受到的親密感與抗拒感，那些情緒攪成一團的混亂。泰琳與他們之間有共同點，但泰琳並不像他們，她深知這點。

儘管如此，泰琳仍必須去那裡，為了拯救仙奧，也為了阻止更多人死亡。只是，該怎麼做？

讀出泰琳想法的索兒說了：

「任命儀式那天能出去。」

「但索兒，到了任命儀式那天……」

錯綜複雜的情緒油然而生，泰琳說到一半打住。

「那麼我就會成為真正的派遣者了，你明白那對我的意義嗎？」

泰琳無力地癱坐在床上，內心的混亂正在打起漩渦。

「那是我夢想一輩子的事，是我唯一能想到的我的未來，可現在……」

「嗯，我知道。」

或許長年以來夢寐以求的瞬間就在那兒了。泰琳將在無數人面前被任命為派遣者，她將起誓，要為了人類獻上性命。之後，她就無法回頭了，必須終生隱藏索兒的存在，泰琳也必須欺瞞自己是什麼樣的存在，必須執行自己認為不正確的任務。儘管如此，身旁還是有伊潔芙。那是她多年來憧憬的，從某一刻想起時心臟就彷彿要炸裂開來，哪怕無法收回那份心意，也想與之前往天涯海角的，唯一之人。

經過漫長的沉默，索兒問了：

「妳要去參加任命儀式嗎？」

泰琳在許久之後回答：

「是啊，我該去。」

派遣者正式任命儀式是在貝努亞塔舉行。

貝努亞塔位於拉布巴瓦正中央，其寬敞大廳瀰漫神祕的氣息，暗示文明最後的堡壘託付給派遣者般的雄偉外觀閃耀著光芒。儘管現在已經撤退至漆黑無光、散發霉臭味的地下，但人類永不退縮的決心，仍如一層薄紗般籠罩在大廳的各個角落。

身穿派遣者制服的見習派遣者列隊站在講臺前，他們的眼神中透著通過關卡的自豪，以及對往後即將展開的未來的緊張感。三十多名見習派遣者於三個月前通過最終測驗後成為了派遣者。見習期間，有的派遣者僅執行一兩件任務，也有派遣者已執行超過十件任務。無論是哪一種，他們基本上都是透過執行微不足道、雜七雜八、辛苦費力、毫無意義、吃盡苦頭的任務來累積資歷。需要抱著必死的決心上場的任務，不會交給見習派遣者——通常是如此。

只有泰琳是負責這樣的任務，也是唯一從該任務中生還的人——從最危險的地點、任何人都不盼歸返的地方。該任務包含了懲罰闖下大禍後曾討論要執行驅逐刑的見習派遣者的目的，因此幾乎無人料想到她會生還，甚至還是帶著貴重的考察情報回來。

此次正式任命儀式史無前例地提前舉行，平時的慣例是在資格測驗半年後舉行，但這次僅僅過了三個月。雖然有傳聞說是因為泰琳成功完成了任務，但沒人對此表示不滿。因為一旦成為正式派遣者，雖然會面臨嚴格的限制，但也同樣會有明確的獎勵，所以沒有見習生會拒絕提前獲得任命。

見習派遣者在制服外披上了古樸長袍，讓他們看起來像是先前文明的祭司。今日此處最受關注的見習派遣者，泰琳，就站在隊伍最後方，將兜帽壓得極低，緊握的拳頭與微微顫抖的身體顯示出她緊張萬分。雖然也有人偷偷瞥了她一眼，但大概是覺得身為最受矚目的人，緊張也是理所當然的，隨後就移開了視線。

在大廳中輕柔迴盪的音樂一停止，所有人的目光都望向講臺，學術院院長卡塔莉娜走了出來。

「恭喜各位。」

除了卡塔莉娜的聲音之外，大廳內鴉雀無聲，就連呼吸聲也聽不見。

「過去三個月各位的表現十分優異。我們在觀察各位的智慧與機智後維持了最初的判斷，認為你們足以成為引領人類進入下個階段的派遣者。從今日起，你們將成為正式派遣者，承擔起接觸機密，同時也嚴守機密的重大任務。」

卡塔莉娜張開雙手做出歡迎的動作，一片掌聲雷動打破靜寂，而後又停了下來。

「進行任命儀式之前，需要向各位傳達一件特別的事。我們派遣者的重大任務中的氾濫體調查迎來了全新的局面，特別是有一名見習派遣者在執行任務時表現優異，加速了計畫的進行。很高興向大家宣布，你們的派遣者人生將與此計畫一同啟程，我們正在籌備一項人類收復地上世界的計畫。」

卡塔莉娜回頭看著垂掛於講臺後方的布幕，說：

「今日將會是那第一步。伊潔芙．帕洛汀，請您親自作個介紹吧。」

見習派遣者之間傳出騷動，有人竊竊私語說看來傳聞中的那個作戰計畫真的要執行了，於是大家都露出興奮的表情。當布幕拉開，伊潔芙走向前時，掌聲再度響起。

「謝謝大家。」

伊潔芙一臉嚴肅地開口。

「今日將成為非常重要的起始點。」

所有人的視線都聚焦於伊潔芙身上。她開啟了全像投影螢幕，有張巨大的地圖在她背後展開。

「一直以來，我們派遣者為了調查氾濫體而前往地上。換句話說，就是在正式開戰前的試探戰兼情報戰，但從今日起目標改變了，如今……」

伊潔芙打出手勢，地圖的一端出現了個紅點，標記出拉布巴瓦上方紐克拉奇基地的點。

「我們即將展開奪回地上世界的計畫。」

始於該基地的紅線經過拉布巴瓦所在的島嶼，往努坦達拉大陸前進。大廳內頓時人聲鼎沸。

「下個目的地就在此。想必大家都曉得，關於此目的地的重要情報是由一名見習派遣者蒐集後帶回。多虧了她，我們得以離成功更進一步。我們會收復地上的，地球將再次成為你我的星球。」

有人小心翼翼地開始拍手，就像波浪般逐漸蔓延開來，形成了熱烈響亮的鼓掌叫好聲。這浪潮是向著在最尾端的泰琳而去的，但泰琳依然低著頭，沒有摘下兜帽。伊潔芙猜想泰琳是過於緊張了，因為今日早晨遇見泰琳時，她也沒抬起頭。伊潔芙一臉滿意地接著說下去。

「第一次大規模攻擊很快就會展開，武器將以氾濫體連結最為密集的中心從四面八方散開，破壞連結網，它們將會走向自身的滅亡。」

伊潔芙說明了計畫的概要。生物可分解的武器將會發射至氾濫體集中的連結網中心，但不知那是武器的氾濫體會開始進入分解與吸收過程，而經過一段時間，透過氾濫體的連結網擴散的分子會摧毀氾濫體。一旦氾濫體在某個地方遭到摧毀，就無法再次繁殖。

所有人帶著興奮漲紅的臉聆聽伊潔芙說明。截至目前，亟欲根除氾濫體的嘗試全數失敗了，但若依此計畫就有勝算。伊潔芙的簡報中就透露出這樣的決心。

說明結束後，大廳頓時一片譁然，直到卡塔莉娜上臺後全場便安靜下來。卡塔莉娜一臉嚴肅地環視大廳。

「很高興能與各位一同展開這趟偉大旅程。從今日起成為正式派遣者的各位，任命儀式此刻開始。」

儀式在肅穆的氛圍下進行，站在講臺前的見習派遣者開始背誦派遣者宣言。

我們是真實與知識的守護者，為了收復地上世界而啟程；我們在此起誓，會依循正直、榮譽採取行動，慎重地做出判斷；我們將直視任務的重要性與眼前的危險；我們是最後的防禦線，無論身處任何逆境也不為之動搖；我們會時時將人類的安危與平安優先於己……

就在宣言進入尾聲時，助理拿著小寶石盒出現在講臺邊，裡面裝了為每一名派遣者量身訂做的白朗石戒指。這寶石在努坦達拉大陸僅開採出極少量，在城裡唯有最高榮譽者才能握之於手，這也意味著對今日成為正式派遣者的這些人賦予了相等的榮耀與尊重。

卡塔莉娜走下講臺，替每位派遣者戴上了戒指。見習派遣者，如今即將賦予正式職稱的派遣者個個興奮地伸出了手。最終，卡塔莉娜站在泰琳面前。就連只將戒指發送給其他派遣者的卡塔莉娜，站在泰琳面前時也似乎想遞上幾句話，所以暫時停下了手部動作。大家都注視著卡塔莉娜，心想她大概是想對在任務中獲取貴重情報的泰琳說些激勵的話語，稱讚她一番吧。

但卡塔莉娜徹底僵在原地。她沒想要從助理手中接過寶石盒，也沒打算直視泰琳說些什麼話，手就這麼停放在半空中。

「那個，卡塔莉娜？這裡還有最後一枚戒指……」

身旁的助理遞出了寶石盒，但卡塔莉娜甚至不看戒指一眼，伸手粗蠻地扯掉遮掩泰琳的臉的兜帽。

全場譁然，愕然聲此起彼落。

「妳到底是誰？」

卡塔莉娜開口詢問這名她原以為是泰琳、實則來歷不明的少女。少女嚇得整張臉鐵青。

3

仙奧閉上眼，感受填滿空間的氣流。她吐出的鼻息撞到牆面後又折返，某人的腳步聲又製造出另一股波動。空氣不斷在流動，也傳遞著震動，於是仙奧能明白這空間充滿了「說話聲」。

剛開始那種恍然大悟是極為詭異的，萬一某種空間內既無聲音也無光線，來自外部的所有刺激都被阻斷的話，一般人就會感覺那個地方什麼事也沒發生，但事實上並非如此。用一般的眼光去看時靜悄悄、沒有半點聲響的空間，同時也可能是充滿各種活力、熱鬧喧嚷的空間。某處能感覺到電流，表面震動使得包圍房間的四面牆震盪不已。砰、砰、砰，訊號從遠處傳來，眾多分子擴散變幻，搔得鼻子癢癢的。仙奧目前還難以承受感覺的氾濫，她再度睜開眼睛，視覺隨即淹沒了其他感官刺激，而原先氾濫的感覺訊號逐漸平息下來。

在逐漸消停的感覺訊號之間，某處開始感覺到溫熱的氣息，那是什麼抵達了房間附近的證據，但那股熱氣逕自離去了，並未進入房裡。

有人用一種早就料到會這樣的口氣說：

「她果然不會來。」

又有另一人灰心地說：

「不能再等下去了，必須按照原來的計畫執行。反正這事終究得承受危險嘛，又沒有跟那孩子事先講好，她怎麼會知道那是訊息？」

仙奧信誓旦旦地回答：

「等著吧，她肯定會認出來的，一定會來這裡的。」

自從被伊潔芙抓住後，仙奧就不知道時間過了多久。剛開始伊潔芙把仙奧關在控制室附近，但大概是覺得仙奧朝著來來去去的職員敲打牆面很礙眼，所以就移到這裡來了。這個獨立房間除了偶爾職員往來走廊時會亮起的微弱照明之外，光線幾乎進不來，除了一天放置一次餐盤的聲響以外，什麼聲音都聽不見，是個無法得知時間流動的地方。仙奧原以為自己已經相當習慣黑暗了，但她還是差點沒發瘋。當她睡醒時就朝著牆面胡亂敲打一番，累了就再度進入夢鄉，直到幾乎無法區分夢境與現實之際，仙奧聽見地面有不尋常的聲音。

「妳為什麼獨自被關在那裡？」

剛開始她不曉得自己該如何回答。那是仙奧不曾體驗過的溝通方式。但說來也神奇，仙奧竟然聽懂了，而且多虧那個不尋常的聲音不停向她攀談，很有耐性地教她對話方法，仙奧也才能駕馭新的溝通方式。她敲了敲地面製造出聲響，讓震動傳送至遠處，隨即就知道了隔壁空間有數不清的人。進入巴圖瑪斯研究所時被隔離在玻璃牆內的那群人，他們隔著這面牆在仙奧身旁。

「我們是發病者，也有被騙來接受治療的人，還有明知被抓來就只有死路一條但仍無處可逃的人。」

大夥兒都在等死。起初發病者之間也不知道如何溝通，他們深陷絕望，生命在自殘、互相扭打的過程中逐漸凋零。氾濫體改變了他們的感覺方式，卻沒人告訴他們新的感覺方法，以致他們以為自己失去了感覺。研究員囚禁他們，進行殘酷的實驗並加以虐待，而他們的感覺變得支離破碎，變得無法區分身體內外、現實與幻覺。新的發病者到來，久待者死去，接著又有新的一批人到來……日復一日的死亡，日復一日的沉默。

直到遠方傳來某種話語。

話語是從地上來到地下，順著地面與岩石到來，但那聽來就像是什麼怪誕童話，因此這裡的人花上很長時間才接受了它。

那個聲音說，地上的某處有與氾濫體共居的人，他們即便生活在地上也沒死。他們能食用逐漸腐敗的生物，同時他們本身亦是腐敗生態的一環。那聲音還說了，他們在地上都是各自擁有獨立意識的個體，但有時卻又以整體的一部分活著。所謂自我的概念雖會隨著時間逐漸模糊，但它依然留下些微，並非完全消失了，某天他們是個體的身體內睜開眼睛，但另一天又在全體連結網之中睜開眼睛……這雖有別於先前的人生，但也是一種人生。

倘若發病者只是單純的人類，就無法聽懂那聲音了，但如今他們氾濫化了，所以能聽見震動蘊含的訊息。來自遠方的聲音教會了發病者聆聽的方法、表達的方法與感覺的方法，而最先學會那方法的是個小女孩。那個名叫艾伊莎的孩子把訊息及溝通方式傳給了身旁的發病者，接著那名發病者又傳給旁邊的發病者，而他們又慢慢地教導其他發病者，展開全新人生。

依然有些人無法接受自己變異的事實。他們以頭奮力撞牆，拒絕進食喝水，慢慢地死去，但多數發病者都接受了現實。那並非選擇，而是願不願意面對的問題。變異並非死亡，他們並不是走向滅亡，而僅是進入了其他形態的人生。他們漸漸地放下過去，再次學習陌生的方式。全新的對話方式不僅串起衝突的意見，還將它們加以整合。有整體，亦有局部；局部擁有相異的意見，同時又與整體相扣。

把這一切告訴仙奧的人也是艾伊莎。剛開始仙奧學會如何以他們的方式說話，傳達「我來自哈拉潘」這個訊息時，艾伊莎說了：

「太好了，我之前也住拉哈潘。」

「是嗎？我叫做仙奧，妳叫什麼名字？」

「艾伊莎。」

仙奧聽見那名字的瞬間，腦海便浮現了某張臉。有著一頭搶眼白金髮、眼神呆滯的中年女子，自己曾在數個月前在賈斯萬餐館前出手拯救被監視機器逮住的她。那個女人在女兒被治療所強行帶走後沒多久就發病了，而那女兒的名字正是艾伊莎。仙奧知道這個艾伊莎就是那個艾伊莎。雖然聽不見聲音也看不見表情，但能感覺到蘊含在言語中的親切感。

仙奧很快就學會了以新方式對話，艾伊莎為此嘖嘖稱奇。

「就算我沒有告訴妳許多事情，妳也很快就察覺自己是什麼樣的人呢。」

「我以前就懂得做類似的事，雖然如今才意識到那是氾濫體的方式。」

「那妳是發病者，卻一直隱藏到現在嗎？」

「不，其實跟發病者不同，但說不定本質是相同的，我也搞不太懂。」

「不是發病者，但又跟我們相同？」

艾伊莎覺得仙奧很有意思。仙奧也還不太清楚自己是以何種方式與氾濫體結合的，只猜測八成是兒時發生的事故造成的吧。

「那妳不曾覺得住在地下城很沉悶又痛苦嗎？覺得自己不屬於此地，應該要往地上去。」

「我本來沒察覺，但現在想想……好像一直是那樣。」

過去仙奧也用有別於一般人的方式去思考、感受，她渴望的是地上而非地下，但從未想過那是因為自己身上有氾濫體在作用。不過在接受此事實的瞬間反而有種豁然開朗之感。難怪我總是在某處漂泊啊，難怪我老是與這世界格格不入啊。驚訝的情緒要比嫌惡感率先來到，緊接著是安心感油然而生。

「樹沼人知道我們被囚禁在這裡，也知道我們被當成實驗對象，在過程中喪命或受虐，因為他們之中也有為數不少的人是從地下城逃到了地上。所以他們透過地盤震動向我們傳達自身的存在，告訴我們還有這樣的人生，因此到外頭去吧。」

聽到艾伊莎的話後，仙奧想起自己曾見過發病者在逃走時被監視無人機發現後遭到射殺的屍體。

「要逃跑很難，因為監視很森嚴，就算成功了也難保能順利抵達沼澤。可是伊潔芙・帕洛汀把人們關在這裡究竟是打算幹什麼？」

「城市打算把我們打造成生化武器，準確來說是武器的載體。他們會先在我們身上注射分子武器，接著送往氾濫體連接網的中心。氾濫體已經將我們視為自身的一部分，因此要進入是易如反掌。之後，當我們因為注入的武器死亡，氾濫體就會對已經氾濫化的我們進行分解、吸收，而不會產生任何抗拒反應，屆時注入的武器就會透過氾濫體的連結網擴散出去。」

「要如何將這麼多人送到連結網中心？」

「他們會使用海底通道。原本我們打算在被迫成為武器前逃跑，但後來明白了眼下沒有能逃出這裡的辦法。最近制約更變本加厲了。『轉換』，他們是如此稱呼的，研究員把我們送往連結網中心之前會先進行轉換的，那件事馬上就會到來了。」

艾伊莎冷靜地解釋，但語氣中帶著憤怒。

「他們認為我們是會走動、令人作嘔的屍體，所以覺得直接把我們埋進土裡也無所謂。既然都要掩埋了，當然是當武器來用再埋更好，但我們並不是死了，只是以其他方式存在世上，即便我們並非出於自願。」

雖然也有樹沼人為了幫助發病者而來到城市附近，但可能有遭到總部射殺的危險，因此沒辦法再進入。轉換在即，發病者制定了逃脫計畫，他們打算利用研究所的易燃物質引起火災，再引爆通往海底通道的隧道門，從通道逃出去，但這個辦法附帶的傷害過大，發病者也可能會有死傷。只是，在仙奧看來似乎也別無他法。反正轉換一旦開始了，這裡的發病者也是死路一條，若說有什麼能放膽一試的……這時，靈光突然乍現。

泰琳，如果能將此情況傳達給回到城裡的泰琳，如果泰琳能竊取伊潔芙的生物認證晶片來到這裡。

仙奧開始對艾伊莎說起泰琳的事，說她既是自己的姊妹兼好友，也說她的腦中有個擁有自我的氾濫體。萬一泰琳意識到那玩意的真實來歷，就可能會來助他們一力。如今仙奧可以確定泰琳與自己、與這裡的人是同類。

但艾伊莎語帶擔憂：

「我知道她是個好人，但妳不是說她與伊潔芙的關係相當親密嗎？萬一她選擇與伊潔芙站同一陣線怎麼辦？要是她將這一切洩漏出去呢？」

對仙奧的計畫有顧慮的不只有艾伊莎，其他發病者也情願按照原來計畫執行，而不是鋌而走險。仙奧相信泰琳不會背叛，但也不能說沒有顧慮。此時仙奧要求這個好不容易生還並回到拉布巴瓦的姊妹兼好友泰琳做的，不只是來救自己而已，而是要她與此計畫有所牽連，成為共犯並放棄城市的人生，更重要的，是要求她離開伊潔芙。

「但也沒別的辦法，若是按照原來的計畫，無法快速移動的發病者會有太多人喪命。」

艾伊莎猶豫再三，最後同意了仙奧的提議，其他發病者也取得暫且試的共識。

仙奧想了想傳達訊息給泰琳的方法，後來有發病者告訴她可以運用飛蟲。氾濫化的飛蟲能透過通風口來來去去，可以藉此傳達訊號給泰琳。若是泰琳也早已意識到腦中存有氾濫體，就能辨識出訊號。仙奧在其他發病者的協助下，設計出讓泰琳理解求助內容的訊息。

接著是無止境的等待。

既然回到了城裡，泰琳就會先經過淨化的隔離程序，而伊潔芙既然親自出馬囚禁仙奧，很可能會為了控制情報而延長隔離期。泰琳大概會在貝努亞的中央醫院。儘管利用了氾濫化飛蟲往氾濫化生物靠攏的習性，將飛蟲送往貝努亞，但這依然是個魯莽且希望渺茫的計畫。飛蟲可能沒辦法順利抵達泰琳的所在處，就算將訊息傳達出去，泰琳也可能無法解讀。或許，就連泰琳也找不出好辦法……

時間流逝，希望的火苗逐漸熄滅，雖然持續派出了飛蟲，但沒有一處收到回覆。

發病者說應該執行原來的計畫，就算有人因此犧牲也只能接受，若是仙奧不願意也可以不加入計畫。當轉換開始，隔離室的門會暫時開啟，發病者計畫在那時引發火災。儘管明知會有重大傷亡伴隨而來，但仙奧下定決心先與他們一同離開城市。在城裡感到痛苦難熬的瞬間，與他們在一起時就沒那麼糟了。但她無法放棄泰琳，無法停止等待。

整間研究所突然聽見了劇烈震動聲，聽見表面震動的發病者說，似乎是通往大陸的海底鐵道在運作的聲音。

「是轉換即將開始了。」

「現在完蛋了。」

「再這樣下去，我們全都會死。」

「準備逃脫。」

「要立刻縱火。」

「沒時間了。」

無法回頭的時刻迫在眉睫。他們就要成為武器，成為飛蛾撲火的武器了。他們會被奪走人生，成為點燃氾濫體與人類永遠敵對的工具。如果想避免那樣的命運，就必須引爆炸彈，趁城市將他們用做武器之前先縱火。不能再等了，哪怕會面臨再慘重的犧牲也在所不惜。

正當恐懼的震動在此房間快速擴散到其他房間，將耳朵貼在地面的仙奧抬頭說了：

「還沒有，這是其他震動，先等一下。」

在遠處的艾伊莎說了：

「是啊，她來了。」

就在任命儀式舉行之際，泰琳在漆黑的隧道奔馳。

自從知道氾濫化的飛蟲製造出的氣流蘊含求助訊息後，泰琳將它們讀了又讀。雖然每個信息都是零碎的，但有無數信息逐漸融合，它們正在訴說一件明確的事實：位於巴圖瑪斯暗處、被當成實驗體的仙奧與泰琳曾在其中度過童年的研究所，此時那個地方又在進行駭人聽聞的實驗。被囚禁的發病者將成為武器，他們會命喪黃泉。雖然泰琳並未理解全部的信息，但足以了解發生了什麼事。泰琳也明白了自己至今被囚禁的理由——伊潔芙將仙奧關在隔離室，而她不希望泰琳知曉此事，也因為泰琳可能會成為這一切計畫的絆腳石。

泰琳不敢置信，也不願相信，不單單是這令人髮指的計畫本身，最重要的是她想否認自己的摯愛伊潔芙與這一切有關的事實。

今日清晨，在大廳辦理出院手續時，伊潔芙朝泰琳走來。伊潔芙沒理會催促她趕緊離開的祕書，想與泰琳談談。

「泰琳，教官們也都在談妳的事。妳是今天任命儀式的主角。雖然我始終相信妳深具潛力，但真沒想到這日子會來得這麼快……」

伊潔芙露出微笑遞過派遣者長袍，看起來喜上眉梢，也不如過去深藏自身情緒。

「妳先前有話想說吧？現在不必看人眼色了，想說幾個小時我都聽妳說，等任命儀式結束就立刻到辦公室來，知道了嗎？」

那凝視泰琳的眼神充滿了憐愛，教泰琳更為心碎了，因為她多希望能與伊潔芙一同歡笑、多希望兩人能一起幸福，但她只能垂下頭，一句話也不能說。

當職員們領著泰琳來到貝努亞塔的休息室時，泰琳偷偷溜了出來。學院時期，泰琳曾對一名女生的舞弊行為睜一隻眼閉一隻眼。泰琳讓那女生穿上自己的長袍並恐嚇她，讓她去參加任命儀式，但反正被拆穿是遲早的事。泰琳持續朝著氾濫化飛蟲告知的路徑一路狂奔，她搭乘電車移動，穿過狹窄的維修通道並前往研究室。

泰琳不顧一切地拔腿狂奔，心中卻沒法肯定什麼是對的，自己真正想要的又是什麼。放棄派遣者的人生，欺騙伊潔芙並與之反目成仇……這些尚未發生但即將成為現實的事情惹得泰琳心煩意亂。這並不是泰琳所期盼的未來，也不是她心目中自己的理想模樣。

或許就在踏上地上的那一刻，自從遇見樹沼人開始，泰琳就沒有所謂的決定好的未來，但泰琳一再延遲做出判斷的時間點。她害怕面對，不想放棄曾經企盼的一切，她想成為派遣者，與伊潔芙一同進行地上考察，與深愛的人們在安全的城市裡幸福度日。所以，泰琳向來選擇視而不見，漠視自己與眾不同，以及這座城市最令人憎惡的事實。這座城市排擠、屠殺與泰琳同類的人，這個事實從一開始就沒有變過。

當披著那件長袍的是其他少女的事被揭開時，當人們得知泰琳壓根就沒參加派遣者任命儀式時，還有最重要的，是當泰琳打算揭露城市祕密的事實公諸於世時……大家會怎麼說呢？會有多少人對著她指指點點呢？此外，一旦發現泰琳的本質與關在那裡頭的人們無異之後，人們又會如何對待泰琳？

好想哭。泰琳感到恐懼，身子顫抖不止。

可是，她又為什麼往那個地方去？

即便答不上來，泰琳仍繼續狂奔。她在複雜迷宮般的通道前停了下來。必須找到路，而索兒知道氾濫體所傳達的具體路徑。索兒試圖跑到意識之上，泰琳閉上了眼睛。

「只有這樣是不夠的，要完全打開意識。」

「要我完全打開意識？」

泰琳嚇得身子一震。雖然至今與索兒有多次感覺重疊的經驗，但從來就沒有全盤交給索兒過，身體的控制權是由泰琳掌控的。不，有一次索兒掌管了泰琳，就在派遣者最終任務時，令人無法置信的事情發生的那時……

雖然害怕，但泰琳再次閉眼，讓指尖與腳尖都放鬆下來。

現在與當時不同了。如今她知道索兒是什麼樣的存在。索兒與泰琳截然不同，是能使泰琳受傷也能摧毀她，能教泰琳澈底發狂失控的存在。但泰琳相信索兒，知道索兒深具危險但仍信賴它，她決心要與那個危險的存在共生共存。

她努力清空意識，停止思考，想像身體的主導權由自己轉移到別處的感覺。世界一點一點地從第一人稱視角轉為其他視角。泰琳全心全意地將自己交付給那感覺，跟隨索兒在大腦中移動的感覺，從某種記憶到記憶，從動作到動作，摸索流動的水波。

下一刻，一切都改變了。

索兒來到意識之上，現在完全控管身體的不是泰琳而是索兒。泰琳從被困於隧道的人類身體彈出，在以非常黏稠且鬆散的細線編織而成的海洋中游泳。現在，泰琳不再使用原來屬於身體的五感，而是以朝四處伸展、迷宮般的軀體互相交換電訊號與化學物質的方式來感知世界。

眼前的世界與泰琳平常透過兩隻眼睛看到的世界不同，那是觸覺的世界。泰琳不再透過用看的或用聽的來判斷什麼在哪裡，或者該往哪去，而是透過皮膚感知世界。它時而是濕潤的、乾燥的、凹凸不平或光滑的。朝著目的地蔓延的細線震動得要更快一些，而另一頭，記住至今來路的細線則是緩慢地舞動著。那就像同時移動數千個身體，而它們同時在感知一樣。泰琳能啟動那數千個身體中的一部分，或者以感知整體的方式來選擇自己要經歷或感知什麼。即便在未啟動的時刻，泰琳的一部分依然敏銳地豎起感官末梢，訊號隔著時間差在數萬條身體之間流動來去。

感覺就像有不計其數的空間同時存在。霎時間，「我」的感覺像在空中飄動般朝四周散開，同時又滿溢四流。泰琳截至目前都只把索兒視為單一自我，但或許索兒並不是單一的存在，而是朝著泰琳的神經細胞與身體各處延伸出去的所有枝杈，是數萬條的枝杈整體。從索兒的視角觀看世界時，數萬個視角翩然現身，取代第一人稱世界。

「現在可以了。」

枝杈延伸再延伸，直到彷彿有桶冰水潑下，一股冰涼感淹沒了泰琳。

下一刻，泰琳回到了自己熟悉的第一人稱世界。

「泰琳，我找到路了。」

幽暗的隧道，水從天花板滴落的聲音，令人皺鼻的塵埃氣味。泰琳環視周圍，眼前有道年久失修的金屬門，在布滿灰塵的木牌上刻有字樣。巴圖瑪斯兒童保護所，這是泰琳度過童年的地方，是雖已遺忘多時，最終又返回的舊地，是此時又在進行其他實驗之處，而傳送訊息的人們就在另一頭。

「這裡就是我們的目的地。」

但泰琳無法邁開步伐。

稍早前索兒經歷的感覺對泰琳造成了變化，某些記憶正在慢慢恢復。剛才那個經驗，導致沉睡的各種感覺一下子滿溢出來。記憶與畫面甦醒了。

從前有過這樣的經驗。這並不是第一次。把身體交付給索兒時，以索兒的視角觀看世界的分分秒秒。

「索兒，我想起來了。」

各種瞬間如走馬燈般一閃而逝。初次見到索兒時，以為那是在大腦中滾來滾去的小小圓球的瞬間；為索兒命名時，它似乎很滿意似的不斷畫圓的瞬間，還有任由小小的球滾向全身，讓索兒探索全身的時候，那種癢癢的感覺。

感覺到索兒不是圓球或花鼠，而是更接近蜘蛛絲的存在時，但也不討厭索兒的記憶；從最初雖然拆不開彼此，卻無法真正敞開心扉的那段時光，到逐漸成為分享孩提時期所有悲傷與喜悅的唯一存在。

怎麼會忘了這每一瞬間呢？

「我全都記得，還有你如何救了我……」

泰琳轉身看著一路走來的隧道。

從前與伊潔芙一起走出這條隧道時，泰琳為了失去了極為珍重的東西而傷心哭泣。她哭得身子都要生病了，卻不知道自己失去了什麼。那時，泰琳以為自己永遠失去了那個東西，再也找不回來了。

最後一刻的記憶，朋友們悲慘死去的瞬間，泰琳與那些孩子們互相連結，聲音、震動與氣味，所有的痛楚原封不動地傳達到泰琳身上，而如今輪到泰琳了……雖然泰琳與索兒都在苦撐，但注入的藥物滲入了泰琳的神經細胞之間。注射的藥物是為了刪除索兒，但泰琳已經與索兒徹底結合，因此沒辦法僅將索兒刪除。那時，死亡將神經細胞撕成碎片的痛苦席捲了泰琳。

索兒讓泰琳閉上眼睛。

「這是轉眼即逝的夢。」

優美的聲音與香甜的味道霎時間填滿了泰琳的世界。泰琳置身於索兒所創造的幻覺中。柔軟的被褥觸感、濃郁的蜜桃味，不知從哪裡吹來的風、和煦的陽光……在那幻覺中，那是真實的。那時痛苦與美麗結合了，只因索兒希望帶給泰琳那種感覺。

「我愛妳，現在一起遺忘一切吧。」

接著，索兒自行了斷了。

這種方式違反了氾濫體的本能，是不可能發生的事。各種被壓抑的感覺、索兒在那一刻感受到的痛苦和恐懼在瞬息之間湧向了泰琳。索兒忍受著這份痛苦，選擇了自行消失，在泰琳的自我分裂死亡之前。

索兒就這樣消失了，而泰琳遺忘了一切。本以為是這樣的，長久以來處於遺忘的狀態懷念著什麼，但不知道自己懷念什麼、失去什麼，就只是渴望它。

「但那時沒辦法消失，因為……」

泰琳朝研究所的門伸出了手。

「你已是我的一部分，而我也是你的一部分。」

從過去至今向來漠視的殘酷現實就在眼前，如今泰琳無法視而不見。門開啟了。

那一頭漆黑得僅能勉強區分出形體，但相較於視覺，其他感覺以迅雷不及掩耳的速度迎面撲來。蕩漾的空氣、從腳底下擴散出去的震動、竊竊私語的聲音、悄悄話，還有更多的悄悄話，濃烈的金屬味、血腥味、嘈雜人聲，以及其他嘈雜聲，腳下的震動，騷得皮膚發癢的空氣流動……

牆那一頭的人們將手貼在牆面上。

那個地方有不計其數的人。一陣翻湧從心臟底處升起，擴散到全身的末端。泰琳感覺到他們的存在。

與泰琳有相同遭遇的人們，澈底改變後的人們，他們並未選擇改變，也不曾渴望改變，最終還是改變了。被結合並遭到汙染的人們，再也不是純粹人類的人們，但儘管如此，他們依然活著，用有別於以前的方式觀看世界。一如泰琳選擇以改變後的樣貌繼續活著，他們也選擇了在改變後繼續活下去。人生依舊是人生，或許以比先前更加生動的形式存在。

泰琳不是來救他們的，單純是想知道真相才前來。因為無法相信這一切是事實，所以必須親眼看到。沒有任何確信或信念，直到開門的那一刻她仍想逃，想否定現實。然而，此刻泰琳明白了——

他們與我……並沒有不同。

4

泰琳按照索兒找到的路一路跑去，在走廊盡頭找到了控制面板。她將早上遇見伊潔芙時偷偷複製的生物認證晶片湊近裝置，隨即出現開放按鈕，泰琳毫不猶豫地按下。

一陣轟然巨響，分隔隔離室與走廊的門依序開啟，每當門隨著鏘啷聲升起時，都有一批發病者走出來。泰琳注視著他們，但他們並未將目光望向泰琳，卻有其他感覺牽繫起彼此。其中存在著龐大的連結網，泰琳能感覺到自己被併入了那個連結網。

走廊漆黑無光，但他們順利往前走，沒有發生任何碰撞。儘管有些發病者因為突然被釋放而感到慌亂，但也有人似乎靜候這一刻許久。他們一邊調節局部出現的混亂，一邊持續前行，泰琳則是讓索兒控制自己的意識。如此一來，就算看不清前路，他們仍能感知該往哪去。剛開始互相分歧的方向也逐漸找到了秩序。

每個區域都有個控制面板，泰琳找到第三區的控制面板時，隔離門開啟，一群飛蟲嘩啦嘩啦傾巢而出。泰琳嚇得趕緊往旁邊退開，一群又一群飛蟲朝著天花板與走廊角落飛去，很快的，這些飛蟲就完全包覆了監視鏡頭。

發病者的目的地是通往海底涌道的電車，他們打算趁治安維持隊抵達前就搭乘電車前往大陸。大陸遍地是氾濫體，別說是多數人類，就連機器也無法輕易靠近。他們的盤算是，如果能先逃到那裡，城裡的人也無法毫無計畫就上前追趕。

泰琳朝著與發病者逆向的另一頭奔跑，她必須找到位於最頂層的控制室。控制室可以開放與海底通道連結的道路，還有開啟囚禁仙奧的單人牢房的按鈕也在那裡。

索兒要在走廊上奔跑的泰琳停下。

「前方有猛獸。」

繞過轉角前，泰琳率先舉起了沉眠槍，猛獸狂嘯聲傳了過來。這個地方為什麼會有猛獸呢？猛獸發出了氾濫化動物特有的呼吸聲，說不定就像發病者一樣也被拿來當實驗對象了。牠似乎處於極為激動的狀態。若是這樣，麻醉就行不通。泰琳將沉眠槍的殺傷數值調到最高，抱著但願不要有機會開槍的心情瞄準前方，繞過轉角。

一隻雲豹露出獠牙，被隔離在鐵籠內，泰琳放下了沉眠槍。

「抱歉，我也希望能釋放你……」

泰琳不同於其他懂得如何與猛獸交涉的樹沼人，目前還不懂得如何與其他生物溝通的方法，因此沒辦法輕率地釋放牠。

泰琳經過雲豹面前，再次朝著控制室狂奔。沒時間了，必須趕在治安維持隊來之前結束這一切。泰琳朝著最高的樓層不斷往上爬。

碰到岔路時，索兒指向了右邊。朝右側繞了一大圈，在走廊盡頭看到了有扇門透出光線。泰琳全力奔去打開門，明亮的光線霎時灑落，眼前出現了大型控制螢幕。拿著伊潔芙的生物認證晶片湊近，內側的玻璃門開啟了。瞬間泰琳內心漏了一拍，切身感受到伊潔芙果真是一手策劃這所有實驗的人，但她搖頭甩去思緒，接著衝了進去。

她開始研究控制裝置。畢竟是第一次接觸的裝置，要搞清楚如何操作並不容易，目前就只有索兒透過氾濫體收到的不完整資訊。泰琳慎重地研究裝置，即時監視研究室內部的數十個螢幕顯示在分割的畫面上，大部分都因為飛蟲群發出的雜訊而看不清楚，僅能得知與海底通道相連的方向有數不清的發病者在移動。泰琳開啟了其他依然關閉的隔離室，想必仙奧就被關在其中一處吧。

但無法確認所有門都確實開放了。畫面全部被飛蟲遮住了，找不到仙奧的身影。

泰琳戴上耳機，打開了與隔離室連結的所有麥克風。

「仙奧，若是聽見就回答我！」

隔離室內肯定能聽見泰琳的聲音。

「妳出得去嗎？」

沒有回應。

「仙奧？聽見我說的話嗎？」

泰琳再度大喊。

「要是妳現在出不去……」

突然有個鏡頭向著隔離室的螢幕變亮，讓泰琳嚇了一大跳。飛蟲製造的雜訊消失，有個人影出現了。雖然看不清楚，但好像是仙奧。

仙奧舉起雙臂，朝著螢幕做了一個大大的ＯＫ手勢，從耳機沒有任何聲音傳入，大概是麥克風沒有啟動。仙奧接著做出了到外頭的手部動作，似乎是要泰琳也立即趕來海底通道。
畫面閃爍，很快地再度被飛蟲遮住。
「成功了，仙奧脫身了，那現在……」
泰琳著急地查看控制面板。最後還剩下一件要緊事。這裡面應該有與通道入口相連的操縱桿才是。
內心不由得焦躁起來，感覺治安維持隊下一秒就會現身。泰琳一邊調整呼吸，一邊逐一查看操縱桿，在無數的控制按鈕之間看到了一根酒紅色長桿。根據接收到的情報，就是這根操縱桿。經過幾次確認，泰琳拉起了操縱桿。從某處傳來砰的一聲，掀起了就連控制室也能感覺到的大範圍震動，右下方的監視螢幕畫面猛烈搖晃著。
與海底通道電車相連的門正在開啟，現在，無數發病者前往電車之路打開了。
與此同時，警報聲也開始瘋狂響個不停。不只是控制室，整間研究所都響遍了，這是對入侵者的警告。
「啊，不行。」
雖然知道被發現是遲早的事，但要比預想來得早。
現在泰琳也得走人了，她必須下到海底通道與他們會合。泰琳必須去見仙奧，必須趁治安維持隊抵達之前，趁有人來阻止她之前，她必須更早逃出去。
就在慌忙衝出控制室玻璃門外的時候，泰琳不小心弄掉了生物認證晶片。她反射性地伸出手撿起，接著就這樣握著晶片杵在原地。說來也奇怪，她的步伐卻怎樣也邁不開。突然，某種無法否定的事實朝腦袋狠狠敲了一記。

這一切確實是伊潔芙所為。

而泰琳正打算摧毀全部。

耳畔響起刺耳的警報聲，泰琳這才對自己所為有了真實感。此刻泰琳是與伊潔芙，不，是與整座城市為敵。若照原來的計畫，發病者的命運是成為殲滅地上氾濫體的生化武器，而泰琳阻止了這件事。泰琳等於是將全體人類再度推進氾濫體的威脅之中。

「現在必須出去！」

索兒大喊道，泰琳卻彷彿被什麼扯住後腿般動彈不得。占滿螢幕的發病者，泰琳只覺得他們的移動是如此遙不可及，他們是與泰琳極為遙遠的存在。如今他們將活出他們的人生，只是泰琳又該何去何從？像其他發病者一樣前往地上？前往樹沼人居住的沼澤地？那裡並不是泰琳的歸屬，因為泰琳深愛的人們都在城裡。那麼，她該重回城市？但她以同樣無法在此停留。

泰琳哪裡都去不了。

「不能停著不動……」

索兒焦急地大喊，泰琳也知道自己不能杵在這，但她的心正在坍塌。她沒有離開也沒有留下的理由。若是跟著發病者前往地上，她就再也見不到伊潔芙了。她曾是泰琳想從危險任務存活並回到城市的最大理由，但也正是伊潔芙主導了這一切可怕的事。她把孩子們當成實驗體，又試圖讓發病者無力反抗。泰琳無法饒恕伊潔芙，可是又為什麼……

怎麼會離不開呢？

警報聲漸次響亮，耳膜快要被震破了，泰琳好想摀住耳朵就這麼癱坐在這裡。身子踉蹌的她扶住了螢幕。

就在她費力撐起身子之際，時間彷彿靜止似的，警報聲戛然而止。

泰琳快速抬起頭。螢幕上什麼都沒有，好像有人讓螢幕暫停了。身後傳來一個熟悉的嗓音。

「夠了，到此為止。」

無法區分是現實或幻聽。

「現在為時不晚，只要趁現在停下就行了。」

要說是現實，這太像夢境了，但說是幻聽，卻又過於清晰，彷彿椎心刺骨般疼痛。

「妳也……不打算離開我的，不是嗎？」

腳步聲緩緩靠近，就在咫尺之遙止步。有個溫柔的嗓音就在背後低聲呼喊泰琳：

「鄭泰琳，妳說是不是？」

曾是最為思念、愛得最深，但此時卻是最為憎惡的……

泰琳啟動沉眠槍後轉過身，但轉身的那一刻她也曉得，自己絕對開不了槍。

伊潔芙露出哀傷的眼神站在那裡。

靜寂在兩人之間縈繞。

難以呼吸，怒氣竄升，有太多要做的事，太多想說的話，但也因此什麼話都說不了。為什麼要做出這種傷天害理的事來？為什麼非如此做不可？是早料到會如此，所以才事先囚禁泰琳嗎？想追問的不止一兩件，但其中卻沒有哪一件具有說出口的意義。伊潔芙凝望泰琳的眼神溫柔且哀傷，彷彿在對泰琳訴說，只要放下一切就行了，所以泰琳開不了口。

何以那眾多的決心在這人面前就失去了意義呢？

伊潔芙靜靜地注視泰琳，也並未詢問泰琳闖了什麼禍，彷彿早料到她總有一天會做出這樣的事來。那目光未蘊含一絲憤怒，因此更燒旺了泰琳的怒火。

「伊潔芙，究竟為什麼……」

泰琳欲言又止，好不容易才接著說下去。

「為什麼非得這麼做？您不也知道我身上有氾濫體嗎？您千方百計極力想殲滅的氾濫體就在我體內啊。那些人也和我一樣，全部都是與我相同的人，可是為什麼做出這種事……」

泰琳希望伊潔芙告訴她，自己別無選擇，其實她也不願意做這樣的事，這僅是上頭的吩咐罷了，而她無法拒絕。如此一來，泰琳似乎就能稍稍原諒伊潔芙，但伊潔芙的口中卻說出了截然不同的話。

「妳跟他們不一樣。妳怎麼會跟他們一樣？」

「您怎麼能這麼說呢？在最近的地方觀察我大腦內有氾濫體的人不正是您嗎？！」

「鄭泰琳，我了解妳。氾濫體存在或消失時，妳都是妳。妳既有的自我、閃耀的眼神，那些並未遭到氾濫體汙染，他們就不同了，他們……」

伊潔芙的眼神瞬間變得冰冷至極。

「他們被汙染了。」

「我也一樣啊。」

泰琳瞪視伊潔芙。

「雖然被憎惡蒙蔽的您看不見，雖然會想否認，但我也是那樣的，我和氾濫體分不開，已經遭到汙染了，那麼現在您要殺了我嗎？就像您對那些人做的那樣？」

伊潔芙露出微笑。

「不，我並未被憎惡蒙蔽。」

「那又是為了什麼！究竟是什麼讓您做出這麼可怕的事來？是多了不起的理由才讓您做出這種傷天害理的事來？究竟是多偉大不凡的理由——」

「是為了將地上世界交還妳手中。」

泰琳一時啞口無言。

「多年前，有一回妳的眼神告訴我，幻想可以取代憎惡成為動力……所以我有了其他夢想。

我喜歡妳說起地上世界時閃閃發光的眼神，所以想領著妳去到遠方，我想將世界交還到妳手中，因為或許，這整顆星球都該是妳徜徉漫步之地。」

「我從未企求過這些！」

「不，妳渴求這些。泰琳，妳不是說想與我一起前往地上嗎？而此刻……」

伊潔芙直勾勾地看著泰琳說：

「此刻也是。」

「才沒有」這幾個字已經湧上喉頭，但泰琳卻開不了口，因為伊潔芙所言屬實。泰琳想與伊潔芙在地上漫步，想與她相伴同行，想見識美好的一切。但此時，她必須承受心碎的痛苦說出口。

「不是以這種方式，不是以這種把與我息息相關、無數的人當成工具去實現，我只是……要去那裡。我會帶著承受變異、承受痛苦，承受無法像從前那樣活著的覺悟前往。伊潔芙，我無法同意您的方式，請讓我離開。」

伊潔芙沒做回應，泰琳也緊閉雙唇。伊潔芙靜靜地佇立原地，手上未持槍也沒有取出其他武器，就只是一臉流露哀傷。

「好，妳會來到這想必也是心意已決。」

表態之餘，伊潔芙像是打算採取行動似的舉起雙手，泰琳則是握穩了沉眠槍。伊潔芙見狀，露出了受傷的微笑，那神情讓泰琳不由自主地鬆懈警戒。

瞬間大意，情勢逆轉。

伊潔芙一個箭步靠近，同一時間泰琳的背後發出了嗶的一聲，響起了巨大轟鳴聲。

正當感覺背後有什麼而轉頭時，冰冷的金屬錬撲向泰琳的背部，手腕瞬間向前被綑綁住。泰琳急欲掙脫，但愈是奮力掙扎，金屬錬將手腕扣得愈緊。

伴隨著轟鳴聲，通往海底通道的門再度關閉，控制室的螢幕出現了讓人看不懂的許多數字，紅字占據了全螢幕。

〔轉換程序準備〕

隔牆落下，來不及逃脫的發病者被困在走廊上，數字開始往上竄。

1、2、3……

「不行！」

畫面另一頭紫紅色煙霧升起。

「請立刻停止！」

泰琳試圖揮動手臂反抗，但雙手被束縛住了，因此只是徒勞無功。她試著用全身的力量阻止伊潔芙，但伊潔芙一下子就緊緊按壓她的雙腿制伏了她。泰琳試著推開，也試圖扭動身體扳倒伊潔芙，但卻無法使力。教導泰琳格鬥的人正是伊潔芙，因此伊潔芙看穿了泰琳的一舉一動。儘管試圖把無意識交給索兒，但肌肉相當緊繃，所以也能沒成功。

「我要您停止！」

儘管竭盡全力想要掙脫，但無法否認的事實箝制住泰琳。伊潔芙強悍無比，一如她在地上世界倖存的時間般強大。

奮力抵抗多時，最終力量耗盡了。雖然用盡全力，充其量也只是令手腕的金屬鍊鬆動一些。雖然使力或許可以掙脫，但就這狀態，別說是要阻止伊潔芙了，反而馬上就會被她制伏，根本打贏不了她。

泰琳觀察螢幕，但難以準確掌握此時發生了什麼樣的事，但可以確定的，是發病者的逃脫計畫泡湯，一旦那個程序結束，他們就會搖身變成生化武器。好痛苦，因為無法阻止伊潔芙，泰琳為自己瞬間動搖感到心寒。

伊潔芙俯視泰琳，眼神中充滿了情感。

「原來妳恨我啊。」

「是的，我恨您。」

事實上她並不恨，泰琳對於即便是在這節骨眼依然恨不了伊潔芙感到無能為力。

「伊潔芙，拜託，他們還活著，是跟我一樣的人。您若是將他們視為工具，那就應該對我一視同仁。」

「活著並不代表美麗。」伊潔芙低語道：「我想給妳美好的人生，想給妳最好的。死亡會找上所有人，我們的人生不過是一閃即逝的火花，那麼就應該盡可能散發最美麗耀眼的光芒，妳說是不是？」

她帶著真心說這番話令泰琳痛苦不已。教導泰琳認識世界，伸出手帶領她走向世界的人，此時訴說著要把世界交予泰琳。那是純粹無瑕的真心，也因為這份純粹無瑕，才讓泰琳感到心痛。

螢幕的轉換準備數值逐漸上升。

「鄭泰琳，妳想想看，妳現在很在意腦中的那個傢伙吧？深信那個氾濫體早已與妳的靈魂緊密結合吧？但泰琳，我會找到不除去那傢伙又能讓你們分離的方法，妳無法終生與其他自我綑綁在一起生活的，我會為了妳找尋辦法，一定有介質吧？能將那傢伙與妳分離後運載的介質。如此一來，妳就能繼續過妳的，那傢伙也能繼續過它的了。妳不也知道，依目前的方式是無法持久的嗎？」

伊潔芙說得溫柔多情，泰琳咬緊了牙。很不幸的，伊潔芙的話是如此甜美，觸動了泰琳的內心。

「妳想像一下，痛苦是剎那的，但喜悅會持續下去。妳在乎的沼澤將會成為我們新的基地。以那兒為起點，我們能去到從前到達不了的地方，而妳與我，將成為這座城市裡去到地球最遙之處的人，最先去到任何人都不曾見過的世界……我始終想像著那一刻。」

某些畫面在眼前開展，發病者一致向著沼澤走去。他們欣然在氾濫體的覆蓋下腐敗、分解，一旦安裝於他們體內的裝置啟動，氾濫體就會逐漸被消滅。他們所吞食的東西將導致沼澤崩解、消失，取而代之的是環繞森林的人類基地。燦爛灑落的陽光，在光線反射下閃閃發光的翠綠葉片，儘管時而會下起傾盆大雨，時而霧氣繚繞，但那片土地將屬於人類，那裡將祥和美麗。人類會在那裡逐步收復地上世界，重新占領地球。

人類的村莊與城市將再度建立，他們將會消滅氾濫體……

轉換準備倒數眼見就要走向終點。

剎那間，焦躁感消失了，伊潔芙的話擾亂、澈底蠶食了泰琳的心。伊潔芙所允諾的未來如此甜美。泰琳明白她做了什麼好事，也曉得自己無法原諒她，可是為什麼偏偏在這一刻，她卻只想乖乖聽從伊潔芙的話呢？為什麼想就這麼把心交付給眼前浮現的種種畫面呢？

泰琳明白答案，是因為還無法抹去自己渴望她的心，才會想放下一切，想相信她說的話。

「所以，伊潔芙，」泰琳凝視伊潔芙的雙眸。

「在所有可想像的未來中，您所企盼的，是與我一同前往地上嗎？就只是這樣吧？」

伊潔芙俯視泰琳，眼神依舊盈滿哀傷與愧疚。她以低沉的嗓音喃喃：

「是啊，就只是這樣。」

泰琳能理解，能明白伊潔芙的心意，她的真心。

「我明白了，那麼……」

泰琳用盡全身力氣推開伊潔芙，手腕從鬆脫的金屬鍊之間抽出後，她抓起掉在身旁的沉眠槍立即發射。

砰的一聲，熾熱的鮮血四處飛濺，眼前是過多的血量。意識到可怕的事實後，泰琳好想放聲尖叫。她後知後覺地想起先前遇見雲豹時，把殺傷數值調到了最高。早知如此，她絕對不會……

但眼下不能再拖延了。泰琳哭著按壓地面起身，站到控制面板前，摸索著找到與海底通道相連的操縱桿。她重新打開了路徑，升起了降下的一道道隔牆。來自下方的巨大震動與轟鳴聲擴散至整間控制室，必須中斷轉換程式才行……拜託，必須即刻中止。當泰琳找到被扔在地上的生物認證晶片並貼在控制面板上頭時，螢幕上的倒數才總算停止。

泰琳隨即將晶片扔在地上，急急忙忙跑向伊潔芙身旁，但早已血染一地，沉眠彈似乎貫穿了伊潔芙的側腰。

「啊，不可以，拜託。」

泰琳趕緊去尋找可能會在控制室某處的應急醫藥箱，像是發了瘋似的翻找抽屜、摸索牆面。螢幕上可以看到發病者找不到可走的路，互相撞來撞去。轉換程序啟動時似乎有人縱了火，烏黑煙霧四處瀰漫。煙霧一點一點地往內部滲入，研究所外部有一群持槍的人正在試圖進入，泰琳連忙開啟麥克風大喊道：

「快跑！我叫你們立刻離開！去沼澤！」

怎麼找也看不到應急醫藥箱，眼下也無人能提供協助，泰琳跑到控制室外頭，摸索、查看煙霧瀰漫的走廊牆面，最終還是沒能找到應急醫藥箱。嗆人刺鼻的煙霧已經蔓延至控制室內部了，呼吸變得有困難。泰琳咳個不停，撕下自己的衣服替伊潔芙的負傷部位止血。流太多血了，必須從這裡出去才行，必須帶著伊潔芙逃到沒有煙霧的地方，必須替受傷部位治療包紮，但這看起來也只是在做困獸之鬥罷了，傷口太深了。

「啊啊，不可以，伊潔芙，拜託……」

鮮血逐漸浸濕了地面，煙霧愈來愈濃了，伊潔芙咳了一聲，她正逐漸失去意識，但不曉得是因為出血還是煙霧所致，泰琳撫摸伊潔芙的臉頰，還留有餘溫，但不曉得她還能撐多久。因為流了太多淚水，以致看不清眼前，在狂響不止的侵入警報聲之間，地下的某處再度傳來巨大震動與轟鳴聲。泰琳的整顆心都只向著伊潔芙，流了太多血的伊潔芙，中了毒慢慢失去意識的伊潔芙……

泰琳的意識也逐漸變得微弱，她想說些什麼，卻無法確切發出聲音，對不起，我也想和您在一起的，但泰琳說不出口，生怕伊潔芙的眼神會透出埋怨與憎惡。

眼前開始模糊了，泰琳擠出全身僅存的一點力氣握住了伊潔芙的手，感覺到那隻溫熱的手也回握她的手，但那力道隨即就鬆開了。

「對不起……」

來不及確認用盡最後的力氣說出的這句話是否傳到了伊潔芙耳中，泰琳的意識也墜入了渺渺無盡的漆黑之中。

5

還有……

往前，持續往前，直到終於逃離地下時，擺脫那所有噪音與震動抵達地上時，我們明白自己來到了所屬之地。冰冷的空氣，腳下潮濕的泥土，落在皮膚上的涼爽雨水，或許這些都還是次要的。我們會明白那些讓我們從本質上改變的存在正在伸手探向這星球的每個角落，感知地表上的一絲一毫。我們也明白了只要踏足這塊土地，所有的感知就與我們相連，還有，這個人生將有別以往，往後也將持續改變。但早於這一切的，是我們明白了站在地表上與我們相同的存在就只有我們，訴說「你們瘋了，形同死去，所以就應當死去」的人不在此，這是個因孤獨而自由，因空無一物而得以生存的地方。

那森冷的感覺正在對我們訴說：

「你們來到了氾濫體的星球。」

6

記者：為您播報一則速報，巴圖瑪斯地區發生了大火，起因尚在調查中，滅火預計需要一段時間。過去，發生火災的炸藥製造設施基於安全考量而受到保密管理，但這次火災導致該設施曝光。爆炸引發的巨響仍在持續，目前已向鄰近居民下達疏散命令。

此外，地面上的紐克拉奇基地也傳來了意想不到的消息。根據消息，有一群氾濫化的猛獸正在接近基地。城裡表示要動員所有機器戰力進行防禦。目前只收到猛獸接近的報告，沒有攻擊的跡象，但目前處於緊張的對峙狀態。為求防患未然，基地附近的通風口與採礦場將會關閉，雖然並未確認與火災有直接關聯性，但現場情況相當緊急。

為了各位市民的安全，請您留在室內，切勿外出。巴圖瑪斯地區目前進行全面管制，禁止任何人接近。

再次提醒各位，緊急情況還在持續中，請各位市民遵照官方指示。再次提醒各位，情況緊急，請各位留心警戒，直到情況安全為止。

（蜂鳴聲）

啦啦啦、啦啦啦、拉布巴瓦的聒噪精魯博斯♬

魯：各位聽眾大家好！我們是魯博斯！

博斯：哎喲喲，真不尋常呀，明明不是魯博斯登場的時間，可是為什麼我們現身了呢？

魯：是的，今兒個聒噪精魯伯斯的魯與博斯是來傳達速報的！

博斯：沒錯。魯！就是現在，巴圖瑪斯地區持續發出震天響的轟鳴聲。想必各位聽眾一大早也聽到消息了，幸好火勢沒有蔓延至巴圖瑪斯的住宅區，解除了疏散命令，但目前還是到處瀰漫嗆人的煙霧。

嗯，警笛聲依舊吵個沒完呢，可是我們魯博斯出現在此的理由！可不是只為了傳達火災消息喲。

魯：這是當然的啦，其實我們來這的理由……

博斯：就是為了確認關於這場火災的驚人內幕，由爆料者黛比大大提供的驚人內幕！魯，那封爆料信究竟是怎麼說的？

魯：三小時前，我們收到了一則教人難以置信的爆料信。這位化名為「黛比」的爆料者是拉布巴瓦的環境清潔工，負責清潔這城市總共有四處的海底通道，也就是清潔在地下連結城市與大陸的設備。爆料的時間點是在發生火災沒多久，整個巴圖瑪斯濃煙密布，巨大轟鳴聲與震動聲四起，導致大家驚慌竄逃的時候！就讓我來替各位朗讀這則爆料信吧。

今天上午，就在那場令人驚恐萬分的火災發生之前，我察覺平時封鎖的巴圖瑪斯海底通道有不尋常的動靜，所以就進入隧道去確認。真該怎麼說呢？就只能說是直覺吧，我就是有種奇怪的感覺，所以得趕緊進去看看是怎麼一回事。

起初我碰到的是黑暗、發霉的氣味，還有一片寂靜。是我的錯覺嗎？就在我打算重新出去的時候……瞬間後頭傳來了鏘啷聲。轉頭後的我錯愕到不行，明明就說是遭到封鎖、長年沒有使用的隧道卻被打掃得一塵不染，甚至軌道上還有立即出發也不成問題的電車呢。究竟這輛電車，是打算在哪兒運載些什麼呢？正在查看電車的我聽見不知從哪兒傳來的巨響，又被嚇得匆忙躲了起來……我藏在維修用的狹窄通道後，在門後看到了那些東西傾巢而出。起初我還以為是怪物出現了呢。一直以來城裡都流傳著地下城的深處囚禁、豢養氾濫化怪獸的傳聞，原來是真的啊！

可是我再定睛一瞧，不是的，他們全部……都是人！有孩童、有老人、有女性也有男性，全部混雜在一起，但好像全部都是癲狂症發病者。即便是在快速奔馳搭上電車的過程中，他們也沒人出聲對話，但其中似乎有著只有他們之間才知曉的其他溝通方式。直到現在我還是不知道該稱呼那為什麼，他們一窩蜂地搭上了電車，可是那一瞬間卻突然……砰！發出轟然巨響，隧道內側的門關閉了，還有人的手臂被門給壓斷了。更教人衝擊的，是門的內側開始滲透出紫紅色煙霧……儘管如此，他們仍互相幫助彼此搭上電車，完全沒有停下。在這之後的事我就記不太清楚了，我有預感要是自己持續吸入這些煙霧，小命就要不保了，所以就頭也不回地從我知道的通道逃跑了。可是來到外頭後發現，這不得了的事件竟然以巴圖瑪斯炸彈製造設施的火災掩蓋過去了？

我很確定，那不是單純的火災，那些人身上分明是發生了什麼可怕的事，甚至連被門壓斷手臂的人，都沒發出一聲慘叫聲，就再度起身搭上了電車……那是因為他非逃走不可，無論如何都得離開城市。我怎麼也不敢想像他們究竟是經歷了什麼樣的事，但我無法坐視不管。那不是火災，而是悲壯的逃脫行動。我從他們身上……感覺到了某種決心，那就是我親眼目睹的景象。

博斯：哇，謝謝你，魯！也向為我們提供珍貴爆料的黛比大大致上深深的感謝。各位聽眾，真的很驚人吧？光說是炸藥製造設施發生火災就已經夠衝擊的了，結果其實那根本就不是炸藥設施……還說不定是囚禁癲狂症發病者、可怕至極的設施呢！我們魯博斯在接到這封爆料信之後，立即著手調查了在海底通道偵測到的動靜。請別詢問我們是如何調查的！因為那可是魯伯斯的營業機密。我們還發現了一項驚人的事實，黛比大大所說的電車，是從巴圖瑪斯海底通道出發並前往努坦達拉大陸的電車，而那輛電車在稍早前抵達了大陸！

魯：啊，我的天啊，他們真的逃到了地上嗎？但地上是個危險萬分的地方啊，該怎麼辦呢？

博斯：有兩種解釋。其一，他們被囚禁在巴圖瑪斯的設施內，而那地方要比地上更危險，所以乾脆就逃到了地上。另一種，說不定他們是發現了如何在氾濫體的地上世界生存下去的辦法！所以我的意思是，他們不是發病者嗎？已經是被氾濫體感染的人，自然跟一般人的身體不一樣囉。

魯：也有可能兩者皆是。

博斯：就是啊，魯！有可能兩者皆是。

魯：今天發生火災事件後，我們持續收到跟以上類似的爆料信。一如往常，有些爆料內容是不足以採信的！但我們魯伯斯身為信賴的象徵，自是發揮篩選爆料可信度的專業性，也確認了這些爆料內容具有一貫性。各位魯博斯的聽眾，我們的結論是這樣的：一直以來，巴圖瑪斯的深處都以發病者為對象進行可怕實驗，說發病者本身處於腦死狀態或形同會呼吸的屍體，想必聽眾們都知道，這些言論當然是謊言！他們只不過是無法溝通罷了，他們都還活著！甚至根據黛比大大的爆料，他們不是還能以自己的方式說話嗎？除此之外，博斯，還有更令聽眾們更吃驚的消息吧？

博斯：沒錯，想必各位都明白，我們魯博斯向來致力於宣傳街上的失蹤者。儘管城市的治安維持隊眼睛連眨都不眨，但那些失蹤者全都是我們珍貴的家人與近鄰，而你我也都可能成為其中之一。可是根據我們收到的驚人爆料消息，搭上電車逃出的發病者中有多數正是那些通報失蹤的人！這也就是說他們先前是遭到綁架後被囚禁在巴圖瑪斯的深處了。

魯：究竟是該為此等悲劇發生在城市底下的事實感到憤怒不平呢？還是該為他們至少現在逃

出去了的事實感到欣喜呢？

博斯：以博斯我的意見，這次也是兩者皆是！但果然還是對發生悲劇的憤怒更勝一籌。

魯：我也不例外。真讓人生氣呢，特別是想到那些淚流滿面通報失蹤人口的魯博斯聽眾，就覺得氣死人了！

博斯：可是察覺這個真相的並不只有我們，傳聞開始以迅雷不及掩耳的速度傳出去了！換作是平時，我們肯定要大失所望，心想我們竟然不是搶先報導！但這次就不一樣了。

魯：博斯，你現在人在哪裡呢？周圍似乎非常嘈雜呢。

博斯：是的，我現在來到了貝努亞的行政區現場。這個教人衝擊的傳聞傳開後，有數十名民眾跑來抗議。這些人似乎多數是實驗犧牲者或險些成為犧牲者的癲狂症發病者的家屬，但除了家屬之外，還有更多人湧入了！由於這些憤怒的市民，抗議規模逐漸擴大。有人要求停止追擊！對此同意的人數也在增加。民眾齊聲吶喊：「中斷追擊！」治安維持隊員與機器紛紛出動，與聚集的市民形成對峙局面！我將繼續留在這裡，為各位傳達現場情況。

魯：目前拉布巴瓦的官方節目都沒有報導這個事實！但一如往常，我們魯博斯會為各位聽眾傳達清廉乾淨的真相。目前這所有情況都是即時實況報導，若有後續新消息，我們將立即告知各位。中斷追擊！中斷追擊！

「他們說，要建立一個邊界區。」

開門進來的丹泰勒很無言地丟下一句，神經質地拉出椅子坐下。

會議室內的視線瞬間集中在丹泰勒身上，但之後又散開了。以拖曳椅子的聲音為結尾，會議室再度陷入了沉默。氣氛十分低迷，率先抵達的人們不是一臉愁悶地翻閱資料、開啟全像投影螢幕盯著新聞，再不然就是怔怔地瞪著眼前的空氣。

丹泰勒一臉氣呼呼的，但似乎也不知道接下來要說什麼。現在，該來的人多數都到齊了。聚集在此的每個人都有各自怒氣沖沖的理由，因此誰也沒開門見山地爽快開口，卡塔莉娜同樣只板著一張臉研讀資料。

拉席雷打破短暫的沉默問了：

「邊界區的事是從哪兒聽來的呢？現在收到的資料上沒有呢。」

丹泰勒沒好氣地回答：

「我在來的路上被拉住了，說是市民正式提出要求的事項，聚集群眾好像是以發病者家屬為主就是了。」

「話要說清楚，不是市民，而是極少數的市民吧。」

以某人的嘀咕為開頭，不滿的言論跟著此起彼落。

「什麼邊界區嘛，這說得過去嗎？要是把那些天真無知的傢伙說的話照單全收……」

「要是這樣，全體人類就會被氾濫體吞噬了。這絕對不可行。」

「大家真是太可悲了，批評就該承受啊，但要引進氾濫體，這麼愚蠢的言論難道就這樣置之不理嗎？」

又有其他不滿的聲音插嘴道：

「但實驗體，不對，發病者的家屬非常生氣，他們正四處廣發渲染性的資料，煽動整座城市。雖然目前是只要有看到就會上前阻止，但市民反感的力量不容小覷，必須中斷追擊也是基於這個原因。他們要求完全中斷追擊、封閉研究所，以及設立邊界區，逃脫的發病者也提出設立邊界區。」

「祕密實驗過度殘忍是事實，假如外流的資料並非有人偽造的話。」

「那個計畫內容至今都是保密的，這裡還有些人是初次聽聞，但那怎能改變城市對抗氾濫體的基本原則呢？到頭來只能說是在走向正途的過程中發生了失誤，要求事項似乎太過火了。」

「就是啊，發病者就是死了一次的人啊，是遭到氾濫體感染後造成無法挽回的變化、形同屍體的存在。當然了，以這些死去的人為對象進行實驗確實駭人聽聞，但這是與氾濫體之間的戰爭中必經之事，城市不至於要為此鬧得天翻地覆……」

「他們並不是死人。」某人以生硬的口吻打斷道。

「他們只是無法進行平常的對話罷了，但確實是活生生的人，這個事實必須承認。」

會議室的氣氛瞬間冷卻下來，不同意剛才那番言論的人短暫互換眼神，接著拉席雷再次開口：

「究竟他們是如何策劃脫逃過程的？就我所知，他們分明是遭到隔離了，該不會是以保密為由而對監視太過大意了吧？」

「監視過程沒有問題，只不過看起來是受到了外部的協助。據推測，樹沼人利用他們獨有的溝通方式，將情報傳達給遭到隔離的發病者。聽說城市外頭住著因氾濫體變異的人類，雖然尚未掌握該溝通方式的確切樣貌，但因氾濫體變異的人似乎是以有別於原本人類的方式感知世界。雖然視覺相對變弱了，但可能是運用了敏銳的聽覺或觸覺。」

一名上了歲數的男人大為光火：

「早就該把樹沼人一舉消滅了，就是因為當時派遣者心軟才導致現在這局面。早該把那些不安分的派遣者揪出來，說什麼能與氾濫體共生，不就是那種半吊子的想法埋下禍根，以致衍生出這種事態來嗎？」

另一名年輕女人蹙眉回嘴：

「這事並不是樹沼人或不安分的派遣者所主導，因為他們要不是與城市相距甚遠，再不然就是在城裡發揮不了作用。雖然目前還在掌握這件事是如何發生的，但大概是囚禁於研究所的發病者之間自發策劃的行動，之後外部人士的協助又成了整起行動成功的關鍵性因素。雖然就情況上來看發病者確實是前往沼澤，但他們似乎是判斷眼下最適合在地上生存的地點，就是已經有樹沼人居住的那個地方。」

「那些傢伙不是有傳訊息來嗎？不管是樹沼人還是發病者。」

「只要不率先攻擊，他們也不會展開攻擊。這是最初的訊息，之後的訊息必須再確認內容，但他們表示如果我方以武裝狀態前往，他們就會動員猛獸……」

會議室內頓時一陣騷動，也有人口出穢言、反應激烈，卡塔莉娜花了一番工夫平息了騷動，之後向負責與發病者溝通的女人發問：

「目前收到的全部訊息，能先請您針對可解讀的部分做個簡報嗎？他們所說的邊界區是什麼樣子的？」

「好的。依我所見，似乎是提議設置氾濫體與人類的共存區域。與氾濫體結合的人類將聚集在該區域，形成村莊或城市居住。氾濫體表示會盡可能維持人類的自我，至於已經與氾濫體結合的人類就算吃了地上生長的東西，癲狂症也不會變得更嚴重，因此糧食將可達到自給自足。追加要求事項是這樣的，往後不再殺害樹沼人與癲狂症發病者，一旦城市出現發病者就送往邊界區，還有一如氾濫體會將地下視為人類領域並給予尊重，城市的人類同樣要尊重地上領域。這即是他們傳達的要求事項。」

「荒謬至極，起初地上不就是屬於人類的嗎！可是卻說得好像是他們讓步似的……倘若一開始氾濫體與人類之間能夠溝通，氾濫體也能尊重人類，為什麼在此之前都沒這樣做？」

「氾濫體很難以我們人類的觀點來理解他們，他們也同樣是經歷長年的歲月慢慢地才學習了關於人類的一切。沼澤與叢林區的部分氾濫體具有能與人類溝通的智能，因此對他們而言，遵循『不摧毀人類』等規則是可能的，但卻難以讓擴散至整個地球的氾濫體都遵循規定。眾所周知，他們並沒有一個核心的統治體系，雖然局部得以進行溝通，但就零落分散的個體來看就與病毒或細菌無異。這也是何以派遣者直到現在才理解氾濫體是有智慧的生命體。」

儘管席間議論紛紛的聲音此起彼落，但或許是因為所有人都意識到事情的嚴重性，因此並沒有人拉高嗓門大聲嚷嚷，不過有名老人倒是咂舌說了：

「這豈不是打算讓全體人類最後全成了他們的宿主？」

對此，做簡報的女人反駁道：

「事實上以他們的立場並沒有非把我們當成宿主的理由。」

「那是什麼意思？」

女人以冰冷的口吻回答：

「就算不把我們當成宿主，地球也早已在數百年前就成了氾濫體的星球。」

會議室充滿了沉重的沉默與嘆息。

「去他的邊界區，就算設置那種玩意，究竟是要怎麼管理那個地方？從一開始至今誰也沒能成功與氾濫體對話過，又要由誰來負責？我看這一切都是捏造出來的想像吧？」

「說會有人負責扮演居中傳達的角色。」

「那是誰？」

「是鄭泰琳。」

會議室的氣氛瞬間有股冷風吹過，在這沉默之中，眾人似乎都陷入了深思，有些人則是欲言又止。一名女人嘆息道：

「我感覺現在來來回回討論的這件事太詭異了，竟然不是別人，是要讓那人擔任氾濫體與人類之間的居中協商者。如果不是那身為派遣者卻闖下大禍的孩子，也不會落到這個田地啊。最重要的，是那孩子害死了帕洛汀。聽說她親手殺害了最疼惜、偏愛自己的人。」

在沉重肅穆的氣氛中，眾人的視線都向著同一處。會議室中央，伊潔芙・帕洛汀的位置是空著的，但名牌還來不及拿掉。瞥見那名字的人們彷彿觸犯禁忌似的慌忙別過了頭。

「但對此要比任何人都痛苦的就是泰琳那孩子。」

一名老人以沉穩的嗓音說道。有別於會議室內縈繞著一股對泰琳的反感，他的語氣中參雜了惋惜與同情。

但聽聞此話後，眾人卻只是緘默不語，無人反駁。

7

濕潤的風吹拂而來，氾濫珊瑚將赤色芽孢子撒向下方，空氣中摻雜了甜絲絲的蜂蜜香氣。整個上午靜謐無聲的沼澤傳來了撲通的水聲，有三個孩子在沼澤裡游泳。坐在岩石上記錄著什麼的泰琳抬起頭，注意到遠處地面附近微微波動的氣流，有人在呼喚她。原來是進入沼澤的孩子在喊泰琳。

一來到附近，孩子發出了聲音，但兩人之間有數步之遙，所以聽不太清楚。泰琳又走近了一些，將耳朵貼在孩子嘴邊，孩子像在說悄悄話似的。

「沼澤有話要說。」

「要不要你先聽了再跟我說？」

泰琳提議道，孩子卻拚命搖頭，水花也跟著四濺。

「我試著聽了，但聽不懂在說什麼，太難了。」

身旁的孩子們也各插嘴說了一句。

「對啊，沼澤話太多了。」

「不對，應該是說有很多聲音。」

孩子們也不知道是覺得哪兒有趣，一邊咯咯發笑一邊朝著沼澤的另一頭游遠了。孩子們的背上有氾濫體的藍網覆蓋著。

泰琳走向了沼澤的最邊緣，今天本來沒打算進去的。不管有多頻繁將身子浸泡在裡面，感覺也沒有好過一些。泰琳與那些生來就與潮溼黏稠的玩意兒打成一片的沼澤孩子們不同，依然有一半是屬於乾燥的土地。即使不斷地接觸到腐敗的東西，但仍無法抹去本能的抗拒感。不過還能怎麼辦呢，人家都說有話要講了。泰琳做了個深呼吸後，乾脆把衣服脫下一扔，只穿著貼身衣物就這麼走入了沼澤。

「呃，好冰。」

在腦中的索兒做出了反應。聽到泰琳嘀咕，索兒像是在嘿嘿笑似的製造出尖尖的心像。泰琳問了，現在換你來嗎？索兒嘲弄道，怎麼？沼澤呼喚的不是我而是妳啊。泰琳沒好氣地說：

「還不都一樣，沒必要區分嘛。」

「嗯，也是啦。好吧，那……」

視野分裂成細小碎片散開，接觸皮膚的不快黏稠感、各種腐敗氣味隨即轉換成其他感覺。好或壞這樣的情緒消失，取而代之的是充滿了觸覺與嗅覺的風景。此外，圍繞皮膚的水、空氣、物質與波動的移動均化為語言。從近處延伸至遠處的連結網中，每一個局部開始發出各自不同的聲音。當水淹至泰琳的喉頭，與全身交接的無數沼澤氾濫體你一言我一語地說了起來。

〔妳遲到了。〕〔遲到太久了。〕〔這次為什麼來遲了？〕〔孩子們真煩。〕〔這也沒辦法。〕〔是啊，畢竟是孩子嘛。〕〔真煩。〉〔沒辦法嘛。〕〔但還是嫌煩。〕

「大家稍微安靜一下。」

泰琳露出嫌惡的表情說道，但她的聲音只在周圍的氾濫體上頭留下些微的震動就再次埋沒了。

索兒代替泰琳動了動身體，在沼澤揚起波動，接著問道：

〔好，先說正事吧。這回又是什麼事？〕

緊接著，這次是數不清的氾濫體語言排山倒海湧入。泰琳闔上眼，忍受著一些不適並聆聽那些話語。氾濫體雖然理解人類的語言，但人類至今未能完全理解氾濫體的語言。像索兒這樣在人類大腦中獨立占據一角的存在，能協助翻譯氾濫體的思考語言。沼澤表面的氾濫網微微顫動。

「要傳達的事有兩件。」

等待片刻，索兒開口：

「首先第一件事，是說能擴張北邊區域。」

聽到索兒的話後，泰琳張開了眼睛。逐漸有愈來愈多人進入邊界區了。雖然整個地區生機盎然、充滿活力，但狹小沼澤的鄰近區因為有許多人居住而發生衝突。為了凝聚原本分散於沼澤遠處的人們，避免他們脫離連結網，才導致這樣的事情發生。

構成氾濫體連接網的沼澤，居住著知道如何以非破壞性的方式與人類結合的氾濫體，這一點非常重要。沼澤鄰近的氾濫體學會了緩慢滲透、避免破壞人類自我的方法。然而，在遠離沼澤、連接網中斷的地方，氾濫體依然過早侵入人類，如此一來他們就失去了相互馴服的機會。

泰琳很慎重地管理邊界區的人口。在城裡暴露於氾濫體的這些人大多被允許進入邊界區，但在地上出生的新生兒則須遵守規定。將無數的人透過氾濫體連結網的體系連結起來，是放眼地下與地上世界，任何人都未曾嘗試過的事，因此泰琳想調節變化的速度。不過，在過去幾個月間，有為數眾多的孩子出生，也因此需要更寬敞的居住地，泰琳正為此大傷腦筋，思考該如何解決。

「不是說暫時有困難嗎？是怎麼辦到的，」

「聽說是逐一說服的，靠著把密網延展到那邊，擴大連結網。雖然那個地區就只有流動的水，但也許可以再打造出類似這邊沼澤或火山湖這樣的空間。那樣的話，它就會成為新的連結網中心了，也可能形成有別於這裡的村莊。」

「啊，竟然是逐一說服的，真令人感謝啊。」

泰琳對著微微震動的沼澤表達了〔謝謝〕。

「還有第二件呢？」

「這事還不確定，不過努坦達拉大陸對面的大島上……好像又有個地下城。」

「真的嗎？怎麼知道的？」

「妳也知道，大海中也分布著極少量的氾濫體，說是在那邊捕捉到微弱的訊號、氣流，說不定是沿著海底地盤傳來的震動。」

「沒有更具體的情報？」

「妳等一等。他們太興奮了，嘰哩呱啦說個沒完……」

泰琳噗哧一笑，等待索兒結束漫長的對話。沼澤的氾濫體大概是有許多故事想分享吧，對話持續了許久。雖然住在拉布巴瓦時也曾想過會有其他城市，但聽到可能真的存在之後頓時千頭萬緒。那城市的人也與氾濫體為敵嗎？在那個地方，與氾濫體結合的人們也被關在某個地方逐漸死去嗎？那麼應該發送訊息給他們嗎？雖然從各方面來說都是很棘手的問題，但這次不是泰琳要獨自解決的問題了，似乎應該傳達給整個連接網，讓大家一起腦力激盪。

泰琳努力猜測依然猶如模糊雲朵般的氾濫體語言，最後終於聽見索兒這樣說：

「好，到此結束，我會在沼澤外頭全部說給妳聽。」

過去七年間，泰琳擔任邊界區的傳達者。日子有一半是在地上，剩下的另一半，則是屬於地下的艱苦日子。要打造人類與氾濫體的邊界區的計畫，打從一開始就碰到了極力的反彈。然而，在拉布巴瓦市民的抗議下，隔離收容發病者的研究所與治療所全部遭到封鎖，以致城裡再也沒有地方能將癲狂症發病者送去時，城市當局幾乎是等於把這件事直接丟到了泰琳身上。

在邊界區的氾濫體習得了不侵犯人類自我的方法，此處的人類均以氾濫化的形態生活著。接受全新生活方式的這些人稱呼自己為「轉移者」。身體改變後，新陳代謝體系也產生變異，因此活動要比從前緩慢，不過也不再需要那麼多能量。雖然地上的部分區域栽培了氾濫體不會侵犯的植物，但即便食用了混合的植物也不成問題。沒有氾濫化的植物主要是用於與城市做交易，有些人依循從前的文明一樣蓋屋生活，但更多人則是在巨大的氾濫珊瑚內打造空間住下來。氾濫珊瑚沒有被氾濫體分解，也就不需要花費那麼多力氣維持。

雖然有樹沼人幫忙打造邊界區，不過要做的事情還多得很。至今樹沼人都是個別分散的，他們只是形成極為鬆散的連結網，難以稱作是共同體。不過若是想讓已經超過數千人，以及有一天可能超過數萬人在地上不起衝突，就需要建立秩序。地上的人雖與氾濫體混合了，但在某種程度上還是人類，因此無法原封不動地遵照沒有中心、毫無位階的氾濫體方式。

儘管如此，邊界區仍與城市不同。邊界區更像是氾濫體構成的局部與團狀物。小規模共同體、未形成強大階級結構的小型團狀物聚集在一起形成整體，而這些聚落多半是分開生活。泰琳負責協調這些聚落之間的關係，以及氾濫體與轉移者之間的關係。生來就與氾濫體一起生活的孩子們大致上能運用氾濫體的語言，替兩個世界翻譯的孩子們也因應而生。不僅如此，大人們也逐漸熟悉與氾濫體共同生活，逐漸能與他們對話。但就算是這樣，泰琳仍有許多事情要處理。

地下城拉布巴瓦依然分成兩個陣營，一派是必須與氾濫體為敵，另一派則是必須接受與他們共存。雖然目前仍是前者占上風，但是贊同後者的人也與日俱增。起初，光是提及關於邊界區的事就被視為是違反禁忌，但隨著城裡的發病者全都遷至邊界區後，其家屬也偕同去了地上，甚至還有人沒有特殊緣由就自行選擇成為轉移者，禁忌的力量也就漸趨式微。因為無論是親朋好友或是任何關係，城裡的人都與邊界區生活的這些人直接或間接地有所關聯。

隨著轉移者進入氾濫體的連結網，這些人開始能以極為緩慢但保持連結的狀態感知整個星球。氾濫體遍布了星球的每個角落。當人類只是以個體為中心的存在時，他們只會考慮個人或小型團體而未顧及星球整體，但與氾濫體結合的人類在連結網中進行思考，也因此基於直覺接受了自己是屬於整個星球的一部分。即使將地上的一部分打造成人類的家園，但這些與沼澤連結的人並沒有盲目擴張的欲望。透過連結網思考，意味著就算本身沒有意識到，也會不斷地受到與整體連結的思考體系所影響，進而重新審視自己的想法。雖然發生局部衝突，局部也對整體造成了影響，但沒有哪個局部的存在是與整體不相干的。成為與氾濫體結合的人，代表的是這樣的涵義。

最近，不想在地下生活，即便必須以有別於之前的方式，也想在地上生活的人日漸增長。這是在數年前難以想像的事，不過目睹轉移者在邊界區展開的新生活後，城市的人也改觀了。因為他們親眼看到了，不過是另一種生活方式罷了，它的本質還是生活。

邊界區自然是不完整的。氾濫體與人類有著天壤之別，在邊界區外的氾濫體依然會傷害人類，但人類仍持續想去到更遠的地方。往後這種平衡也不可能如同現在一樣維持下去。那麼，這種不平衡又不完整的人生形態要如何持續下去？泰琳希望那些在邊界區成長的孩子們能找到答案，但或許孩子們也無法抵達明確的答案。或許，唯一的辦法是接受不平衡與不完整即是人生真理，但仍永無止境地採取行動與改變、繼續向前而不止步。無論是哪一種，泰琳認為那都是會延續到下一代的問題。

仙奧與斯帆定居邊界區，負責教導孩子們的工作。對新世界而言，過往的知識大部分都成了無用之物，但人們希望保存的知識仍留存下來，因為過去泰琳同樣是把在地下學習到的不完整知識碎片收集起來，編織起關於地上世界的夢想。充滿氾濫體的火山口成了一種學校，那裡的氾濫體一方面吸收人類的知識，同時也教導人們關於氾濫體的一切。另外，他們也去感受延伸至遠處的氾濫體枝杈，把星球生態界有別於過去的各種面貌告訴人類。人類過去認識的極地、沙漠，如今也已與從前截然不同了。就算未曾去過那個世界，也能透過氾濫體描繪出它既新鮮又教人陌生的風景。孩子們在火山口上頭的密網上頭蹦蹦跳跳，偶爾將耳朵貼在地面，聆聽這些氾濫體說話。

有些人即使對地上感到好奇，卻依然心懷恐懼，對居住於邊界區感到遲疑。他們會去哈拉潘街的賈斯萬餐館，因為去了那裡，賈斯萬就會負責當他們的導遊。賈斯萬雖然不願意接納氾濫體，但他在邊界區擔任導遊幫助人們。打開餐館的後門，就會出現一條從地下城到邊界區、很長但安全無虞的通道。有些人在參觀邊界區後一臉嫌惡地回去了，但有些人卻是眼神閃爍著光芒，不久後非常小心翼翼地詢問賈斯萬，想在地上生活有沒有什麼特殊條件。那麼，賈斯萬就會面帶微笑地回答：

「這個嘛，只要拋下你僅僅是由你所構成的幻想，一切都有可能。」

泰琳正前往北部區域。聽說沼澤的氾濫體往那邊蔓延更多枝杈，形成新的連結網，改變了當地氾濫體的性質，但泰琳得親自去確認是否真的適合打造居住地。由於籠罩沼澤的氾濫體巨柱上有大片菌帽，就算派出無人機也無濟於事。

雖然有時會請雲豹協助通過平緩的路段，但仍有許多路段必須步行。有人說這是就連派遣者過去也不曾考察過的區域，看來確實如此。泰琳走了許久，最後碰上了一條河。可能是因為位於北方，空氣感覺更加寒冷。流水在陽光反射下波光粼粼，河邊樹木氾濫化的程度並不嚴重。似乎是因為水流湍急，所以氾濫體並未大量繁殖。有別於如同華麗油畫般的沼澤風景，此地更像是數百年前、氾濫體尚未到來之前的原始地球。泰琳望著陽光灑落在綠葉上頭，輕聲自語：

「看來是氾濫體數量並不多，說服過程才會那麼容易。」

「不過要是人們居住在此，氾濫體很快就會增加了。」

泰琳將手稍微泡浸於流動的河水。水冰涼無比，從指尖擴散開來的寒氣讓人精神抖擻起來。

泰琳將耳朵貼在岩石、土地與小巧的氾濫珊瑚上頭，觀察這裡的氾濫體在想些什麼。這裡的氾濫體各自獨立，不像沼澤有形成廣泛連結網的密集區域，主要是以氾濫珊瑚為主形成思想團狀物。不過他們也像氾濫體一樣充滿了好奇心，因此聽到很快就會有氾濫化的人類來到這裡，做出了開心雀躍的反應。與氾濫體對話的索兒把訊息傳達給泰琳：

「他們在問，那他們也能調查人類嗎？」

「嗯，可以呀，不過不能澈底吞噬人類。」

聽到這話，索兒嘻嘻偷笑。

泰琳查看有沒有能夠建造倉庫或茅屋的區域，確認氾濫珊瑚的大小足以讓人類定居之後，將調查資料儲存於手腕上的裝置。她原本考慮要先派無人機將資料送回沼澤，但北方區域擴張之事並非當務之急，所以也沒必要著急。

結束河邊鄰近地帶的調查後，泰琳查看指南針並朝著西北方走去。索兒貌似感到奇怪，問她：

「還要再往前走？從這兒開始聽說還沒與氾濫體協調好。」

「我有個想去的地方。」

路況更險惡了，必須在陡峭山坡爬上爬下好幾次。走了許久，直到找到目的地時，太陽正慢慢西沉。

那個地方是北海。橙黃晚霞漫天飛舞，綠波拍擊，破碎成銀白浪花，每次吸氣時，冷空氣都會使肺部結冰。除了意外導致系統故障之外，地下城的空氣總是不冷不熱、停滯不動的，像這樣親身感受冷冽的風迎面吹來還是頭一遭。

「竟然在如此寒冷的地方也有人居住。」

「當然囉，還能住在比這更冷的地方呢。」

「你說話就像個人呢，好像你也住過似的。」

泰琳笑著打趣道，接著將帶來的背包擱在碎石上。見泰琳從背包內取出什麼，索兒問了：

「那是什麼？」

「我來這的理由。」

是黃銅色地球儀與伊潔芙的銀項鍊。

不久前泰琳接到學術院的通知後去整理伊潔芙的遺物。還以為都已經整理完畢，但聽說在遷移學術院倉庫的過程中發現了伊潔芙的物品。職員將兩個箱子遞給泰琳，一箱裝著伊潔芙過去收藏的書籍，另一箱則是裝了她的個人物品。

泰琳將書籍捐贈給學術院，只帶走了一個箱子，裡面裝有儲存伊潔芙的紀錄的裝置、筆記本與小袋子等。打開舊布袋後，裡面是一條古老的銀項鍊。那一刻，過去的某一天浮上心頭。

泰琳與伊潔芙同住時，曾在參觀貝努亞的一家骨董店時親自挑選了這條銀項鍊送給伊潔芙。在泰琳的眼中，伊潔芙的紅髮與散發亮白光澤的銀項鍊十分相襯。伊潔芙當時露出了什麼樣的表情呢？是高興呢，還是看起來面無表情呢？可是泰琳卻只想起了她那乾淨又修長的手指。大概是項鍊的鍊子單薄，加上歲月久遠可能會斷掉，所以她也沒在脖子上試戴，而是用手握在手上，就像小心翼翼地包覆珍貴之物。

那天泰琳將遺物帶回後，讀了伊潔芙所留下的個人紀錄。重要紀錄存於裝置並上了鎖，泰琳也沒打算解開它，不過還有伊潔芙親筆留下的筆記本。置身混亂與苦惱的漩渦之中，伊潔芙竭力穩住重心的字跡，都原封不動地留在紙張上頭。

泰琳依然掛念著伊潔芙，雖然恨她入骨，卻又一如既往地愛著她。她所犯下的錯誤是無法抹滅的，可泰琳仍然經常憶起與伊潔芙的最後一刻。難道就只有那個選擇嗎？就只能開槍射她嗎？泰琳思考伊潔芙靜靜地握著她的手意味著什麼。伊潔芙也聽見泰琳對她說「對不起」了嗎？是想告訴泰琳沒關係嗎？又或者內心充滿了埋怨？即便如此伊潔芙回握她的那隻手，分明蘊含了暖意啊……但同時，泰琳又懷疑自己是在合理化，想把伊潔芙之死合理化。無論哪種解讀正確，再也無人能回答泰琳，泰琳只能在流逝的時光中分毫不差地品嘗那痛楚。尖銳的痛楚，如今在時光的水流沖刷下，如同這片大海的石子般被打磨得圓潤。

泰琳將地球儀與銀項鍊摟在懷中，向著大海走去。地球儀是伊潔芙贈予的禮物，無論泰琳去到哪裡都與其形影不離，而銀項鍊是伊潔芙向來珍藏在心底的泰琳贈送的禮物。

一如伊潔芙想讓泰琳見識這個世界，泰琳也希望能將她帶到天涯海角。而來到如此遙遠的地方後，泰琳明白了一件事。若是打從一開始就接受憎惡的東西是屬於自己無法分離的一部分，那就能走得更遠了。若是伊潔芙也能明白這點，那就再好不過。

凜冽的海風再次掃過臉頰，在氾濫體繁殖下散發綠光的大海浩瀚無垠。

「雖然考慮送您去大海，但比起這麼做……」

泰琳看了一下腳邊，在綠色氾濫網覆蓋的沙子前蹲了下來。

「這樣比較好吧。」

她將地球儀與銀項鍊擱放在氾濫網上頭。剛開始還靜悄悄的，但轉眼間到處開始有細線般的枝杈覆蓋住兩項物品。要不了多久，不管是地球儀或銀項鍊都被氾濫體包覆。連繫伊潔芙與泰琳的物品，如今被分解為分子單位，好一段時間會以氾濫體存在，接著反覆轉變成其他物質留存下來，直到這顆星球的最後一刻。

泰琳再次起身，夕陽幾乎完全西沉了。天空染上暗紅色，就連大海的翠綠也被抹上墨色。在泰琳眼前開展的風景如今變得幽暗寂靜，但泰琳明白那並不是全部。她詢問在大腦中如波浪般蕩漾的索兒：

「你看到的這片風景如何？」

問的同時，泰琳闔上了眼。

視野出現了變化。大海充滿了無數聲音、移動、熱氣與嘰嘰喳喳的說話聲。眾多粒子隨著波浪散開後再度相遇，空氣的流動在表面發生了變化。氣流描繪出無數的圓，這些圓互相合併、扭曲接著再度散開。柔和、尖銳、陰冷、溫暖都在其中，夜之海蘊藏了許多色彩，蘊藏了全身感受到的光之碎片。

「如妳所見。」

那個世界依然陌生而美麗。

結語

沼澤咕嚕咕嚕地沸騰，這是沉寂多時，突然與新物質連結所致。那些物質老早就已經沉沒於沼澤，但它們抗拒以普通的方式與沼澤的氾濫體連結，因此耗費極長的時間才被吸收。﹁真是固執得可以啊。﹂氾濫體的局部就像在談論一個人似的。﹁沒錯，很固執。﹂這也沒什麼好奇怪的，因為方才創造全新連結的那個團狀物，它的眾多物質曾經構成了人類。但如今那些物質將以沼澤的一部分，以氾濫體形成的龐大連結網的一部分存在。沼澤的氾濫體愉快地探索全新的物質團狀物。這個團狀物帶著滿滿的故事，既陌生又有趣，教人興致盎然的故事。

但氾濫體的某些局部，卻早已與新的團狀物是舊識，就連它帶著的那些故事也不例外。歐文察覺到全新團狀物的存在後，就像還是人類時一樣笑著說：

﹁是啊，真的花了好長的時間呢。﹂

他們再也不是人類的樣子了，那是也無法稱作是靈魂的某樣東西，是以長長的、黏稠的細線連結，全然找不到原來的形貌，既不美麗也不神聖的模樣。

但他們再次相遇，如今互相連結在一起。有時，這樣便足矣。

一張紙條乘風輕輕落在沼澤上頭。

好好睡吧，瑪以拉。

氾濫體伸出猶如細線般的手，紙條沉沒於沼澤內。紙張因氾濫體而開始快速分解，冒出的細小泡沫浮到水面上，啵的一聲破裂。

從渺遠的某處，傳來了輕笑聲。

作者的話

數年前在一場藝術展覽上發表的短篇故事成了這部小說的種子。當時我是帶著這樣的想法出發的：人類是由物質構成，因此人類在物質上是與外界交織在一起，而這個事實刻在我們的每一個細胞、蛋白質、分子上頭。此外，人類的體內住著無數「來自外部的存在」，在某種程度上也實際構成了我們。當人類談及「我們」時，沒辦法說我們全然只是由人類構成的。

那個短篇故事在我遇見關於菌類與黴菌的書籍，也就是「氾濫體」靈感來源，發展成了長篇故事。一個個體起源於哪裡，又從哪裡結束，就連提出這個問題都教人困惑的奇異存在竟然與我們共存於這顆星球。於是，下個問題接踵而來。「成為氾濫體意味著什麼？」為了想像那些不屬於單一個體、以有別於人類的感官來感知世界的存在，我研究了關於地球上其他生物的感知世界的書籍。儘管我再次感受到以人類的感官資源去想像這點有多麼貧乏，但仍認為這項作業具有挑戰一次的價值。

帶著「人類不是前往外星球，而是將地球變成了陌生星球」的想法完成的這部小說中，具有我只能毫無反顧地傾注心血的人物。能深入觀察他們的好奇心、勇往直前的力量，以及直視自己的勇氣，與他們一起經歷漫長的冒險，我感到十分幸福。

就像氾濫體與人類都不能以個體的起點與終點來界定，這部小說也並非獨立存在。在此向從小說初稿開始就給予各種意見，在漫長旅程中成為珍貴同行者的黃藝仁編輯，從我進入文壇後始終等候並給予支持，同時在出版過程中傾注全力的朴善英代表致上特別的感謝。我也要感謝為本書製作與宣傳出力的各位，多虧了初次構思這個故事時，徹夜與我討論支線故事的完宣，我才能以更愉快的心情完成初稿。

致總是欣然翻開下一頁的讀者：如今我們的部分想法大概會像氾濫體一樣，以鬆散卻不尋常的方式交織在一起，但願您會樂在其中。

二〇二三年，秋

金草葉

＊創作此書的過程中，參考了以下重要書目：

• 梅林・謝德雷克，《真菌微宇宙：看生態煉金師如何驅動世界、推展生命，連結地球萬物》，果力文化，二〇二一（繁中版）。
• 阿尼爾・塞斯，《身為自己：人類意識的新科學》，鷹出版，二〇二四（繁中版）。
• 史蒂文・夏維羅，《Discognition》，GALMURI，二〇二二。
• 艾德・楊，《五感之外的世界：認識動物神奇的感知系統，探見人類感官無法觸及的大自然》，臉譜，二〇二三（繁中版）。

書末推薦

我們從來就不只是「我們」：讀《派遣者》

邱常婷（小說家）

設想在一個經典的末世場景，地球表面由色彩斑斕的植物、真菌、藻類所覆蓋，發光的蕈菇和芽孢山蔓延無盡，如此景象並非地球原生的植物和蕈類所形成，而是來自神祕的「氾濫體」。遭氾濫體影響的萬物侵占了整個地上世界，將人類驅逐至地底，氾濫體更可能使人類心智癲狂。但在其中，有一種特殊的人類在如此場景中艱難行走，執行著隱密的任務，這些人……小說裡經常描繪的是女人——是「派遣者」。

我想初讀本書的讀者應該多少都能看見故事中一些典型的科幻小說特質，後末日世界以及外星感染，人類被迫躲藏地底，只有少數菁英才能前往地面。故事分為三部，中間穿插研究日誌。最初劇情環繞在夢想成為派遣者的少女泰琳身上，泰琳幼時的記憶有部分缺失，由派遣者伊潔芙教導與撫養，隨後又被送到曾為派遣者的賈斯萬家中接受照顧並逐漸成長，伊潔芙對泰琳的早期影響，使她心生憧憬，渴望成為與伊潔芙相同的派遣者。

然而在實現夢想的過程中，泰琳的腦中出現不屬於自己的聲音，那最初被認為是腦內神經磚出錯產生的聲音，泰琳將之命名為「索兒」。作為「聲音」，索兒的存在卻愈來愈具體，甚至能幫助泰琳通過測驗。從聲音逐漸轉變為泰琳心中的另一意識，強烈到足以影響她的身軀，以至於在測驗最後，索兒以泰琳的身體犯下不可挽回的罪行。

泰琳和索兒的關係如同常見的人類和內在另一生命，或另一自我對話之設定，這樣的關係如夢似幻，反映了人類對未知、想像共生與異化的焦慮，仍具有深切的執著。但換個角度來看，索兒又何嘗不是泰琳內在的另一個自己，她們一同經歷過去的悲劇，到最後，就連她們也無法將彼此分清。如此便帶出了本書的另一重要主題：泰琳做為一名對未來徬徨不安的少女，在自我探索與追尋夢想的過程中，如何統整內在雙重聲音。當情況愈來愈糟糕，她該如何保有自我、探查真相，並達到最終的成長。

除了泰琳，《派遣者》裡還有其他複雜多樣的女性角色，不管是受泰琳崇拜的女強人伊潔芙，抑或是為了尋找失蹤未婚夫不惜以身犯險的瑪以拉，更有堅持自我、痛恨氾濫體的娜莎特……這些女性角色構築出一幅具有陰性美的小說圖景，女性在蕈類纏繞、生長的地面行進，互相扶持卻也各懷心思。女性間的關係成為本書另一主軸，地面色彩迷幻的氾濫體兀自生長，沒有喜惡也沒有善惡，是一股代表野性自然、沛然莫之能禦的力量。對比地底的陰暗與人工，隱藏的陰謀祕密，透過泰琳和伊潔芙的深切關係所展現，這也是我在故事中最喜歡的一段女性情誼，具有強烈的衝突感卻又無比深情。

泰琳和伊潔芙的關係無疑牽動著整個故事的開始與結束，泰琳對伊潔芙純真的愛慕是推動她前進的動力，進一步促使她發現真相。面對泰琳的感情，伊潔芙內心並非沒有回應，她同樣在心中描繪兩人的未來，只是她從未告訴泰琳，而曾經的悲劇以及立場的對立，終將使她們分開。當最後的真相揭露，泰琳必須做出違反其一生信仰的決定，卻也重生為截然不同的人。

除了人物關係與劇情鋪陳以外，金草葉一直是善於留白的作者，而且精簡。過去讀她的短篇小說，我總感覺她的文字就像在一片黑暗的舞台上投射一束光，無論背景、場景、或空間，只有劇情需要時才會浮現，就像舞台劇的燈光一樣。但於本書中，或許因為長篇小說的篇幅所需，她更有意識地堆疊細節，讓一個由氾濫體征服的炫目世界在讀者眼前緩緩展現。場景調動也更為靈巧，每一事件、每一對話，都具有功能，互相交織成故事的魔網。

若論小說內部更深層的議題探討，我認為金草葉對生命與死亡所進行的叩問相當精采。死亡做為人類生命經驗中的一大謎題，在《派遣者》中獲得細緻的翻轉。人類遭受氾濫化後與巨大的氾濫體連結網相連，對正常人類來說，氾濫化的人類已死，然而當肉身腐朽，意識卻能永久保存在連結網之中，或許人類死亡後都能在連結網內和過去的親人意識重逢，這樣的狀態難道不能稱為天堂？故事裡人類逐漸衰敗的肉體凡胎，對比愈發繁茂具生命力的氾濫體，亦呈現出不可思議的美麗隱喻。

其實無論泰琳、索兒或伊潔芙，在故事中作者都反覆提出人類對異化的恐懼，氾濫化的人類是否還是人類？泰琳的坦然接受，對比伊潔芙的主張消除，將使我們直到故事的最後一頁都還無法肯定地站在任何一方。

因為人類是複雜的生物，我們既渴望獨立的自我，又極其害怕孤獨。《派遣者》以宏大的敘事建立了這樣一個宛如宮崎駿腐海森林的世界，提醒人類是如此重要，又是如此渺小。我們對自然環境、整個地球……乃至於自身，實際上都還尚未完全清楚了解，哪怕是此時此刻，我們正邁向一個與過去截然不同的時代。

我不免想到愛德華．威爾森（E. O. Wilson）在《半個地球：探尋生物多樣性及其保存之道》（*Half-Earth: Our Planet's Fight for Life*）裡的這段文字：

> 如果我們選擇破壞之途，這個行星勢將步入「人類世」，一條不歸之路。那會是生命的末世，這個行星幾乎完全成為我有、我治、我享的時代。我要用另一個名稱叫這條路為「孤寂世」（Eremocene），即孤零的時代（the Age of Loneliness）。孤寂世基本上會是一個人類、作物、牲畜，及放眼望去盡是農地的時代。

這原本也是我對於人類未來的一種悲觀想像，人類將成為一孤寂的物種。然而，金草葉所寫下的這個故事，卻促使我產生不一樣的想法：也許人類永遠不可能真正孤獨。

又或者問題是這樣的：我們真的從來都只是「我們」嗎？

我們總以為自己的軀體是一個單一、封閉、自主的系統，近幾十年的微生物研究卻指出，人體內居住著上千億細菌、古菌與真菌，甚至在我們體內形成生態系。我們無法憑感覺察覺它們，卻天天受到它們的影響——從免疫系統的建立，到情緒與神經傳導物質的變化。《派遣者》使我開始思考，人類作為單一物種的孤獨，以及與其他微生物共生的現狀……倘若人類真的永不可能孤獨，那究竟是祝福抑或詛咒？

我認為，這便是《派遣者》所要講述的重點所在，也是科幻小說能夠為我們揭示的一種真實未來。使我們好奇，使我們對未知一次又一次追問——

「我」究竟是誰？所謂的「個體」又是什麼？我們日日使用的這具軀體，當真屬於我們自己嗎？本書使我產生這樣的醒悟：此刻在我們心中迴盪的自我與心聲，或許並非單一的獨唱，而是複雜多樣的合聲。

小說精選
派遣者

2025年8月初版　定價：新臺幣480元

著者	金草葉
譯者	簡郁璇
企畫主編	黃榮慶
校對	吳美滿
內文排版	張靜怡
封面設計	之一設計

出版者	聯經出版事業股份有限公司
地址	新北市汐止區大同路一段369號1樓
叢書編輯電話	(02)86925588轉5307
台北聯經書房	台北市新生南路三段94號
電話	(02)23620308
郵政劃撥帳戶第	0100559-3號
郵撥電話	(02)23620308
印刷者	世和印製企業有限公司
總經銷	聯合發行股份有限公司
發行所	新北市新店區寶橋路235巷6弄6號2樓
電話	(02)29178022

編務總監	陳逸華
副總經理	王聰威
總經理	陳芝宇
社長	羅國俊
發行人	林載爵

行政院新聞局出版事業登記證局版臺業字第0130號

本書如有缺頁，破損，倒裝請寄回台北聯經書房更換。　ISBN 978-957-08-7757-1 (平裝)
電子信箱：linking@udngroup.com

國家圖書館出版品預行編目資料

派遣者/金草葉著．簡郁璇譯．初版．新北市．聯經．
2025年9月．376面．14.8×21公分（小說精選）
譯自：파견자들
ISBN 978-957-08-7757-1（平裝）

862.57　114010076